媚臀病棟
【女医と看護師と人妻】

妻木優雨

フランス書院文庫

媚脣病棟【女医と看護師と人妻】

●もくじ

媚臀病棟
【女医と看護師と人妻】

第一章 聖なる夜と鬼畜脱獄囚

1

入院患者たちの電子カルテチェックをすませると、女医の北村慶子はパソコンをシャットダウンし、

（ふう……やっと終わったわ）

白衣姿で椅子に腰かけたまま、ウーンと大きく伸びをした。

（さてと……私もパーティーに参加させてもらおうかしら）

メガネが似合う理知的な美貌をニッコリと微笑ませた彼女は、二十九歳の若さで、この「難病小児治療センター」のセンター長の重責を任されている。今夜はクリスマスイブで、大方の医療スタッフは休みをとっているが、一階ロビーでは

宿直看護師らをＮＰＯの女子大生らが手伝って、入院している子供たちのためにクリスマスパーティーを催してくれていた。学業の合い間を縫っていつもいつも難病の子供たちのために尽くしてくれるボランティアの彼女たちには、どんなに感謝してもしきれない。仕事で疲れてはいるが、ロビーへ降りていき、センター長としてひと言挨拶を述べなくてはなるまい。

セミロングの美しい髪を片手でかき上げ、椅子から立ち上がりかけた慶子だったが、いきなり背後から伸びてきた手で口を塞がれ、驚きに目を見開いたまま、細い首筋に冷たいものを押しつけられた。

「ムグググッ！」

「静かにしな」

男の低い声がした。

いつからそこにいたのか、音を立てずにドアを開け、仕事に没頭している彼女に気づかれぬまま背後に近づいていた聖夜の侵入者は、

「大声を出したら、このナイフで首をかっ切るぜ」

首筋に当てられた刃物の冷たささながら、冷酷な声で脅してきた。

「ムウウウーッ」

「もう一度言う。大声を出すな。俺は本気だ。分かったか？」

「ムウウッ……」

手のひらで口を塞がれたまま、慶子はナイフの刃を押し当てられた首を微かに縦に振った。

男の手の力がゆるみ、その手のひらと慶子の唇の間にわずかな隙間ができると、

「だ、誰なのっ？」

白衣姿を硬直させた慶子は喘ぎあえぎ言った。

「俺の声に聞き覚えはねえかい、先生？」

そう問い返されて、ハッとなった。

「ま、まさか……」

「そう、そのまさかだよ。あんたに息子と妻を殺された重松秀明さ。覚えててくれたみてえだな」

「あああっ」

慶子は恐怖に心臓が凍りついた。

あの男は――重松秀明は、この私に対する殺人未遂の罪で刑務所に入っているはず。その彼がなぜここにいるのだ？　もしや……もしや脱獄して……。

ほんの二年前のことだ。重度の難病をわずらう七歳の男の子が入院してきて、当時副センター長であった慶子が担当医になった。男の子の病気はもともと現代の医療では治す手立てがないものだったのだが、運の悪いことに、入院して一週間後の真夜中、急に容体が悪化し、スタッフらの懸命の医療措置もむなしく亡くなってしまった。

一人息子を失った悲しみにかきくれるあまり、被害妄想を膨らませてしまったのか、父親の重松秀明はたびたびこのセンターを訪れ、慶子に面会を申し入れてはおかしな言いがかりをつけるようになった。息子が死んだのは彼女の医療ミスのせいではないかというのだ。

重松の被害妄想は、うつ病になった彼の妻が自死してしまったことから病的なものになった。ある日、また慶子に面会を求めてやってきた彼は、埒のあかない話し合いを切り上げて部屋から出ていこうとする彼女の背中に、上着のポケットに忍ばせておいた刃物で切りつけ、悲鳴をあげながら廊下に走り出た彼女を追いかけて馬乗りに押し倒したが、とどめを刺そうと血まみれの刃物を振りかざしたところを間一髪、駆けつけたスタッフらによって取り押さえられた。

重松は裁判でも殺意を認めたため、殺人未遂の罪で五年の実刑が確定、F刑務所に収監された。

　ショックが大きすぎてしばらくのあいだ体調を崩していた慶子だったが、もともと勝ち気な性格であるのに加え、結婚を約束した恋人の支えもあって一年も経つと快復し、センター長を任される立場になった今は、重松の思い込みと誤解を解くために一度刑務所に面会に行ってみようかと考えていた矢先だったのだ。

「あんたがセンター長に出世したこと、来月に結婚するってことは、面会に来てくれた知人が教えてくれたぜ。俺も嬉しくって、世話になったあんたにひとことお祝いが言いたくてよ。こうしてわざわざムショから参上仕ったというわけよ」

　皮肉な言い方をした重松は、片手で慶子の艶やかなセミロングの髪をむんずと鷲づかみにし、グイと引いて、青ざめた知的な美貌を上向かせた。

「あああっ……」

「楽しいイブになりそうだな。先生もそう思うだろ？」

　そう言って、重松はおびえる女医の顔を覗きこみ、無精髭の濃い頬をニヤつかせた。

2

きらびやかなツリーや色紙で飾りつけられた一階ロビーには、大人たちと子供たち、合わせて数十人がひしめいている。

そんな中、

「さあ、みんなでサンタさんを呼びましょう！」

優しい笑顔を浮かべ、そう子供らに呼びかけたのは、スラリと上背のある肢体にグレーの修道服姿がよく似合う三十代前半の女性だ。

イブの夜だからというのでスタッフの誰かがコスプレをしているわけではない。「シスター貴美子」こと山本貴美子は、この治療センターが属する「聖グノーシス医科大学病院」の母体である「聖グノーシス修道会」から派遣されている、信仰心篤い本物の修道女。彼女が、ＮＰＯが主催する今宵のクリスマスイベントの司会役を任されていた。

「いい？　いちにのさんで、『サンタさーん』って呼ぶのよ。じゃあ、いち、にの、さんっ」

サンタさぁーん！

両親に付き添われ、車椅子に乗っている子供たち、ベッドに寝たままで看護師らによってベッドごとこのロビーに連れてこられた子供たちが、この時ばかりはまるで重い病気を患っているのが嘘であるかのように元気な声を張りあげた。むろん中には発声そのものが困難な病状の子もいる。しかしその子たちも顔だけはそちらへ向け、期待に目を輝かせている。

「はぁーい」

年配の男性をまねて低い音程の声を出しながら、背中に大きな袋をしょったサンタクロースが登場した。

むろんこちらは本物ではなく着ぐるみだ。ボランティアの女子大生、竹田弥生が、サイズが合わず、かなりブカブカのサンタクロースの着ぐるみを着て現れたのだ。それでも効果てきめん、子供らはワーッと歓声をあげた。

「ママ、サンタさんだ。サンタさんが来てくれた」

母親のワンピースの袖をつかみ、喜びに頰を紅潮させている六歳の少年がいる。

「大樹、サンタさんだ。サンタさんがプレゼントをもってきたぞ」

着ぐるみサンタを指差しながら、ベッドに寝たきりの我が子の頭を撫でさする若い父親がいる。

「私はサンタクロース。北の国は猛吹雪で、トナカイを走らせるのが大変じゃった」

スローペースで語りながら、女子大生サンタは着ぐるみの肩にかかった白い雪（実は小麦粉）を大袈裟な動きでパタパタとハタき落としてみせる。

「けど頑張って、どうにかここまで来ることができた。なにせ、よい子のみんながプレゼントを楽しみにして待っておるからなァ」

プレゼントという言葉に、またワーッと歓声があがった。

看護師らの中には思わず目頭をおさえる者もいる。今ここにいる二十人の子供たちのうちの何人かは、来年、このイベントに参加することはできないだろう。毎年そうなのだ。治療のむずかしい病気の子供たちばかりなのである。

どっこらしょと、やはり大袈裟な身振りで背中の大きな袋を下ろした着ぐるみサンタは、車椅子に乗った一人の少年のところに歩み寄ると、グローブのような大きな手袋をした手でその子の頭を撫で、

「拓哉くんだったたね」

名を呼び、

「君にはこれだ」

袋の中から取り出したのは、人気アニメに登場する巨大ロボットのオモチャだった。

「わあ！」

口を開けた少年の顔がほころんだ。

サンタは続いて、ベッドの上で父親に背中を支えられて上体だけ起き上がらせている瘦せた女の子のところへ行くと、

「聡美ちゃんにはこれだよ」

と言って、袋の中から人形を取り出した。

女の子はそれを手に、満面の笑みを浮かべた。いま少女らに大人気のアニメのキャラクターのフィギュアだったのだ。

次々にプレゼントが渡されていく。一人として落胆や不満の色を見せる者がいないのは、すべてあらかじめ子供たちの両親に、彼ら彼女らが欲しいものを聞き取り調査済みだからである。

全員にクリスマスプレゼントを渡し終えると、大役を無事にこなした女子大生の竹田弥生は、サンタの大きな白髭の下でホオーッと安堵の息を吐き、クリッと丸い愛嬌のある瞳をシスター貴美子のほうへ向けた。

シスター貴美子もこちらを見返し、

(弥生さん、お疲れさま)

というメッセージなのか、軽く片目をつぶってウインクしてくれた。

(素敵な方……)

凜々しさだけでなく可愛らしさも兼ね備えている年上の女性。美しく清らかなグレーの修道服姿に、サンタクロース姿の弥生はポーッと見とれてしまう。

シスター貴美子とはここでのボランティア活動で知り合った。本人から直接聞いたのではないが、看護師さんらの間に流れる噂だと、シスター貴美子こと山本貴美子は東証一部上場企業の社長の一人娘で、十年ほど前、有力政治家の息子と婚約までしていたのを破棄、両親の反対を押し切って信仰の道へ進み、修道女になったとのこと。

クリスチャンである弥生自身、信仰に身を捧げる生き方に憧れがあるので、一度そのことをシスター貴美子に打ち明けたことがあるが、

「軽率に決めることではありませんよ」

いつになく厳しい口調で、

「今は何よりもまず学業にお励みなさい。そして普通に青春を楽しむのです。友

と語らい、恋をしなさい。そのうえで、もし二年経ってもあなたの気持ちが変わらなければ、その時にまた相談にのります」

と、たしなめられた。

クリスマスソングの合唱が始まった。子供たち、その両親、ボランティアの女子大生と、イベントに参加している宿直の看護師たち。みな明るい笑顔である。まさかこの善意の楽園に、突然邪悪な悪鬼どもが侵入してこようなどとは夢にも思っていない。

3

「乱暴はやめてっ」

叫ぶように言ったが、大声ではない。重松の手にナイフが握られているので、勝ち気な慶子も抵抗できなかった。

椅子に座ったまま、セミロングの艶やかな髪を乱暴に引っ張りまわされ、デスクの上のパソコンのキーボードに顔を無理やり押しつけられた。

「な、何が望みなのっ!?」

「何が望みだァ？」

グイグイ上から押しつけながら、重松はケタケタと笑った。

「それを言ったら、あんたが叶えてくれるのか？　ふん、なら教えてやる。俺の望みは、悟を——俺の死んだ息子を返してもらうことだ。あと、妻の好美もなァ」

「ああっ」

慶子はキーボードの上で顔をゆがめた。

「あれは不可抗力だったの。あなたには気の毒だし、私たちも残念で仕方ないけど、医療ミスなんかじゃないのよ。何度言えば分かってくれるのっ⁉」

「じゃかあしいっ！」

猛り狂った重松に理屈は通じない。

「この俺からすべてを奪いとったあんたを、生かしておくわけにはいかねえと、二年前にはそう思った。けどムショにいる間に、いいことを思いついた。聞きたいかい、先生」

「な、何なのっ」

「先生に、俺の子を産んでもらうのさ」

「何ですって！」

「産んでもらうんだよ、俺の子を。それと、妻の代わりを務めてもらう。この身体を使ってなァ」

髪をつかんでいた手が離れ、下へ伸びた。慶子の白衣の尻と椅子の座面との間に手が差し入れられてきたので、

「い、いやっ」

慶子はたまらず腰を浮かし、身をよじりたてて逃れると、

「誰か！　誰かあっ！」

叫びながらドアのほうへ走った。

その肩に手をかけて引き戻すと、

「いいぜ、先生。もう大声を出してもかまわねえ。そろそろ仲間が下の階を制圧してる頃だからな」

重松が不敵な笑みを浮かべて言った直後に、階下のほうで、

ガァーン！

銃声めいた轟音が響きわたった。

（ああっ！）

青ざめた慶子の顔がさらに色を失った。

（い、今のは……仲間……仲間って……一体……）

一階ロビーでは子供たちを囲んでクリスマスパーティーが行われている。そこにこの男の仲間たちが……ああ、なんてこと！

「さあ、悟の代わりの子を産んでもらおう。そのためにゃあ、この俺とセックスするしかねえよな。それがつまりは好美の代わりを務めるってことだ。一石二鳥じゃねえかよ先生。分かったかい。分かったら服を脱ぎな」

「いやっ、いやっ」

「あんたに罪を償うチャンスを与えてやろうってんだぜ。へへへ」

重松は慶子の白衣を引き剝がしにかかった。

「やめてっ、ああっ」

慶子は死に物狂いで抗ったが、男の力にはかなわない。白衣を剝ぎとられ、床にあお向けに押さえつけられ、下に着ていたセーターとスカートを脱がされた。足をバタつかせて抵抗する間に、パンプスも脱げてしまった。

「思ったとおりだ。綺麗な身体してるじゃねえか、先生」

押さえつけた女医のパステルイエローのランジェリー姿に、重松は猛烈な興奮を覚えた。刑務所内ではヌードグラビアなどを見ることもできなかった。それがいきなり生身の、それもとびっきり美しい高学歴女医の下着姿を目の前にして、ズボンの下のペニスを痛いほどに勃起させた。

以前は復讐心だけだった。我が子を死なせたあの女医を八つ裂きにしてやりたい。服役した当初は、そのことしか考えていなかった。だが復讐の方法として、慶子を犯し、彼の子を妊娠・出産させる——そんな途方もないことを思いついて、あれこれ想像をふくらませていくうちに、若く美しい女医に対する淫情が大きくふくらんできた。

重松はそのことを、刑務所内で知り合った武藤銀次という受刑者に話した。武藤銀次という男は「蠍の銀次」のあだ名で知られ、以前に仲間と共に脱獄して、逃亡中に人妻レイプを繰り返していた凶悪犯だ。脱獄しようと思えばいつだってできる。そううそぶくこの三十代後半の男に、他の受刑者らは畏怖の念をもってうやうやしく接していた。彼との出会いがなかったならば、今日このようにしてこの美しい女医を半裸に剝くことは妄想のままに終わったことだろう。

「先生、ずいぶんお高そうなブラ着けてやがんなァ」

リノリウムの床で、あお向けの慶子に馬乗りになり、その両手をしっかり押さえつけた重松は、精緻な薔薇の刺繡が施された高級ブラジャーに、血走った視線

を吸いつかせたまま、

「ひょっとして、こいつは婚約者の趣味かい？　あんたらエリートのお医者さんたちは、俺ら庶民から高え医療費をふんだくって、さぞかしいい生活してやがんだろうなァ」

嫌味を言い、よだれを垂らさんばかりに舌舐めずりした。

「こんな……こんなことをして……あなたの亡くなった奥さんや息子さんが喜ぶと思ってるのっ⁉」

慶子は青ざめた美貌を横にねじって、懸命の説得をする。

だが、

「くだらねえ」

重松は吐き捨てるように言った。

「好美も悟ももういねえんだ。死んじまって、いもしねえ人間が、喜ぶも悲しむもあるかよっ」

パステルイエローのブラの真ん中を鷲づかみすると、白い胸からバッとむしりとった。

「いやあぁあ！」

慶子の口から悲鳴がこぼれ、自由になった片手で、晒されたバストを隠そうとする。

そうはさせじとその手首をつかみ、重松は万歳のポーズで床に押さえつけられてしまった美人女医の胸に熱い視線を注いだ。

「先生、おっぱい、あんまり大きくねえんだな。せいぜいBカップってとこかい？」

その言葉どおり、慶子の小ぶりの乳房は巨乳にはほど遠い。とはいえ、若さと成熟味とがベストバランスをとっている二十九歳の超ナイスバディだ。大きさはともかく、高級白磁を思わせるスベスベの肌と、まだあまり男に吸わせていないらしい薄ピンクの小さな乳首とが、たまらなく男心をそそる。ハイレベルな女の魅力的な美乳は、そんじょそこらの男性が弄べるものではない。

「インテリのあんたにゃ、これくらいのサイズがちょうどいい。グラビアなんかで目にする牛みてえなデカチチは、この俺は好まねえ」

そう言うと重松は、興奮に汗をにじませた顔を双丘に近づけ、フンフンと甘い匂いを嗅いでから、片方の乳房の先端をチロリと舌で舐めた。

「ウクッ！」

たまらず歯を食いしばって呻いた慶子の背がグイと反った。

「やめてっ、やめなさいっ、ううっ」

「へへへ、さて、このちっちゃい上品な乳首が、いやらしく舐めまわされてどうなりますことやら」

ほくそ笑んだ男の舌がチロチロと動く。薄ピンクの乳輪を舌先で円を描くようにくすぐり、刺激に反応してツンと尖ってきたところを、今度は上下左右に舐め転がす。

「うくくっ……うくくっ」

「へへへ、どうだい。結婚を約束した彼氏にも、こんなふうに可愛がってもらってるのかい？」

コロコロと転がすように舐められて、薄ピンクの乳首はコリコリと固くなった。円柱形に勃起したそれを、重松は唇に優しく包み込み、引き伸ばしつつチューと吸いたてた。

「あっ、いやっ、いやよっ、あああっ」

もうたまらないという表情で首を横に振りたてる女医の美貌を上目使いに窺いつつ、小ぶりの乳房が形を変えるほどの吸引で上に引き伸ばしておき、それからパッと唇を離す。

　控えめな胸のふくらみがプルプルと揺れながら元の形に戻ると、

「ひいいっ」

　のけぞっていた慶子の背中が、悲鳴と共にドスンと床に落ち、パンティ一枚の肢体がビクビクッと痙攣した。

「小さいおっぱいのほうが巨乳よりか感じやすいって聞いたことがあるが、どうやら本当のことみたいだな。こんなに悦んでもらえると、可愛がってやり甲斐があるってェもんだぜ、エへへへ」

　いやらしく笑った重松は、ヌラつく舌の先で再び慶子の乳首を玩弄しはじめた。屹立した乳首をコロコロと転がし舐め、唇でついばんで引き伸ばす。さらに歯を立ててガキガキと甘噛みしてやると、

「うくううっ！」

　やはり感じてしまうのだろうか、屈辱に歯を食いしばって呻く美人女医の顔は汗に光って凄艶だ。そうやってじっくり時間をかけ、パンティ一枚で押さえつけられた慶子の左右の乳房にねちっこい舌の愛撫を加えておき、

「へへへ、こっちの感度はどうかな」

いやらしく大口を開けた重松の長い舌は、今度は晒された腋下のくぼみをヌラヌラと這いまわりはじめた。

卑猥なザラつきの感じられる舌腹で執拗に腋窩をなぞられ、

「やめてっ、いやっ、いやっ、ひいいっ」

慶子は総身を鳥肌立たせた。

とてもじっとしていられず、唇を開いて喘ぎ声をこぼしつつ、押さえつけられたスレンダーな肢体をくねらせる。そのクネクネとした悩ましい身悶えがたまらなく官能的なので、重松はますます劣情を昂らせ、

「あァ、この甘酸っぱさがたまんねえや」

目を血走らせ、夢中になって慶子の腋下の汗をベロベロと舐めとっていくのだ。思う存分に美人女医の腋窩の味と匂いを堪能した後、再びバストと乳首を責めなぶりはじめた重松の舌の動きに、

「いやっ、やめてっ、いやあァ」

喘ぎまじりの慶子の声はますます高ぶる。

「ああっ、こ、これ以上は……もうっ」

「なんだ、前戯は要らねえってのか？」

重松はヨダレの糸を引いて口を離すと、

「痛くないように親切でアソコを濡らしといてやろうってのに。そうか、だったらお望みどおり、すぐにブチ込んでやる、俺のジュニアも待ちかねてるしな」

素早く片手で自分のズボンのベルトを外し、馬乗りの位置を下にズラすと、慶子のしなやかな腰のラインを飾るパステルイエローのパンティに手をかけた。

「ああっ、駄目っ！　脱がさないでっ！」

脱がされまいと、小さなパンティの端をつかみ、慶子は狼狽の顔を振りたてる。

「へへへ、脱がさねえと、あんたの大切な所にブチ込めねえだろ」

「お願いっ……私……私、来月結婚するのっ！」

思わずそう叫んだのは、復讐心からレイプ魔と化した重松に、まだ思いやりの欠片くらいは残っていることを期待したのか。

だがその期待はむなしかった。

「知ってるって、さっき言ったろう」

重松の目がさらにギラつく。

「心配しなくっても、犯行声明の時にあんたの彼氏へも挨拶を伝える。あんたと裸で腰を振り合った感想文付きでなァ」

無理やりにパンティを引き下ろして脱がせ、

「いやああーっ！」

と叫んで美しい両脚をバタつかせる慶子の太腿の間に、ズボンを下ろした自分の腰を割り入れた。毛むくじゃらの股間にそそり立つ男根の先をヴィーナスの丘に向けると、

「ほほう、噴水型のマン毛じゃないか。インテリ女医さんに相応しい上品な生えっぷりだ。そのこともちゃんと彼氏さんに伝えてやらなくっちゃなァ」

上部が左右に分かれた陰毛の慎ましやかな形状を揶揄しつつ、いきり立つ肉棒の先端を恥丘のふくらみに擦りつける。

「いやっ、お願いっ、お願いよっ、ああっ」

「フフフ、この時を待ち焦がれてたぜ、先生」

「待ち焦がれていた」というその言葉どおり、何度も何度も擦りつけた。それから先端を女の割れ目に含ませ、腰をせり出していく。

「いやあああーっ！」

絶叫して腰と尻を揺すりたてながら、慶子は深々と貫かれていった。

「ああっ、あああっ」

「へへへ、入ったぜ先生。ああ、こいつは――こいつはいい。先生、あんた最高だ。最高のマ×コしてやがる」

舌を使った執拗な愛撫のせいで、女体は火照り、肌が色づいている。だがまだ女膣は濡れていない。潤いが十分でなく窮屈な感じの肉壺だが、それを無理やりに深く貫いていく感触が凌辱感を高めて、復讐に燃える重松を喜ばせるのだ。

「そおれ、どうだ。どうだっ」

乱暴に腰を揺すりたて、重松は少しずつ深い位置へと剛直を捻じ込んでいく。熱い肉棒はかつて経験したことがないほどに硬くなっていた。破裂せんばかりになった先端をついに最奥まで届かせると、

「あううーっ」

慶子が重く呻いて背をのけぞらせた。

4

汗の光る悲痛な美貌が、結婚を来月に控えてレイプされたインテリ女医の絶望を物語っている。この顔だ。この苦痛にゆがんだ顔をひと目見たいと、塀の中で

どれほど願ったことか。報復の宿願成就に、重松の全身は火柱のように熱くなった。憎悪のみなぎる肉棒は熱鉄のように頼もしい。その頼もしい肉棒の根元を、慶子の温かい女肉がぴっちりと締めつけていた。

「へへへ、たまんねえよ先生」

ただでさえ久々の肉交である。迂闊にピストンしようものなら、たちまち達してしまいそうだ。それに慶子の女肉はおそろしく具合がいい。中に入れただけで、襞が細かくて数も多いことが分かる。

(こいつは手ごわそうだ、へへへへ)

どうせ姦るんなら、お高くとまったこのインテリ女医をひいひい泣かせてみたい。レイプしといて、こっちが先に漏らしたんじゃあサマにならない。重松は慎重に責めた。ゆっくりと腰を使い、ヌプリヌプリと抜き差ししながら互いの肉を馴染ませていく。

「どうだい先生、俺のチ×ポは?」

「ううっ、うううっ」

「黙ってちゃ分かんねえ。なんとか言いな」

「くううっ……け、けだものっ」

呻き声の合い間に吐き捨てるように言った慶子は、顔をそむけ、泣くまいと唇を噛んでいる。ヌプーッと柔肉をえぐってやるたびに、背を反らしてブルブルと小刻みに腰を震わせるが、感じているのかどうかまでは定かでない。だが抽送が次第にスムーズになってくるのは、互いの肉が馴染んできている証拠だ。重松は異常なまでに気を昂らせ、

「へへへ、これでどうだ」

脱がされたパンティをまだ片方の足首に絡みつかせている慶子の美脚を肩に担ぎ上げると、二つ折りになったスレンダーな肢体に上から体重をかけて圧し潰した。

「あうううーっ」

さらに結合が深まって、慶子の柔肌は苦悶の汗に濡れ光る。

「ううっ、くううっ……」

「こらえてねえで、いい声で啼きなよ」

重松は身勝手なことを言い、ますますピストンを勢いづかせた。腰のバネを利かせ、

「それっ、それっ」

掛け声をかけながら、ズンッ、ズンッと叩きつけるように肉の杭を打ち込んで

いく。慶子の身体は決してボリュームのあるほうではないが、臀部や太腿の熟れ具合は申し分なく、女らしい肉の弾力が素晴らしかった。それになによりも、ふるいつきたくなるほどの美人なのである。そんな慶子が生まれたままの素っ裸。まんぐり返しに近い格好で彼のしたたかな肉ピストンにヌプリ、ヌプリと花芯を深くえぐられ、メガネの似合う知的な美貌を苦悶にゆがめている。喘ぎ声を噴きこぼすまいと懸命に歯を食いしばる表情が、たまらなく彼の淫心を刺激した。

(ちくしょう、もう我慢できねえぜ)

こらえきれなくなった重松はいったん抜き差しを止め、

「いいかい先生、俺は必ずあんたに子を孕ませる。もし俺が捕まって刑務所に戻されることになっても、あんたはその子を産むんだぜ。堕ろしたりしやがったらタダじゃおかねえ。必ずまた脱獄して、あんたとあんたの親兄弟、全員皆殺しにしてやるから、そう思え」

ハアハアと喘ぐ息を慶子の赤らんだ頬に吹きかけながら言った。

「俺の子を孕んだあんたは、結婚を約束した相手に捨てられるかもしれねえが、そうなったとしても、シングルマザーになってその子を育ててやってくれ。そうそう、その子の名前だが、『悟』にするんだ。分かったな。それがこの俺に対するあんたの贖罪ってわけさ」

そう告げて、再び腰を使いはじめた。

「うっ、うっ、くううっ」

堰を切ったかのように勢いを増したピストンに、慶子もその瞬間が近づいていることを悟らずにはいられない。

（あああっ！）

中に出される恐怖感が、恥ずかしさや口惜しさを圧倒し、慶子は悲痛な声を絞り出さずにはいられなかった。

「それだけは……それだけは許してっ」

運悪く危険日なのだ。本当に妊娠してしまうかもしれない。

「重松さんっ、お、お願いよっ」

なす術もなく犯される女医の慶子は、猛烈なピストンに腰を弾むように揺すられながら、哀願するしかない。

「なんでもするから……ううっ、な、中に出すのだけはやめてっ」

「そうはいくかよ」

悪鬼の笑みをたたえて断った重松だが、何を思ったか、不意に肉ピストンを止めた。

「なんでもするって言ったよな」

「ああっ……」

覗きこんでくるレイプ魔の顔に、慶子はすがるような目を向けて何度も首を縦に振った。こんな男の精液を子宮に注ぎ込まれるくらいなら、どんなことだってできると思った。

「そうか。なら――」

重松はきつい収縮を見せる慶子の花芯からペニスを抜き、腰を離すと、ビィーンと上向きに跳ね上がった肉の屹立の先端を、彼女の気品ある高い鼻梁に突きつけた。

「こいつをしゃぶってもらおうか」

「ああぁっ」

ヌラついてテラテラと光る男根のグロテスクさに、たまらず慶子は美しい顔を横にそむけた。

「俺はあんたを孕ませずにはおかない。そのために脱獄してきたんだからな。けどあんたがこいつをしゃぶって俺をイカせ、精液を飲んでくれるってんなら、次にチ×ポが勃つまでの間はそれができない。つまりあんたは少しばかり時間稼ぎができる。その間に事態があんたにとって好転しないとも言いきれない。どうだい、それに賭けてみるかい？」

「ううっ……」

慶子の眉間が深い縦ジワを刻んだ。

弄ばれている。どのみち中出しするつもりでいながら、重松は猶予を与えることと交換に、彼女に淫らな性サービスをさせようというのだ。その陰湿な企みが分からないほど愚かな慶子ではないが、たしかに重松が言うとおり、オーラルで射精させれば次の勃起までの時間稼ぎはできる。こんな男のものを口に含むなどおぞましいかぎりだが、中出しを避けるにはそれしかなかった。

「わ、分かったわ……」

眩暈に耐えつつ、慶子は言った。言うしかなかった。

「『分かったわ』じゃねえよ！」

重松は怒鳴り、慶子の乱れ髪を鷲づかみにして乱暴に揺さぶった。

「あんた、まだ自分の立場を理解してねえのか？　『分かりました。重松さまのご立派なおチ×ポをおしゃぶりさせてください』だ、言い直せ」

「わ、分かりました……重松さまの……お、おチ×ポ……ご立派な……おチ×ポ」

「声が小さい！」

「ああっ、重松さまのっ――」

居丈高な重松に何度も言い直させられた後、髪を引かれて上体を起こさせられた。リノリウムの床にペタンと裸の尻をつけて座らされた慶子の、前に伸ばした両脚をまたぐ格好で仁王立ちになった重松は、石のように硬く勃起したペニスの先に滲んだ我慢汁を彼女のメガネのレンズにヌラヌラと塗りつけながら、

「舌を出しな。まず先っぽを舐めるんだ」

と命じた。

（くううっ……）

慶子は目を閉じたまま、死んだ気になってかすかに唇を開き、すこしだけ舌をのぞかせた。

「もっとだ。もっと思いっきり出しな。アカンベーをするんだ」

「あ、あ……」

フェラチオなどしたことのない慶子が、強いられて精一杯に伸ばしたピンク色の濡れた舌の上に、重松は凶暴にエラを拡げたグロテスクな亀頭冠を乗せる。

「舐めろ。彼氏のだと思って、丁寧にだ」

「あ、あァ……」

身の毛もよだつ感覚。だが従うほかない。

慶子は目を閉じたまま、おずおずと舌を使いはじめた。

「もっと舌を擦りつけろ」

「んんんっ」

「そうじゃない。包み込むようにするんだ」

「んんっ、んんんっ……」

「そうそう、その調子」

満足げに言う重松の手が慶子のメガネを外した。

「なんで目を閉じてる？　開けるんだ」

「………」

慶子は仕方なく瞳を開いた。

眼前に、吐き気を催す醜い肉塊がある。不快な匂いに息が詰まった。

「あ……あ……んんっ」

「俺の顔を見ろ」

そう命じた重松は、彼の訴えをまともに取り上げようともしなかったあの高慢ちきな美人女医が、苦痛にゆがんだ表情でこちらを見上げながらペロペロと彼の汚らしいペニスの先端を舐めつづける光景に溜飲を下げた。メガネをとったその美貌からはクールさが減じ、そのぶん女っぽさが増した。

「なんてツラしてやがる。もっと嬉しそうに舐めろよ」

ニヤニヤしつつ言い、なだめるように慶子の美しいセミロングの髪を撫でる。以前とは違い、彼は勝者、征服者だった。目の前にいるこの裸のインテリ女医をどうとでも好きにできる。

「いいぜ。咥えるんだ」

コチコチの肉棒で慶子の高い鼻梁をパンパンと叩いて言った。

「気をつけな。歯を立てたりしやがったら承知しねえぜ」

ナイフの刃を見せて脅す。

「あ、あァ……あむむっ」

慶子は紅唇を開き、男の肉棒を口に含んだ。

「ングググッ……」

眉間のシワが深くなる。口の中に感じるグロテスクな形に、胃が痙攣を起こして、強烈な嘔吐感がこみあげてきた。太い肉棒を頬張らされたまま、慶子は涙目でグフッ、グフッと激しく咳きこんだ。

そんなことはお構いなしの重松に、

「チューチュー吸うんだよ。こんなふうに頭を動かしながらな」

指示され、つかまれている頭を前後に揺すられる。

「吸いながら、唇で肉棒を摩擦するんだ」

頭を揺すられながら、慶子はその言葉に従った。未経験のフェラチオがどんなにおぞましくとも、この逆恨み男性をなんとか「口を使って」射精させなくてはならない。結婚を来月に控えている今、膣内に「中出し」されることだけは絶対にあってはならなかった。

仁王立ちになった重松の左右の太腿を抱え込むようにして、慶子は自身でも頭を前後に振って、彼の肉棒を吸った。

「ムウウッ、ムウウッ」

初めての、そして懸命のマラ吸いに、赤らんだ端正な頬がへこんだりふくらんだりを繰り返す。乱れた髪が、汗に濡れた額やこめかみに粘りついた。形のいい鼻孔は拡がったり狭まったりしながら、フウフウと熱い息を吹いた。

「闇雲に吸えばいいってもんじゃねえぜ」

　宿願叶って勝利感に酔いしれ、内心は天にも昇る気持ちでいるくせに、重松は美人女医の懸命の性奉仕にそんな難癖までつけて苦しめる。

「もっと心をこめてしゃぶるんだ。妻の好美の身代わりなんだからなァ。自分の亭主か恋人だと思って、愛情深く舌を使うんだ」

　吸わせるだけでは飽き足りず、舌をうごめかせて裏筋をくすぐるサービスまで要求した。

　カアーッと恥辱感に灼かれながら、慶子は遮二無二奉仕しつづける。重松に頭をつかまれたまま首を振りたて、頬をくぼめながら夢中になって肉棒を吸った。中出しを避けたい一心で、死んだ気になって始めたフェラチオだが、

「ムググッ、ムグググッ……」

　夢中になって吸っているうちに、奇妙なことだが次第次第に嫌悪感が薄らいでいく。異常すぎる状況が、知的な女医の理性を麻痺させるのか、唇をすぼめて太い肉棒を締めつける懸命のマラ吸いは、まるで何かに憑かれたかのごとくだ。

5

そんな一途な口唇奉仕がもたらす妖しい感触に、

（うむっ、こいつはっ……）

重松も驚きを隠せなかった。

ヌラリヌラリとのたくる女医の生温かい舌が、彼の張りつめた肉傘のカリに生々しく絡みついてくる。久しぶりに味わう女の舌だからか、決して上手くはないはずのフェラチオが、この世のものとも思えぬ異様な快感をもたらすのだ。

「フフフ、気分が出てきたみてえじゃねえかよ、先生」

前後に振りたてる慶子の頭を鷲づかみしたまま、興奮のあまり重松はグイグイと腰を前にせり出し、とうとう彼女を元のあお向けの姿勢に押し倒してしまった。むろん剛直を口に含ませたままだ。

「やめるんじゃねえよ、先生」

「ムウーッ、ムウウーッ」

顔の上に押しかぶさってくる重松の毛むくじゃらの股間。そこからニョッキリ突き出たペニスを、全裸であお向けに押し倒されてしまった慶子は首をもたげるようにして吸いつづける。こうなると、まるで拷問のような光景だ。

不自然な体勢でフェラチオさせながら、重松の手は慶子の股間へ伸びた。

(い、いやっ)

たまらず太腿を擦り合わせて指の侵入を拒もうとする慶子に、

「脚を開きな」

重松が厳しく命じた。

慶子は従わないわけにはいかない。

「ムウウッ、ムウウッ」

首を振って肉棒を吸いつづけながら、締めつけた太腿の力を緩めると、

「俺のチ×ポを美味そうにしゃぶっといて、いまさらインテリぶるんじゃねえよ。妻の好美がやってくれたみてえに、もっとパックリと脚を開かねえかい」

下品極まりない重松の言葉で、おのれの振舞いのあさましさを思い知らされる。慶子はあお向けで無我夢中のフェラチオを続けながら、M字開脚の美しい下肢をさらに大胆に開かされた。

仕事場であるセンター長室のリノリウムの床の上で一糸まとわぬ素っ裸。男のペニスを夢中になって吸いながら、裏返しにされたカエルのように、はしたなく

下肢を開ききった美人女医・北村慶子の、噴水の形の恥毛に飾られた下腹部を、重松は好き放題に指でまさぐりつづける。無我夢中のフェラチオを続けるうちに慶子のほうも少しは気分が出てきたのか、ジットリと熱い湿り気を帯びた女貝の粘膜がとろけるようだ。それを指でコネまわすようにまさぐりつつ、

「吐き出せ」

重松はそう命じ、いったん慶子に剛直を吐き出させた。

「もう……もうやめて」

ゼイゼイと喘ぎながら哀願する慶子の美貌は汗に光って紅潮し、唇の片端から透明なヨダレを垂らしている。普段の彼女とは別人のような色っぽさは、やはり初フェラチオの効果なのか。

「『やめろ』だってェ？　『しゃぶらせてください』の間違いだろ」

淫らなヌラつきを示す女貝の粘膜をまさぐってやりながら、重松は慶子に自分から求めることを強いた。

「それとも中出しされるほうがいいか？」

「しゃ……しゃぶらせて……ください」

眼前にそそり立つ剛直を見つめたまま、熱く喘ぐ慶子はうわごとのように言った。

すぐさま、太い肉棒が再び口の中を犯してきた。

「ムグググッ」

慶子は苦しげに呻きながらも、首を振って懸命の奉仕を続ける。

「美味いか、先生？　俺のチ×ポは美味いかい？　どうなんだ？」

ますますヌラつきを増してくる媚肉を指でコネまわしつつ、重松が狂気じみた目つきで問う。塀の中での妄想どおり、いや、それを上回る現実の淫虐絵巻に、口の中に溜まるヨダレを何度も呑み下した。

「ンググッ、ングググッ」

伸ばした細首に筋を浮かせて吸う慶子が答えられないでいると、

「美味くないなら、抜いちゃうぜ」

意地悪く言った重松は肉棒を抜き、

「上の口がお気に召さないんなら、下の口で味わってもらうか？」

慶子の美しい鼻梁を亀頭冠でパンパンと叩きながら脅した。

「お、美味しい……美味しいですっ」

繰り返し中出しのことを持ち出される慶子は、喘ぎあえぎ懸命に言う。

「くださいっ、慶子に、重松さまのおチ×ポをもっと吸わせてくださいっ」

「フフフ、淫乱女め。これがあんたの――北村慶子医師の本性か」

そんなふうにからかわれても、反発している余裕など今の慶子にはない。自分から首を伸ばして重松の剛直を口に含むと、

「ムグフウッ、ムグフウウッ……」

前にも増して狂おしくマラ吸いに没入した。

重松は途中何度も肉棒を抜いた。抜いておいて、

「もっと上手にしゃぶって俺を喜ばせないと、下の口を使わせてもらうぜ」

そう脅しをかけたうえで、慶子に、「吸わせてください」と自分から求めさせ、また頬張らせるのだから、いやがうえにも慶子は気が焦り、フェラチオも狂乱の度を増していく。重松は、抜いたり頬張らせたりを繰り返しつつ、その間ずっと指で慶子の女貝の粘膜をクチュクチュとしつこく愛撫しつづけた。陰湿なまでのその手練手管に、

「ングウウウーッ」

慶子は腰をくねらせて身悶えた。

唇を擦りながら出入りする剛直の長大さ力強さに圧倒されながら、あさましく開ききった太腿の付け根に咲き誇る肉の妖花を蹂躙される。憎むべき犯罪者に、

素っ裸のまま、風俗嬢がするような下劣な性奉仕を行っている。そんな自分自身の恥知らずな振舞いに正常な感覚を掻き乱されてしまったのか、ピンク色の靄がたなびく脳内に、不思議な法悦感すらふくれあがってくる。

だが不意に怯えの目を見開き、

「ムグウウウーッ！」

喉奥に悲鳴をくぐもらせたのは、口腔内をみっちりと占めた男の肉塊が漲りを増したのを感じたからだ。初めての体験ではあるが、射精の前兆だと知った。

「ううっ、出るっ」

重松がせっぱつまった声で呻いた。

慶子の頭に両手の指を食い込ませ、

「飲めっ、俺の精液を全部飲むんだっ」

と怒鳴って乱暴に揺すりたてた。

ギリギリと頭蓋骨に食い込んでくる指の力に、慶子は漲る肉杭を口一杯に頬張ったまま、かろうじてウン、ウンと首を縦に振ってみせた。直後にドンッと破裂の衝撃を脳に受けた慶子の喉奥に、バシャッ、バシャッと叩きつける感じで熱いマグマが降り注ぐ。

「ンガガガッ……」

粘液の塊に気道を塞がれ、あやうく窒息しそうになった慶子はその塊を呑み下さないわけにはいかない。ゴクリゴクリと喉を鳴らし、こみあげる嘔吐感に耐えながら、栗の花の匂いが濃いレイプ魔のザーメンを嚥下しつづけた。

ようやく発作を終えた肉棒を重松が抜き去ると、

（ア、アアアッ……）

濡れた唇を開いたままの慶子は、まるで自身も気をやったかのごとくに、あお向け大の字の裸体をビクンッ、ビクンッと痙攣させた。

脱獄囚の煮えたぎる汚らしい体液を飲まされた。胃の腑まで汚し尽くされてしまったショックで、しばらくは何も考えられない。

が、重松が、まだ萎えていないペニスをこれ見よがしに彼女の眼前に突きつけてくると、怯えにハッと瞳を見開き、

「そ、そんなっ……」

と絶句した。

萎えさせるために――萎えさせて、膣内に中出しされないために、おぞましさに耐えて懸命に肉棒を吸いつづけたのである。射精しても萎え衰えない剛直を突

きつけられて、目の前が真っ暗になった。

「驚いたかい？　だろうなァ」

重松は、慶子の唾で濡れた肉棒を自慢げに揺すってみせる。剛直の先端からはまだ、乳白色の残液がしたたっていた。

「俺も驚いてるぜ。このジュニアの元気さにゃあ我ながらおったまげた。こんなことは初めてだ」

自分でも驚いてしまう精力。それはそうだろう。女っ気が皆無の刑務所生活で、センズリでヌクことはあっても、溜まりに溜まった欲望が満たされないまま常にグツグツと煮えたぎっていた。ありあまる二年分の精力は、オーラルで一回射精した程度では到底収まりがつかない。

「やっぱり、おしゃぶり程度じゃなァ」

エレクトしたままの肉棒を見せつけながら、意味深に言った。

「なにせ先生みたいな美人女医さんが、素っ裸でお股を開いてくれているんだ。フェラチオで済ませるには勿体無さすぎるよなァ」

「約束が……約束が違うわっ」

慶子は美貌をこわばらせ、あわてて両膝を閉じ合わせた。

重松の陰湿な笑いから、彼が約束を反故にしようとしているのが分かる。慶子の口の中に出しただけでは飽き足りず、やはり肉交をして中出しするつもりなのだ。

「い、いやっ」

裸身を反転させて床にうつ伏せになり、四つん這いになった。這いつくばって逃れようとするのを、後ろから重松に双臀を抱え込まれた。

「そうかい先生。後ろからハメられたかったのかい。だったら言ってくれりゃあいいのに」

「いやっ、離してっ、ああっ」

秘所に矛先を押しつけられ、慶子は髪を振り乱して拒む。

「知ってるかい？　射精は一発目よりか二発目のほうが妊娠しやすいんだとよ。精子が新鮮だからだそうだ。おっと、医者のあんたにゃあ、釈迦に説法だよな」

「いやあああっ」

今しがたまで口の中に頬張っていた剛直が、焼けた熱鉄のように感じられた。矛先が秘口にめり込むやいなや、ズブズブーッと深いところまで沈み込んでくる。口惜しいが一回目よりも易々と受け入れてしまったのは、指でさんざんにコネまわされた秘肉がとろけきってしまっているせいだ。

「ああ、まったく、なんてオマ×コしてやがる。肉のヒダヒダが生き物みてえに絡みついてきやがるじゃねえか」

得も言われぬ感触に呻きながら、重松は力強く腰を使った。

女医の濡れた媚肉は、先ほどよりもさらに生々しさを増している。ヒクヒクと収縮を示しながら、彼のペニスを奥へ奥へと吸い込むようにうごめいた。こんな名器を味わえただけでも、苦労して脱獄した甲斐があったというものだ。

「へへへ、いいぜ。たまんねえ。たまんねえよ先生」

リズミカルな肉ピストンで、重松は結婚間近な女医の丸いヒップにピターン、ピターンと音を立てて下腹を打ちつける。子宮口を突きえぐってくるその力強い抜き差しに、

「ああっ、いやっ、いやよっ、重松さん、お願いっ」

四つん這いの慶子は悲痛な声を高ぶらせて泣いた。

張り出した肉のカリで、繊細な膣襞をコネまわされる。抜き差しされるたびに身体の芯に甘い痺れが走った。犯罪者にレイプされているというのに、恥知らずな肉の悦びを感じてしまう女体。そんな自分の身体が慶子はただただ怖ろしい。

だが何よりも恐ろしいのはやはり妊娠だ。中にだけは出されたくない。慶子は

狂ったように髪を振り乱しながら必死に哀願した。

「お口で……もう一度お口で……ああぁっ、駄目えっ」

先ほど射精前に口の中で感じた男根のあのみなぎりを、今は膣内で感じている。

その瞬間が差し迫っていた。フルスロットルで抽送されるピストン。その長大な男根の矛先が子宮内まで届いているかのように錯覚して、

「駄目ええぇっ！」

慶子は喉を絞って泣き叫んだ。

「出さないでっ！　出さないでええっ！」

だが死に物狂いの懇願にも耳を貸さない重松は、激しい息使いと共に、

「もう一度言う。生まれてくる子につける名は『悟』だ。あんたがこの俺から奪った息子の名だ。絶対に忘れるなよ。絶対にだ」

唸るように言うと、

「んおおおおっ！」

背中を反らし、みなぎりの限界に達した肉棒の先からブシュウウーッと盛大に体液を噴いた。

「アアアアーッ！」

絶叫と共に慶子の背中も弓なりに反った。

こちらを逆恨みした男の熱い精液が、結婚を来月に控えた彼女の子宮の壁に容赦なく降り注ぐ。なんという理不尽さだろう。後から後から噴き出てくる灼熱のマグマに、慶子は何もかも——夢も希望も、人としてのプライドさえも——灼きつくされていく。

第二章　ボランティア女子大生の美尻

1

2Fのセンター長室で異変が起こっているのも知らず、1Fロビーでは善意に満ちた楽しいクリスマスパーティーが続いている。

音大のボランティア女子大生が弾くオルガンの音色に合わせて、「ジングルベル」「赤鼻のトナカイ」「もみの木」と、定番のクリスマスソングを皆で歌い、三曲目の「もみの木」を歌いはじめた時だった。

いつからそこにいたのか、安物の背広を着た二人の見慣れない男性がロビーの壁に背をもたせかけて皆の合唱を眺めつつ、一人が悠然とタバコをくゆらせているのを見咎めて、女性看護師の一人が近づいていき、

「あの……どちらさまですか？」

と訊ねた。

院内はむろん禁煙である。いやそれ以前に部外者立ち入り禁止である。諸般の事情で遅れて参加する患者の両親がいるかもしれないということで、今夜にかぎって入口のドアをロックしないままでいたのだが、その二人（一人は鷹を思わせる鋭い目つきをした背の高い壮年男性、もう一人はずんぐりとした体形の中年男だ）は患者の父親という雰囲気ではなかった。

「名乗るほどの者じゃねえよ」

長身の男が笑みを浮かべたまま言い、吸っていたタバコを床にポイ捨てし、革靴の踵で踏みにじった。

エッと驚いて、その足元を見た看護師は、なにか言おうとして顔を上げ、男の頬にある大きな傷跡を見てハッと息を呑んだ。

その看護師のこわばった表情を観察しながら、ずんぐりとした中年男のほうはニタニタしている。

「俺のダチが、ここの責任者に大事な用があるらしくてね」

見るからにタダ者でない風貌をした壮年男が、二本目のタバコを取り出しながら言った。

「奴の用事が済むまで、俺らもここでパーティーを楽しませてもらおうかと思っていたところだ」

男はタバコを咥え、ライターで火をつけて深く吸うと、看護師の顔にフーッと紫煙を吹きかけた。

看護師が顔をしかめ、思わず数歩後ろへ下がると、男は背広の上着ポケットに片手を入れ、なにか取り出した。

（あっ！）

黒光りするコルト拳銃に、看護師が目を丸くし、声も出せず金縛りになってしまっている前で、もう一人の中年男のほうもポケットから拳銃を取り出した。

壮年男のほうが銃口を天井へ向け、こともなげに引き金を引いた。

ガァーン！

銃声が響きわたり、明るい歌声とオルガン伴奏が瞬時に止まってしまった広いロビーの中に、銃声の反響音だけがキィーンと聖夜の空気を不吉に振動させている。この瞬間、病院は善意の楽園から悪意の地獄に変わった。

「俺は武藤銀次。二日前にムショを脱獄してきた。こいつは舎弟の川上健造。名前は覚えてくれたか？　忘れるな。俺は物覚えの悪い奴は好きじゃねえ」

現実とは思えない出来事に、全員が息を止めて石のように固まってしまった中、数人の子供たちが大声で泣きだした。

「ちっ、うるせえガキ共だ」

病人や子供を手にかけることも何とも思わない銀次である。だが、難病患者である子供たちには危害を加えないでくれ——そう重松から頼みこまれている。

「健、ガキどもをどっかへ連れていけ。看護師も目障りだ」

フーッと紫煙を吐いた銀次が、顎をしゃくって舎弟に命じた。

「行け」

健造が拳銃を手に看護師らを急かした。

怯えきった様子の女性看護師らは、子供たちのベッドや車椅子を押し、ロビーから通路へ出ていく。三十人ほどいる父親や母親たちも一緒だ。ただ父親たちの中で一人だけ、「待て」と銀次に声をかけられ、「あんたはここにいろ」と言われてロビーに残らされた男性がいた。

その一人を除き、ゾロゾロと移動していく彼ら彼女らを拳銃で脅しながら、

「兄貴、こいつら素っ裸に剝いちゃっていいですかい？」

舎弟の健造が念のために訊いた。

「お前の好きにしてかまわねえ」

銀次はタバコをくゆらせつつ鷹揚に言った。

今回の脱獄では、先に出所していた健造にずいぶん世話になった。面会に来ていた彼の知り合いに、立ち会いの刑務官に分からぬよう隠語を使った会話で脱獄の手筈と予定日時を伝えた。健造は付き合いのあるその筋の人間を通じて、数丁の拳銃を、そして服や日用品のたぐいを用意していてくれた。前に二人で脱獄した時の、数ヶ月間の人妻レイプ行脚の楽しさが忘れられないらしく、今回もやる気満々である。すこし知恵が足らないのか、後先のことは考えない男なのだ。

その健造に追いたてられて、子供たちとその両親ら、それに宿直の看護師七名がロビーからいなくなると、銀次はロビー中央に据えてある一人掛けのゆったりした肘掛け椅子に腰を沈め、残った者たちを見回した。

いまこのロビーにいるのは、銀次のほかに、サンタクロースの着ぐるみを着た竹田弥生を含む五人の女子大生ボランティア、そしてシスターの山本貴美子、居残りを命じられた父親が一人、計八名である。

二十歳前後の若いボランティア女子大生ひとりひとりを、銀次は値踏みする目

でジロジロ見ながら、

「お嬢さんがたは学生かい？」

そう問うたが、答える者は誰もいない。

「おい、耳はついてねえのか⁉ 訊いてるんだぜ！」

銀次が声を荒げたので、女子大生らは身を寄せ合ったままヒッと小さく悲鳴をあげ、ますます怯えきった。偏差値の高い一流大の学生たちである。こんな凶悪そうな男とは今まで一度も接したことがない。

すっかり怯えきっている彼女らに代わって、

「みな学生さんたちですわ」

信仰の強みと言うべきであろう、シスターの山本貴美子が凜とした声で答えた。

「ボランティアの学生さんたちです。乱暴はなさらないで。あなたがたの目的は何なのです？」

銀次は鷹のような目でジロリと貴美子を見た。

三十代前半くらいだろうか。グレーの修道女服が清らかなたたずまいの彼女の隣には、サイズの合わないダブダブのサンタクロースの着ぐるみを着たままの竹田弥生がいる。大きな白い顎ヒゲをつけていても、若い女性であることはすぐに分かった。スラリとして気品ある雰囲気と彫りの深い美貌から、修道女のほうはクリスマス用のコスプレではなく、本物の尼僧なのだと分かる。艶やかにウェーブのかかった髪が肩のあたりに渦を巻いていて、匂い立つほどに美しい。

「修道女にサンタクロースか。クリスマスムード満載だな」

肘掛け椅子にゆったり腰掛けたまま、銀次はフッと皮肉に笑った。

ロビーには煌びやかに飾りつけされた大きなツリーがあり、天井から万国旗が垂れ下がっている。鳴らされたクラッカーの残骸が床にいくつも転がっていた。

「お嬢さんがたは、そこに並びな」

銀次は自分の二メートルほど先を指で差し示した。

女子大生らが震えながら従う。四人が銀次の前に横一列に並んだ。

その列の端に並ぼうとしたサンタ役の弥生に、

「サンタはこっちだ」

ニンマリほくそ笑んだまま、銀次は自分のすぐ脇を指差した。

弥生は怯えつつも従わざるを得ない。ダブついたサンタの着ぐるみのまま、ヨタヨタと歩いて銀次の脇に立った。

「武藤さんとおっしゃられましたね」

よく通る声で、シスター貴美子がもう一度言った。

「あなたがたがここに来られた目的をお聞かせください。『脱獄した』と言われましたが、つまり警察に追われて、ここに逃げ込んでこられたということでしょうか？　でしたら——」

「あれこれと口うるせえ修道女さんだな」

銀次が眉間にシワを寄せ、だが口の端に笑みを浮かべたままで言った。「蠍の銀次」のことをよく知っている者であれば、それが相手を再起不能なまでに打ちのめす前に彼が見せる、独特の表情——つまり危険信号なのだと分かる。

「さっきも言ったろう？　ここに用事があるのは俺のダチで、俺と弟分はそいつを手伝っているだけだ。だが何もしないでいるのも退屈だし、せっかくだからイブの夜を楽しむのも悪くないと思ってね」

「どういうことです？　クリスマスはイエス様の誕生を祝う尊い日なのです。そんな日に、罪もない人々を苦しめたりすることは、神様が決してお赦しになりません」

「ハハハハハ！」

銀次の眉間のシワが消え、さも愉快そうな笑い声がロビーに響き渡った。

「何がおかしいのです!?」

今度は貴美子が眉間にシワを刻む番だ。

普段は沈着冷静な彼女だが、イエス様とその教えを蔑まれるのだけは我慢ならなかった。それだけ一途な信仰なのだ。

「そうか、神様がお赦しにならないか」

まだしゃくりあげるようにして笑いながら、銀次が告げた。

「そういうことをやってみたいんだ。イブの夜にな。尼さんが見ている前で」

2

ロビーを出て健造に追い立てられる看護師、保護者らの一団は、途中に病室エリアを通り、車椅子や移動用ベッドに乗った子供たちを一人一人個室に戻した後、ナースステーションに向かった。

銀次と違い、さして知恵がまわるわけでもない健造が苦もなくそれをこなしているのは、何度もここに足を運んだことのある重松が書いた院内見取り図を、銀次に言われてあらかじめ頭に叩き込んでいるからだ。

ややもすると暗い気持ちに陥りがちになる難病者のための病棟に、あえて明るさと開放感をもたらすよう設計されたナースステーションは、通路側に大きく弧を描いて張り出した壁が透明な強化ガラスになっていて、外側から見ると水族館の巨大水槽に見えた。

「さあ入れ、グズグズすんな」

と拳銃をかざして命じた健造は、白衣を着た七名の女性看護師と、子供たちの両親三十人ほどをその「巨大水槽」の中に収容すると、最後に自分も入って入口ドアをロックした。

「全員服を脱ぎな」

今回、兄貴分である武藤銀次の脱獄を手助けするにあたり、彼が一番やりたかったのがこれだ。前回の脱獄の際にも、あちこちで複数の女性を監禁レイプしておおいに楽しんだ。「病院を占拠する」と聞かされて彼が満面の笑みを浮かべたのは、ナースらを全員裸にして酒池肉林、ソドムの宴を催すことができると思ったからなのだ。

むろん人質たちもすぐに裸になろうとはしなかったので、

ガァーン！

健造はコルト拳銃を天井に向けて一発撃ってみせ、ヒイッと肝をつぶして縮み上がった彼らに、

「服を脱ぐのが遅い奴を二、三人撃ち殺そうかな。なにせ人数が多すぎて、うっとうしいし」

と銃口を向けて脅した。

こうなるともう、恥ずかしいなどと言っている場合ではない。人質たちは男も女も我先に服を脱ぎはじめた。

上衣を脱ぎ、下着も脱ぎ——全員が丸裸になって、手で前を隠しながら身体を前屈みに縮み込ませると、

「看護師は裸の上に白衣だけ羽織って、ここに来い。ボタンはとめなくていい。おっと——そうだな。パンストは穿け。下着はつけずにパンストだけ穿くんだ」

健造は拳銃を手にしたまま、自分のすぐ前の床を指して命じた。

ノーパンの下半身にパンティストッキングだけ穿かせるのは、彼の個人的趣味なのだ。人妻レイプ行脚をしていた時分にも、「変わった趣味してやがるな」と兄貴分の銀次からよく首をかしげられた。とりわけナースとパンストは彼の中で切り離せない。

「他の者は壁に向かって正座しろ。横一列だ」

そう告げた彼のお目当てはやはり看護師らだ。子供の父親はもちろん、ザッと見回した感じだと、とりたてて美人もいなさそうな母親たちなどどうでもよい。そいつらを逃げないよう壁際に正座させておき、七人の若い女性看護師の身体をじっくりいたぶって楽しむつもりなのだ。

一糸まとわぬ素っ裸で壁に向かって横一列に正座させられた父親・母親たちは、捕虜になった兵士のように両手を頭の後ろに組まされている。男女合わせて三十人ほどもいるので、両隣と体が触れ合うほどに密着していて、閉ざされたナースステーション内の空気は、全員の肌の匂いとぬくもりでムンムンと噎せ返るほど生温かくよどんだ。床には全員分の服と下着が散乱している。

その生温かくよどんだ空気の中、彼の前に横一列に並んだ若い白衣の天使たち七名を後ろ向きに立たせると、

「自分で裾をまくり上げろ。尻をチェックしてやる」

と命じた。

「グズグズしてる奴は、こいつで背中に風穴を開けるぜ」

そう脅し、口で「パァーン！」と発声してみせたものだから、看護師たちは皆

あわててワンピースの白衣の裾をまくりあげた。

ノーパンの下半身にパンティストッキングだけを穿いた七つの桃尻が健造の前に晒される。薄いパンストの皮膜に包まれた双丘は若さで張りつめ、どれもたまらないほど妖しく見えた。白衣の天使らの尻だと思えばこそ尚更だ。そのエロさを味わいたいがために、あえて全裸にせず白衣を身に着けさせている。

並んだ妖しい七つのヒップに今すぐ齧りつきたい気持ちをこらえて、

「尻をこっちへ突き出せ」

健造は手の甲でヨダレをぬぐいながら、

「顔もこっちに向けろ。この俺を見るんだ」

矢継ぎ早に指示を出した。

ナースたちは従わざるを得ない。白衣の裾を両手でつかんで捲り上げたまま、ノーパンのヒップを健造のほうへ突き出す。同時に首を後ろへ捻じって、怯えきった目で健造のほうを見た。

「へへへへ、たまんねえぜ」

これほど興奮したのは久しぶりだ。女たちを思うがままにかしずかせ、性奉仕させて楽しむ。その喜びを味わうためなら、また長くムショ暮らしをすることも厭わない。

「色っぽく尻をくねらせろ。グズグズしてる奴や色気の足りねえ奴はあの世行きだぜ。せっかく拳銃があるんだ。一人くらいはバラさねえと、わざわざ手間をかけて調達した甲斐がねえからな」

健造は拳銃をちらつかせながら言った。

こういう脅し方も兄貴分の銀次から学んだものだ。銀次は彼よりだいぶ年下だが、女に言うことをきかせる手練手管には脱帽する。

（あ、あああっ……）

（死にたくない……）

（いや、いやよっ）

白衣の裾をつまみあげたまま横一列に並ばされたナースたちは、健造のほうへ突き出したノーパンのヒップを左右に振りはじめた。パンストの皮膜効果で色っぽい肉のカーブを強調された双丘が七つ、彼の目の前でクリッ、クリッと振り立てられる。匂い立つ若い尻はどれも今が食べ頃。まさに選り取り見取りだ。

「不景気なツラすんなよ。笑顔だ笑顔。看護師に大切なのは笑顔と愛嬌だ。違うかい？」

ベソをかいた若いナースらの顔を眺めつつ、健造は無理難題を吹っかける。ナースたちは必死に作り笑顔をした。後ろへ捻じった顔に懸命の愛想笑いを見せながらの、全員での尻振りサービス。たまたま宿直のタームがまわってきたイブの夜に、まさかこんな恥辱を味わわされようとは……。

健造は彼女らに近づくと、一番左端にいるナースの尻に触れた。

「ヒッ！」

小さく悲鳴をあげて双臀を硬直させた相手に、

「止めるな。そのまま続けろ。笑顔だ笑顔」

そう命じておいて、あわてて尻振りを再開した彼女の臀丘の丸みを撫でまわしはじめた。

サラサラした薄いパンストの皮膜越しに、若い肉の弾力と温かみが手のひらに伝わってくる。その感触を存分に味わいつつ、健造はじっくりと撫でまわし、パンパンと叩いた。

それから二人目の尻に移った。こちらも作り笑顔の尻振りを続けさせながら、薄いパンストに包まれた丸い臀丘を撫でまわし、パンパンと叩く。しつこくて粘っこい中年男の愛撫はいかにも猥褻で、その陰湿な性格を物語っている。その間、壁を向いて全裸で正座させられた父親母親たちは無言だ。手を後頭部で組み合わせたまま微動だにせず、ただひたすらに嵐の過ぎ去るのを願っている。

三人目、四人目と、そうやって一人ずつナースたちの七つのヒップの感触を手のひらで堪能した健造は、再び一番左端のナースの尻の後ろに立つと、

「この七人の中じゃ、あんたの尻が一番セクシーだぜ」

まだプリップリッと左右に振りつづけているヒップの丸みを撫でさすりながら言った。

「尻振りもまずまず合格点だ」

「あ、ありがとうございます……」

虫唾の走る中年男の褒め言葉に、礼を言う若いナースの作り笑顔はこわばっている。七人の中では彼女が一番目鼻だちが整っていて美しかった。

「彼氏はいるのか?」

「えっ……」

「彼氏だよ。付き合っている男はいるのか?」

臀丘のカーブを撫でさすりつつ、健造が問うた。

「い、いません……今は……」

止めていいとは言われていないので、他の六人と同様、ノーパンの尻を揺すりつづけながら美人看護師は答える。

「本当だな？　嘘をつくと承知しねえぜ」

「嘘じゃありません」

「そうか。じゃあしばらく姦ってねえんだな」

「………」

「こんないい尻をしてやがんのに、ご無沙汰とは勿体ねえ。よし、上手く尻を振れた褒美として、一発目をあんたにくれてやる」

「えっ⁉」

ナースの顔から作り笑顔が消えた。

ニンマリ笑った健造は、さすがにハッとなって尻振りを止めた美人ナースに、ズボンのジッパーを下ろしてみせ、

「こいつのことさ。こいつを食らわしてやる」

そう言って、屹立した肉棒を取り出してみせた。

「いやっ」

その長大さとグロテスクさに、たまらず目を閉じた美人看護師だが、生々しい

残像は瞼の裏に焼き付いてしまう。

「動くな。死にたくなきゃな」

そう脅され、拳銃を背中に突きつけられた彼女は、突き出した双臂を揺すって拒むことすらできない。それどころか命じられて両脚を開かされてしまった。

「あああァ」

「へへへへ、じっとしてろよ」

健造はしゃがみ込み、美人看護師の下半身からパンティストッキングをむしり取りはじめる。極薄の繊維に爪を立ててつかみ、左右の太腿やら臀丘のあたりをあちこちビリビリと引き裂いていった。

「ああっ、いや、いやです」

ノーパンの尻である。そんなふうに引き裂かれていくのが恐ろしく、ナースは泣き声をあげた。その悲痛な声こそ相手を一番喜ばせることだと気づく余裕はない。

「いやあァあ」

「へへへ、あんなに色っぽく尻を振ってこの俺を挑発しといて、いまさら『いやぁあん』もあるもんか」

健造は全部を剝ぎとりはしなかった。パンストをあちこち引き裂かれて柔肌を露出させられた若いナース、その無残さが彼を興奮させるのだ。

「よし、入れてやる。ぶっといのをな」

脅すように言った健造は、看護師の突き出した尻の狭間に剛直の亀頭冠を押しつけると、「ヒイイーッ」と泣き声を高ぶらせるのもかまわず、ズブズブーッと埋め込んでいった。

「あああああっ」

バックで深々と肉棒を沈められ、美人看護師の背中が弓なりに反った。灼熱の剛直でみっちり隙間なく膣内を埋められてしまうと、圧迫感でもうまともに息もできなくなり、目を見開いたまま口をパクパクと喘がせた。

「はあっ、ああっ、はああっ」

「いいぜ、ねえちゃん、あんた、名前は何てんだ？」

「いやっ、いやっ」

「『いや』じゃ分かんねえよ」

久しぶりに女を犯す興奮に、血走った目をギラつかせる健造は早くも腰を使いはじめる。ズンッ、ズンッと情け容赦なく突き上げながら、隣で半泣きになって尻振りを続けている看護師に、

「このねえちゃんの名前は何ていうんだ？」

と問うた。

「こ、こずえさんです。木内こずえさん……」

尻を振りながら若い看護師が声を震わせて同僚の先輩の名を告げると、

「そうか——こずえ、美人なうえに、いいオマ×コしてるぜ。俺のチ×ポの味はどうだ。気に入らねえとは言わせねえ。ほら、どうだ、ほらほら」

ズンズンと力強く突きえぐり、コネまわすように腰を使った。

「感じるだろ？　感じたら声をあげていいんだぜ。お仲間がいるからって遠慮はいらねえ。どのみちこいつらも、ひいひい啼くことになるのさ」

「ああっ、あああっ」

バックからの強烈な突き上げに全身を痺れさせ、もう立っていられなくなった看護師は、健造に腰を抱え込まれたまま前に崩れ、両手を床についてしまう。床に這った看護師の白衣の裾をさらに捲り上げて背中まで露出させた健造は、ますます興奮して猛然と突きえぐりつづけた。美人看護師は肉感的でいい身体をしている。激しい突き上げに、豊かなバストがタップンタップンと重たげに揺れた。腰が細くくびれて、ヒップのサイズは九十センチ近くあるように思えた。このまま中出ししてしまいたくなる媚肉の感触。だが健造はどうにかこらえきった。精力に自信のある彼でも、さすがに七人もの女の体内に連続で射精して萎えずにいる自信はない。まずはひととおり全員のナースを味わいたいので、中出しはしないままでいったんは肉棒を引き抜いた。

ビィーンとバネのように跳ね上がった剛直の前で、パンストを破られた看護師の大きな双臀がわななく。

「あああァ……」

一番手として犯されてしまった美人看護師は、哀しみの声をあげて崩れ落ちると、床に突っ伏して嗚咽しはじめた。

そのさまに、悪鬼の顔をほころばせた健造は、

「待たせたな」

と言って、隣の看護師の尻の前にしゃがんだ。

「次はあんたに入れてやる。ほら、もっとケツを突き出せ」

「あっ、許して、許してください」

「聞こえねえのか。ケツを突き出すんだよォ」

哀願も通じず、スレンダーな身体つきをした十八歳の新米看護師は、背中に銃

口を突きつけられて、双臀を突き出すしかなかった。その双臀をパンパンと宥めすかすように手のひらで叩くと、健造はやはりパンストを破りはじめる。

ビリビリとパンストを裂かれ、白い臀丘を剝き出しにされていきながら、

「いやっ……ああっ、いやっ……」

気の毒な若いナースは、か細い声ですすり泣いた。拳銃を持った相手が恐ろしくて、白衣の裾をつまんで尻を突き出すポーズを崩すことができない。

「へへへ、いい感じだぜ」

やはり全部をむしりとることはせず、適当なところで止めて健造はそのスレンダーな女性看護師のヒップを抱え込んだ。

「ひいいいっ」

「へへへへ、そおれ――」

「あああーっ」

いきり立った剛直を、バック姦で肉の割れ目に捻じ込んでいく。ズンッと最奥まで届かせておいて、

「うっし、うっし」

掛け声をかけながら腰ピストンを開始した。

「あっ、あっ、ああっ」

容赦の無いピストン抽送に揺すられる新米看護師は、髪を乱して首を横に振りながら、途切れ途切れに「あっ、あっ」と泣き声をこぼした。まだ男性経験があまり無いらしい果肉の瑞々しさに、

「なかなか締まりがいいじゃねえかよ、ねえちゃん」

上機嫌の健造は力強いピストンを打ち込みながら、看護師の白い臀丘の丸みにピシピシと平手打ちを食わせる。その間も、残り五人の若い看護師たちは横一列、自身の手で白衣の裾をつまんでたくし上げ、パンストしか着けていないヒップを後ろへ突き出して懸命に揺すりつづけながら、犯される順番がまわってくるのを待っている。壁に向かって座らされた三十人ほどの父親・母親たちは、素っ裸で両手を頭の後ろに組んだまま、難が自分たちに及ばぬよう、ひたすらに息を殺していた。

3

ボランティア女子大生が四人、背中をこちらへ向けて並んでいる1Fロビーの

光景は、川上健造が今、ハーレムの支配者となって「君臨」しているナースステーションのそれと似ている。

違うのは、明るい色のスカートの裾を自分の手でたくし上げ、肘掛椅子に座った武藤銀次の目に若い健康的な下半身を晒している女子大生らの尻がノーパンではなく、四人とも純白パンティを穿いていることだ。

もうひとつ、ナースステーションのほうと事情が異なる点は、さきほど銀次からここに残るように命じられた男性――入院している子供の父親――が、銀次に「助手」としてこき使われていたことである。

椅子に座って脚を組み、ゆったりとタバコをくゆらせる銀次に、ジロリと横目で見られて、

「あんた、名前は？」

そう問われた父親は、まるで蛇に睨まれた蛙。金縛りにあったようにロビーの隅に突っ立ったまま、緊張にゴクリと唾を呑み、

「桜井です」

と、かすれた声で答えた。

皆よそへ連れていかれたのに、どうして自分だけここに残されたのか。理由が

分からない。もしかして真っ先に拳銃で撃たれるのが自分なのかも……そう思うと恐怖で漏らしてしまいそうだ。スカートをたくし上げた女子大生らの下半身を見る余裕もない。

「桜井さん、あんたにいろいろ手伝ってもらいたいんだが、かまわないかい？」

銀次に問われ、

「はい」

と答えてから、

「もちろん」

と、やけに大きな声で付け加えた。

「よし、じゃあ——」

銀次がニヤリと笑って言った。

「学生さんたちのパンティを脱がしてやってくれ」

「えっ⁉」

桜井は驚いた。

「パ、パンティ？……」

「そうだ、下着だ。彼女らの下着を脱がせるんだ」

「私が――ですか？」

「あんただよ。そのためにあんたをここに残した」

銀次が言うと、

「馬鹿な真似はおやめなさいっ」

シスター貴美子が高い声で制した。

「そんな破廉恥なことを……一体あなたには良心というものがないのですかっ⁉」

拳銃を持った凶悪犯を諫めようとする貴美子とて、恐怖心が無いわけではない。

それでも、正しいことを正しいとし、決して悪を見過ごしたりしないのは、やはり強い信仰心のたまものだ。自身の身の安全は二の次なのだ。

「そのような淫らな行いを、神様は決して――」

「『お赦しにならない』――だろ？」

銀次が先回りして言った。

「ふふん、ご立派なことだ。じゃあ、こうしないかシスター。前途ある女子大生さんたちに恥をかかせないために、あんたが身代わりになって脱ぐ。下着を脱いで、この俺に裸の尻を見せるんだ」

「なっ⁉……」

グレーの修道女服が凛々しい貴美子の、端正で美しい頬がこわばった。

「何を言うのですっ！」

「驚くことはねえだろ？　あんたらが好きな『自己犠牲の精神』ってやつだ。どうした？　できねえのか？　やっぱり身代わりにはなりたくねえんだな？　ふふん、あんたら聖職者の言ってることは所詮その程度。自己満足の綺麗ごとに過ぎねえのさ」

銀次はいやらしい視線を貴美子に——ドレープの襞々がエレガントな雰囲気を醸し出す修道女服に——ネットリとまとわりつかせながら揶揄した。それから新しいタバコに火をつけ、フーッと煙を吐いてから桜井のほうへ顔を向け、

「どうした桜井さん？　やってくれるんだよな？」

嫌とは言わせないぞとばかり、ニンマリと笑いかける。

「は、はい……」

真っ青な顔でそう答えた桜井は、極度の緊張を示すぎこちない歩みで女子大生らに近づいた。スカートを自分の手でたくし上げて横一列に並んでいる四人の、一番端の女子大生の尻の後ろにしゃがみこむと、震える手を白いパンティの上縁にかけ、

「す、すまない……」

と、脱がす前に小声で言ったのは、小心者で生真面目——つまり銀次とは正反対の性格の男なのだ。

「いやぁァ」

スカートを両手でたくし上げたまま、女子大生は声を放って泣いた。

それでも椅子に座ってこちらを睨んでいる脱獄囚のことが恐ろしく、身動きはできずにイヤイヤとかぶりだけ振る。

その悲痛な泣き声に、

「やめてっ！」

シスター貴美子がたまりかねて叫んだ。

「その子たちに手を出さないで！　そ、その代わり——」

貴美子はそこで言い淀んだ。出かかった言葉が、ためらいによって喉元で堰き止められた。

「その代わり？　その代わり、何なんだ？」

待ってましたとばかり、銀次が冷たい笑みを浮かべて訊いた。

「身代わりになる決心がついたかい？　こいつら四人の代わりに、あんたが下着を脱ぐ。パンティを脱いで、この俺に裸の尻を見せるんだぜ」

先ほど言ったことを繰り返したのは、銀次の嗜虐性の表れだ。目をつけた女を骨の髄までとことんいたぶり、嬲り尽くす。「蠍の銀次」の本領発揮だった。

「どうなんだシスター？」

「………」

言葉に詰まって、貴美子は清らかな修道服姿をわななかせている。

下着を脱いで、裸のお尻を晒すだなんて——慎み深い信仰者の彼女にとって、銀次の要求はおぞましすぎた。かといって罪もない女子大生らが血も凍る辱しめに遭うのを見過ごすわけにはいかない。もしそんなことをすれば、主の御教えにそむくことになる。我が身可愛さに目の前の隣人の苦難を見て見ぬフリをしたりしたら、そんな自分を自分で一生涯許せないに違いない。

とはいえ……。

笑みを浮かべる脱獄囚を睨みつけたまま、貴美子は胸に下がった銀色のクルスを握りしめ、

（父よ、できることなら、この杯を私から取り去ってください……）

あのイエス・キリストが受難を前につぶやいたとされる言葉で、懸命に胸の内

に祈った。そして十数秒の葛藤の後、

「約束してっ」

絞り出すように銀次に言った。

「私が……私が身代わりになれば……その子たちには絶対に手を出さないと」

地獄めいた懊悩に、胸のクルスを握りしめた手が汗ばんだ。

「いいだろう」

しめしめとばかり、銀次はほくそ笑んで、

「シスターが身代わりになってくださるってんなら、この学生さんたちには指一本触れやしねえ。神に誓って――いや、俺は神なんてものは信じちゃいないが」

言いながら、へらへらと笑った。

「けど、あんたは大丈夫なのかいシスター？　四人分の身代わりを一人で背負うんだ。半端じゃないぜ。覚悟はできてるんだろうねえ」

「うっ……」

こぼれそうになった嗚咽を、貴美子は唇を嚙んで押し殺した。これからどんな辱しめを受けることになるのか。ニタニタと淫らに笑う脱獄囚の陰湿な視線を浴びながら、貴美子は身体の震えが止まらない。だがもう後には引けないのだ。

「よし、お前ら、スカートを下ろしていいぞ」

銀次に声をかけられ、女子大生たちはスカートをたくし上げた手を離した。貴美子のお蔭でとりあえず難を逃れることができ、ホッと安堵したものの、四人ともまだ膝の震えが止まらず、その場にへたりこんでしまいそうだ。

「シスターに場所を譲ってやれ。あっちの隅に行ってろ」

そう命じた銀次は、

「じゃあシスター、代わりにあんたがそこに立つんだ」

今まで女子大生らがいた場所、彼が肘掛け椅子にゆったり腰かけている、その二メートルほど先の床を指した。

貴美子が従うと、銀次はあらためて品定めするように彼女のスラリとした肢体をじっくり観察した。

(うーん、見れば見るほど上玉だぜ……)

気持ちを顔に出すまいとするのだが、どうしてもほくそ笑んでしまう。若いのから年増まで、いろんな美女を凌辱してきた彼であるが、目の前に立つ修道女は中でもベスト5に入ると思われた。

彫りの深い美貌は目鼻だちが整っているだけではない。目じりの小さなホクロや、やや厚めの唇に、気品ある色香が匂っていた。裾が足首近くまであるグレーの修道服に覆われて身体のラインは分からないが、ヴィーナスのごとき美肢体であるに違いないと銀次の直感が告げている。「身代わり」ということで目の前に立たせているが、実際は、若いだけが取り柄の平凡な女子大生を何人かき集めようとも、この凛とした美貌のシスター一人の魅力に太刀打ちできるものではない。ちょっと頭の足りない舎弟の川上健造などは、とにかく大勢の女と姦り、中出しをする——そのことしか考えていないようだが、銀次は違う。数よりむしろ質。このシスターのようなハイクラスの美女一人を徹底的に責め、骨の髄まで犯し抜くのが楽しいのだ。

「シスター、あんた名前は？」

「……山本……です」

「下の名だよ」

「貴美子……」

「そうか、ではシスター貴美子。後ろを向いて、その長ったらしい裾を腰の上まで捲りあげてもらおう。尻がしっかり見えるようにな」

「…………」

「どうした？　身代わりになるんじゃなかったのか？」

「ううっ……」

貴美子は唇を噛み、向きを変えた。

ドレープ使いが優美な修道服の尻のふくらみを、銀次は血走った目で凝視している。女の身体で彼が一番重視するのは尻だ。尻にこそ女の牝性があらわれる。美しい女の大きくて形のいいヒップを無理やりにバックで貫き、よく弾む臀丘に平手打ちを食わせながらズボズボと突きえぐってやること。それこそが何物にも代えがたい無上の喜びなのだ。

「早くしないか。もたもたしてやがると、女子大生らを素っ裸にひん剝くぜ」

そう脅されて、貴美子も覚悟を決めなくてはならなかった。

両手の指で修道服のスカート部分の腰のあたりをつまむ。恥辱に耐えながら布地をたくし上げると、芸術的なまでに形のいいふくらはぎが露わになった。それを見て銀次はゴクリと生唾を呑んだ。思ったとおりだ。この女の身体は美しい。足首の締まり具合からして、実に美味そうだ。

「いいぜ、もったいつけずにパッとまくり上げろよ」

命じる声がうわずった。

グレーの布地をたくし上げていく貴美子の身体はワナワナと震えている。気丈であっても——いや、気丈であればあるほど、男に身体を晒すのは耐えがたい屈辱だった。

布地が少しずつ上がっていき、膝の裏側、そして真っ白い太腿の裏側をものぞかせた。清らかな修道服には不似合いなほど、官能味の匂い立つ肉感的な太腿だ。きめ細かな肌は高級白磁を思わせるなめらかさだった。

「もっとだシスター。焦らすんじゃねえよ」

そう急かされて、貴美子は羞恥で気が遠くなっていく。もうすこしで尻たぶがのぞくというところまで来て、さすがにピタリと手の動きを止めた。いかに確固たる信仰心を持っていても、三十代前半の女性。見ず知らずの男の前に裸の尻を晒す羞恥に耐えられるものではない。

「もう……もうこれで許して……」

女の弱さを物語る哀願のか細い声は、さっきの凛とした態度とは別人だ。だがそんなことに心を動かされる銀次ではない。

「ナメてんじゃねえぞ」

ドスの利いた声で脅した。

「あんたが尻を見せるか、それとも学生さんたちが素っ裸になって俺に抱かれるか。二つに一つだ。さあどうするね、シスター？」

貴美子には、我が身を犠牲にするしか道がなかった。

上品なグレーの布地が再び上がりはじめる。尻たぶの下端、そして下着がのぞいた。レースの縁取りがある黒い下着に、銀次は思わず身を乗り出して目をこらした。地味なベージュの下穿きを予想していた彼の目に、お洒落な高級シルクパンティは嬉しいサプライズだ。だから、

「おいおいシスター。尼さんのくせに『勝負下着』なんか穿いちゃって、えらくセクシーじゃねえかよ。たまげたぜ」

意地の悪い揶揄は、なかば正直な気持ちでもある。

スラリと長い官能的な美脚とあいまって、尻丘の位置が高いヒップは日本人離れしたセクシーさだ。雪白で量感のある双丘に、レースの縁取りも悩ましい黒のパンティが食い込み気味にフィットしてアメリカのヌード雑誌のグラビアモデルを思わせ、さすがの銀次もその妖しい魅力に息を呑んだ。これはベスト5に入るどころではない。ダントツでナンバーワンかもしれなかった。

「み、見ないで……」

脱獄囚の熱い視線に、貴美子は晒された下半身を羞恥に震わせている。シルクの黒下着は聖グノーシス修道会の規則に従ったまでのことで、男に見せるためのものではない。尻たぶの肉がむちっと露出気味にこぼれ出ているのも、そういう下着のデザインなのではなく、彼女の美ヒップが豊満なせいなのだ。

「出し惜しみするな。もっと上まで上げろよ」

「あああっ……」

貴美子は観念し、ついにヒップを晒しきった。

腰の上まで捲り上げられた清らかな修道服。その下で、豊満な尻丘に黒いパンティを食い込ませた敬虔な修道女のヒップが露出の屈辱にブルブルと震えている。だがそれで彼女の受難が終わったのではない。「終わる」どころか、それは彼女がこの後に経験する凄絶な色地獄の控えめなオープニングに過ぎなかった。

「桜井のおっさん、あんたの出番だぜ」

修道女の美ヒップからようやく視線を剥がした銀次が言った。

「シスターのパンティを脱がしてやんな」

その言葉にハッと貴美子は身をこわばらせ、声をかけられた桜井もギクリとなった。

「どうした？　相手が修道女だからって、臆したのか？」

「そ、そんなことは……」

「だったらやるんだ」

「……はい……」

　桜井はぎこちない足取りで進み、修道服の裾を高く捲り上げて立つ貴美子の尻の後ろにしゃがみこんだ。

「シスター、どうかお許しを……」

　そうつぶやいて、うつむいた桜井の顔が苦渋に満ちているのは、相手が聖職者だからという理由だけではない。聖グノーシス修道会からこの病院に派遣されて患者やその親たちの精神的ケアに従事しているシスター貴美子とは、以前から顔見知りなのだ。いつも温かい言葉で励ましてもらっていて、妻の由布子ともども、シスターには感謝してもしきれない。そんな彼女を、状況が状況であるとはいえ犯罪者の手先となって辱しめるのは、ひどく気がとがめることだった。

　逡巡する桜井の様子を見て、

「シスター、あんた自身でお願いするんだ」

　銀次が貴美子に命じた。

「『私のパンティを脱がせてください』と、自分の口でそのヘタレ野郎にお願いするんだよ」

　その言葉に貴美子はブルルッと身震いした。

　これは試練なのか？　よりによってイエス・キリストの生誕を祝うイブの夜に悪魔が犯罪者を用いてこの私の信仰を——信仰と隣人愛の心を——試そうとしているのか？

（そうよ。きっとそうに違いない。でなければ、こんな酷いこと、起こるはずがないもの……）

　偶然の災難とは思えない。信仰心篤い貴美子はそう思い、ギュウッと唇を噛みしめた。

　負けてはならない。どんなつらい目に遭わされようとも、私は神の御名において悪魔の試みに打ち克たなくてはならない。

　全身をワナワナと震わせながら、

「桜井……桜井さん……」

　貴美子は喉を絞って言った。

「パンティを……私のパンティを脱がせてくださいっ」

口にしてしまったことで、異常なまでにカーッと脳が灼けた。羞恥の炎に全身をくるまれた貴美子は、修道服の裾をまくり上げて立っているのが精一杯。眩暈がして気が遠くなっていく。だが、震えながら伸びてきた桜井の手が黒いシルクパンティの上縁にかかると、

「い、いやっ」

たまらず声をあげて、腰を揺すりたてた。

「ああっ、やめてっ」

だが時すでに遅し。振りたてる豊満なヒップの尻丘から、レースの縁取りも妖しい薄布がじわじわとめくり下げられていく。

第三章　えぐられた女医の柔肉

1

意識が戻り、目を開けると眩い光に照らされていた。

真上に輝くそれが無影灯の光だと分かって、

（ここは……えっ、オペ室!?……）

女医の北村慶子は、いま自分のいる場所が院内の簡易オペ室なのだと知った。

本格的な手術は、道路一つ隔てた大学病院本館で行うが、簡単な処置であればここで済ませることもある。彼女を逆恨みした脱獄囚の重松秀明に辱しめられ、中出しまでされてしまった彼女は、ショックで失神してしまい、気がつくとこの簡易オペ室に運びこまれていたのだった。

喉奥に痰のようなネバネバしたものが不快に絡みついている。先ほどフェラチオを強いられ、汚らしい精液を呑み下さなくてはならなかったのだ。

視線を首の下へ移すと、

(ひいっ!)

相変わらず丸裸の自分。しかもその裸身に男がのしかかり、彼女のヘソの窪みをチロチロと舌でくすぐり舐めているではないか。

左右の乳房がヌラヌラと唾液で光り、薄桃色の乳首がツンと尖り勃ってしまっているのは、意識を失っている間に重松の舌で好き放題に全身を舐めまわされていたのだ。ゾッとして慶子は悲鳴をあげた。

「お目覚めかい、先生」

顔を上げてニンマリ笑った重松の、分厚い唇の周りが唾液でベトベトになっている。目が異様なまでに血走っていた。

「待ってたんだぜ、先生の意識が戻るのを。気を失っちまった女にいたずらしても、いまいち気分が盛り上がらないんでね」

あわてて身をよじろうとした全裸の慶子は、銀色に光るステンレスの手術台の上に身動きできないよう拘束されていることを知った。腋窩を晒して両腕を万歳するように上げ、両脚は開き気味。手首と足首とを縄できつく縛られ、手術台の四隅に固定されている。下腹部がせり上がっているのは、腰の下に枕かなにかを差し挟まれているのだ。

「こ、これは……これは一体……あああっ」

こんなあられもない姿でずっと重松にいたずらされていたのかと、羞恥に声を震わせた慶子の背筋を、さらに冷たい戦慄が走った。

気を失っている彼女をわざわざこんなところまで運んできて、しかも手術台の上に拘束して、重松は一体何を企んでいるのか。いたずらする目的だけなら何もここまでする必要はない。逆恨みの復讐心に燃えて正気を失くしている相手だけに、何をするか分からなかった。犯され、中出しされて、もうどうにでもなれと半ば自棄になっている慶子ではあるが、重松のほうがレイプだけでは飽き足りないのだとしたら……。

「何のつもりっ⁉　これ以上……これ以上私をどうしようというのっ⁉」

怯えつつも、慶子は勝ち気さを露わにして叫び、四肢を狂おしく悶えさせた。

だが左右の手首足首をキッチリと縛りあげた縄は、いささかも緩む気配がない。スレンダーな結婚前の美裸身をむなしく悶えさせる女医の顔を、上から覆いかぶ

さるようにして覗きこみながら、

「どうもしやしないさ。言ったろう？　あんたに俺の子を孕ませる。孕ませるために何度でも中出しする」

残忍な笑みを浮かべて、そう宣言した重松は、すでにブリーフも脱いで全裸になっていた。立て続けの射精でさすがに少し萎え、半勃ち状態になっているペニスを片手に握って弄びつつ、

「けどご覧のとおり、女と違って男は、休みなしに続けて——ってわけにはいかねえ。おっと、医者のあんたにゃあ、これまた釈迦に説法だったな」

重松は皮肉に笑った。

「そこで、俺のジュニアが回復するまでのつなぎ用として、こういうオモチャも持参してきたってわけさ。どうだい、抜かりねえだろ？」

自慢げに言って彼が慶子に見せたのは、目にするのもおぞましい形をした大人のおもちゃ、バイブレーターだ。手にしたそれにプチッとスイッチを入れると、ブーンと振動音を立てて長大な剛棒がくねりはじめた。

「俺のがフル勃起するまで、こいつであんたをじっくりと可愛がってやる。その間に精液をタマキンにたっぷりと蓄えて、濃縮したやつをあんたの中に注ぎ込む。

それからまたこいつの出番だ。朝までずっと、こいつと俺のチ×ポで交互にあんたを犯し抜く。それくらい徹底的にやりゃあ、間違いなくあんたを孕ませられる。だろ？」

「あああっ」

クネクネとうねる長大なバイブは、太い胴部にビッシリと不気味なイボイボが付いていて、休憩も与えずに慶子の肉体を犯しつづけると宣言した重松の、復讐への異様な執念を物語っているかのごとくだ。

ワナワナと震える慶子の前で、重松はいったんスイッチを切ってバイブの振動を止めると、

「さあ入れてやるぜ。力を抜きな」

そう言って太い張形の先端を慶子の女の割れ目にあてがった。

「あっ、いやっ」

入れられまいとして、慶子は腰の下に枕を差し挟まれた下半身を悶えさせた。

「入れないでっ、そんなもの、入れてはいやっ」

もちろんそんな性具を使ったことも使われたこともない。秘めやかでデリケートな女の柔肉を、そんな硬くて太いもので突きえぐられるなど、想像するだけで

気が遠くなった。

「いやっ、いやよっ、ああっ」

「フフフ、入れやすいようにパックリとオマ×コを開きな」

右手にバイブを握りしめたまま、重松は左手の指で慶子の肉の秘裂を左右にくつろげ開いていく。実は彼女が気を失っている間にも花びらをつまんで剝きひろげ、彼の生温かい精液にまみれた粘膜をガーゼで拭いきよめながら、妖しい女の構造をじっくりと観察していたのだが、意識を取り戻した彼女をさらに辱しめるために、

「ほお、これが美人女医先生のアソコか。エリートのマ×コだけあって、そそる色と形をしてやがる」

などとわざと口にしてからかいつつ、あらためて肉の花弁を大きく剝きひろげるのだ。

「ひぃいいいっ」

極限の羞恥に、慶子はセミロングの美しい髪を乱しながら、唯一自由になる首から上を振りたくった。来月に籍を入れる婚約者にすら、ここまであからさまに肉体を晒したことはない。さんざんに突きえぐられた余韻のうずきが残る花芯を

大きく剝きひろげられて覗きこまれるのは、気もふれんばかりの恥辱だ。

「いい感じにとろけてやがる。ヒクヒクさせて、そんなにこいつが欲しいのか」

「駄目っ、ああっ、中に入れては駄目っ」

「食わず嫌いはよくねえぜェ、先生。あんたももうすぐ人妻になろうってんだ。ぶっといバイブの一本くらい、マ×コに咥え込めなくてどうする？　ほらほら、ほおら」

「あああっ、いやあああぁ！」

　イボイボの付いた太い剛直が、メリメリと音を立てんばかりに沈み込んできた。容赦ない花芯へのインサートに、せりあがった慶子の股間は内腿に鼠径の筋を浮かせてキリキリと突っ張る。

「ああああーっ！」

「大袈裟だな。力を抜くんだよ、先生」

「あっ、あっ、あうううっ」

「そおら、もう少しだ。エリート女医さまの意地を見せて、根元までしっかりと咥え込んでみせろ」

　握りしめたバイブを右に左に捻じりつつ、これでもか、これでもかとばかりに重松はグニュグニュと美人女医の濡れた秘肉をえぐり抜いていく。

報復のターゲットである北村慶子を犯し、彼の子を孕ませることは、刑務所の中で固く心に決めていた。もちろん徹底的に犯し抜くつもりだが、一度中出しをしてしまえばどうしてもしばらくはペニスが萎えてしまう（ちなみに武藤銀次は五回までくらいなら連続で射精しても萎えないと豪語していたが、あんな超人的な絶倫男の真似はとうていできはしない）。そこでバイブを使うことにした。武藤銀次のかつての脱獄仲間だという川上健造は使える奴で、脱獄、そして病院襲撃の手筈を整え、服や拳銃、そして慶子をなぶるための大人のオモチャまで手早く準備してくれた。銀次、そして健造の二人がいなければ、彼の復讐の悲願はこうたやすくは達成できなかったろう。

ズンという感じで張形の先端が子宮口にメリ込んだ。

「あぐぐぐぐっ」

無機質な硬さ、張り裂けんばかりの圧迫感に、白目を剝いてのけぞった慶子の唇がパクパクと喘ぐ。それとは裏腹に、下の唇は——熱く溶けただれてしまった陰唇は——押し入ってきた剛直の胴部を押し包んでキリキリと締めつけた。

握りしめた性具にその甘美な収縮を感じつつ、重松はカチッとバイブレーターのスイッチを入れた。

2

ブゥーン、ブブブブッ……。

女の最奥を直撃する強烈な刺激。初めて体験するバイブの衝撃に、

「ひいいっ」

悲鳴をあげた慶子の伸びやかな裸身が、ステンレスの手術台の上でのけぞったままビクンッとこわばる。

ブヴゥーンという淫らなバイブレーションに加え、最奥に達した張形の先端がキュイーン、キュイーンと音を立ててくねり、繊細な柔肉をコネまわしてくるのだからたまらない。

「ああっ、あっ、あっ、あがががっ……」

子宮を直接にコネまわされている錯覚に陥って、慶子は異常なまでに惑乱した。それだけでも気が狂いそうなのに、さらに追い討ちをかけて重松が張形を抽送しはじめると、

「駄目っ、駄目っ、ああっ、ひぃいっ」

激しく喘ぎながら、慶子は尻上がりに嬌声を高ぶらせていく。柔肉をさいなむように捻じりながらの張形抽送は、生身の腰ピストンとは別次元の自在な動き、そして素早い抜き差しだ。

「ああっ、ひぃいっ、そんなっ、ふ、深すぎるうっ」

「どうした、先生。あんなに入れられるのを嫌がってたくせして、まんざらでもねえみてえじゃねえか。クククク、『嫌よ嫌よも好きのうち』ってね。どうやらこいつを気に入ってくれたみてえだな」

「いやっ、いやよっ、あああっ、ひぃいっ」

重松の言葉どおり、慶子の狂おしい悶えようは、センター長室でレイプされた時とは明らかに違う。重松の生身で犯された時には、肉悦に悶えつつも、感じていることを彼に知られまいと懸命にこらえている感があった。それが今は、拷問めいた張形責めに、汗の光る拘束裸身をよじりたて、堰を切ったように生々しい声で泣き悶えている。スレンダーな肢体を肉の悦びにのたうたせる姿は、白衣姿が凛々しい彼女とは別人だ。

「まさかあの北村慶子先生が、大人のオモチャごときで、こんなにも悦んでくださるとはねェ。おっとと、なんてこった。お汁がこぼれ出てるじゃねえか」

実際、振動するバイブで乱暴に突きえぐられる女医の花芯から乳白色の本気汁が泡立ちながらジクジクと滲み出てきていて、これには重松も意外の感に打たれた。彼にとっての北村慶子は、人間味を見せない弱点ゼロのクールな女医であり美しいサイボーグみたいなイメージだったからだ。そのお高くとまった美人女医が噴水形の陰毛まで晒して素っ裸、彼が手にした卑猥なエロ玩具で肉の弱点を責め抜かれ、どうやらおのれの内に眠っていた牝性を目覚めさせてしまったようなのだ。重松にとってこれほど嬉しいサプライズはない。

「そうかそうか、こんなふうに乱暴にされるのが好きなのか。そうなんだろう、先生？」

重松は憑かれたように目を血走らせ、慶子の熱く潤った粘膜に、振動する張形を無茶苦茶に突き入れた。虐待されることで発情する女というのはたしかにいる。いわゆるマゾというやつで、一見勝ち気そうな堅物の女性に多いのだ。どうやら女医の北村慶子も（当人はまったく気づいていなくとも）それでであったらしく、それが証拠に、振動するバイブを深々と呑み込まされたピンクの女貝が、深く突きえぐられるたびに息づくようなヒクつきを示した。生々しい収縮ぶりは、味わっている快感の深さを物語っている。張形の胴部にビッシリと付いたイボイボが熱く溶けただれた牝肉を激しく摩擦し、歓喜の悲鳴をあげさせているのがよく分かった。

「いやっ、ああっ、いやよっ、ひいいっ」

抗いに激しく振りたてる首の動きとは裏腹に、泡立ちながらジクジクと滲み出るラブジュースが、抜き差しと共にいやらしい音を響かせる。強靭な突き上げがもたらす肉の快美に、慶子の全身にメラメラと淫情の炎が燃えひろがっていき、せり上がった腰は恥を忘れて大胆にくねった。そんな悶絶が昂りの頂点に達した時、ハアハアと荒い息づかいの下から慶子は、

「も、もう……もう駄目っ、うぐぐぐっ」

凌辱者の心をジーンと痺れさせる女っぽい声をこぼして悲痛な呻きを絞ると、不意にグイと背筋を反らし、小ぶりだが美しいバストを突き出して大きくのけぞった。強い収縮でキリキリと張形の根元付近を締めつけているのは、ついに快感に屈して絶頂に達してしまったのだ。

のけぞった裸身を数回引き攣らせた後、湯気を立てんばかりの熱い汗に濡れた慶子の身体はガクガクッと弛緩した。弛緩したままで小刻みに痙攣し続ける。よ

ほど激しくイッたものとみえ、なめらかな腹部が荒い呼吸に大きく波打っていた。

「おやおや、イッちまったねェ、先生」

興奮冷めやらぬ重松が目を血走らせたまま言った。

「まさか大人のオモチャで、あの北村先生にこれほど悦んでいただけるとはね」

皮肉な口ぶりで言う彼が手にしたバイブレーターは、まだ電源が入ったままだ。ブヴゥーンと振動しつつクネクネとうねる先端部から、気をやった女の甘く匂うラブジュースが水飴のようにしたたり落ちている。そして彼自身のペニスも、目論見どおりバイブ責めの間に完全回復、フル勃起していた。

それを片手に握って揺すってみせると、

「今度はこっちだぜ、先生。本物を咥え込みな」

言いながら、慶子の火照った裸身にのしかかっていった。

とろけきってヌルヌルになっている花芯に、今度は生身の剛直の矛先をあてがわれ、その生温かい感触にハッと目を見開いた慶子は、

「ああっ」

狼狽の声を発し、弛緩していた女体をにわかに悶えさせはじめた。

「いやっ、それはいやっ」

「ホントに嫌なのかい、先生。この濡れ具合を見ると、とても嫌がっているようには思えないんだが」

重松はすぐには入れず、脅すように秘部の粘膜に矛先をパンパンと打ちつける。打ちつけては擦りつけ、打ちつけては擦りつけ——裸で拘束されたエリート女医の怯えようが愉快なので、猫が鼠をいたぶるように何度も繰り返した。

「硬さと持久力なら、バイブにゃあとてもかなわねえ。けどバイブは射精しねえ。それじゃ物足りねえだろ、先生」

「あァ、もう中には出さないで……」

患者だった少年の父親に犯されて、もう目の前が真っ暗。絶望的な気持ちで自棄になってはいても、中出しされること——妊娠してしまうことだけはやはり怖ろしかった。

「お願いよっ、それだけは……もうっ」

「へへへ、じゃあこっちのほうがいいってのかい?」

重松は手にしたバイブを見せつけた。

「もう一度こいつでマ×コをグニュグニュとコネまわされたいのか? この俺と仲良く腰を振り合うよりも」

「そ、それは……」

振動しながらクネクネと動く性具のグロテスクさに、慶子は口ごもって赤い顔をそむけた。おぞましい。おぞましいのに、気をやったばかりの身体がカッカと熱く火照りだす。ブーンという振動音を聞かされているだけで、コネまわされた最奥が再び淫らに疼きだすのを慶子は怖ろしく感じた。

「どうなんだ？　このバイブと俺の生チ×ポと、どっちがいい？　先生が好きなほうを入れてやるぜ」

かたや振動する性玩具、かたや生身の肉棒。両方の棒を見せつけて選択を迫る重松に、

「いやっ……」

頬を赤らめた慶子が答えられずにいると、

「そうかい、じゃあやっぱりこっちでいこう。精液もだいぶ溜まってきたことだしな」

重松は再び自身の肉棒の先で慶子の女貝の粘膜をなぞりたてた。

今にも沈み込んできそうな肉の矛先に、

「ああっ！」

慶子はたまらず大声をあげた。

「駄目っ、それは駄目っ！　バ、バイブを！　バイブを入れてっ！」

激しく首を振って叫んだのは、やはり中出しを怖れたのだ。すでに一度熱いザーメンを射込まれてしまった身であっても、恐怖心が薄れることはない。性具でなぶられるのはおぞましいが、妊娠するよりはマシだった。

「そうかい、そんなにこのバイブが気に入ったのかい。よしよし、じゃあ、もう一回こいつでイカせてやるよ。いや、何度でもイカせてやる。気持ちよすぎて気を失うまでな。フフフフ」

いやらしく笑うと、重松は振動するバイブの先端を慶子の女貝にあてがった。

「ああっ、駄目っ」

自ら選びはしたものの、さすがにうろたえて慶子は腰を揺すりたてる。震動しつつ押し入ってこようとする硬いシリコン棒に、

「いやっ、もう無理っ。許してっ」

喉を絞って哀願しつつ、あぶら汗にヌメるスレンダーな肢体を官能的にくねらせる美人女医の慶子には、それこそが相手の思うツボであることに思い至る余裕などなく、せり上げた尻を無我夢中で揺すりたてた。

「ひいっ、いやああっ」

「へへへ、嫌なもんか。下の口は早く入れてもらいたくて、またヨダレを垂らしてやがるぜ。このバイブ好きの淫乱女医めが」

重松のからかいの言葉は嘘ではない。ヒクヒクと物欲しげにうごめく慶子の秘口から乳白色の愛液が溢れ出て、尻割れのほうまでグッショリ濡らしてしまっていた。心が拒んでも、身体はどうしても今しがた味わった強烈なアクメの快感を求めてしまう。淫らに濡れただれた粘膜をバイブの振動でスッスッとなぞりたてられると、それだけでもう慶子は、

「ああっ、あああっ」

うろたえた声を高ぶらせ、せり上げた双臀をせがむかのように悶えくねらせてしまうのだ。

「いやっ、いやよっ、ああっ、そんなにされたらっ」

「そおれ、しっかり咥え込め」

「あああっ、ヒイイーッ」

長大なバイブがズニューンと沈み込んできて、再び串刺しに貫かれてしまった慶子は弓なりに背を反らせた。

（だ、駄目えええっ！）

気が遠くなりながら、振動するバイブをそのまま最奥にとどめ置かれた後、ニンマリほくそ笑んだ重松の手でおもむろに抽送が開始された。

ヌチュッ、ヌチュッ……ヌチュッ、ヌチュッ。

濡れ襞を巻き込みながらのリズミカルな抜き差しに、

「うぐっ……うぐぐぐっ」

白目を剝き、歯を食いしばって耐えつづけたのは、ものの一分ほどの間だけだった。慶子がどんなに理性的で負けん気の強い女性であったにしても、気をやったばかりで刺激にもろい状態にある女膣は、女を悶え泣かせる淫らなバイブレーションに長く耐えていることはできない。

ただれた媚肉を残酷によじりたてながらの張形抽送に、カーッと脳内が赤く灼けただれ、血も凍るほどだったおぞましさが次第に麻痺させられていく。どうしようもなくこみあげてくる快感の中に、恥ずかしさと口惜しさがドロドロと溶け混じっていくと、

「ううっ、うっ、うっ……ハアアアッ」

食いしばっていた白い歯がゆるみ、濡れた唇が開いて甘い牝の喘ぎを噴きこぼ

すのに、さほど時間はかからなかった。

（いけない……ああ、また……また狂わされてしまうっ）

なんとか正気を保とうと、慶子は美しいセミロングの髪を振りたてた。こんな理不尽な目に遭わされているというのに、快感の渦に呑まれていく自分の肉体が信じられない。これ以上生き恥をかかされまいと懸命に抗った。だがこらえようとすればするほどにバイブの淫らな振動に惑乱させられていく。熱く疼く最奥をコネまわしてくるリズミカルな抽送に、肉の官能がドロドロと溶けただれ、せがむように腰がうねり舞うのをどうすることもできない。

「病みつきになったみてえだなァ先生。へへへ、そんなにいいのかい」

「あああっ、抜いてっ。こ、これ以上はっ」

「へへへ、心にもねえことを。こんなに濡らしてやがるくせして」

抽送が速まってくる。バイブを握りしめた重松の手は、惜しげもなく溢れ出る官能の秘蜜でもうドロドロだ。溶けただれた最奥をこれでもかとばかりに乱暴にコネまわされて、慶子の喘ぎは悲鳴に変わった。

「ヒイーッ、ヒイイーッ」

あけすけな歓喜の牝声が、夜の手術室内に響きわたる。もう何もかもかなぐり捨てて性の深淵にどっぷり浸りきり、炎と燃え盛る裸身を波打たせてヨガり泣く女医の慶子は、またもや屈辱の絶頂に昇りつめようとしている。

だがあと一歩という刹那、重松がバイブを引き抜いてしまった。

（あああっ……）

無慈悲な中断に、昇りつめる寸前だった慶子の女体は悶絶にのたうった。

（そんなっ、ああっ、どうしてっ!?……いやあああっ！）

せり上げたヒップをもどかしげにくねらせつつ、濡れうるんだ哀願の瞳を重松に向ける慶子は、それがどんなにみじめで、はしたない振舞いなのか、自覚する余裕すらなかった。気をやる直前で止められるのが、女にとってどれほどつらくせつないことであるのかを、生まれてはじめて思い知らされたのだった。

そんな慶子の哀願の瞳を意地悪く見返しながら、

「へへへ、気が変わったぜ、先生。やっぱり最後は俺のチ×ポでイカせてやる。このぶっとい肉棒でな」

重松はそそり立つおのれの剛直を握りしめて言った。

中出しするだけでは飽き足りない。彼の煮えたぎる精液を子宮に注がれながら気をやる慶子のアヘ顔が見てみたい。それは刑務所内で毎夜幾度となく思い描いた彼の悲願なのだ。

「いやっ」

慶子の火照った顔から瞬時に血の気が引いた。

「ああっ、お願いっ」

「諦めるんだな、先生」

重松はカウパー腺液のしたたる矛先を慶子のとろけきった媚肉にあてがうと、粘り気のあるその透明な液体を塗りたくるように女肉の構造に擦りつけた。

「あんたには必ず出産してもらう。この濡れ濡れマ×コから、俺の血をひいた健康な赤ん坊を産むんだ。それが俺から妻と子を奪ったあんたの『罪の償い』なのさ」

そう告げておき、上から腰を沈めていく。

「そおれ、孕め」

「そんなっ、ああっ、やめてっ」

慶子は尻を揺すりたてて逸らそうとした。

「いやっ、いやっ」

だが虚しい抗いだ。

「いやあああーっ！」

悲痛な絶叫の声を手術室内に反響させながら、ズブズブと生身の剛直を埋め込まれるのももう二度目。慶子は髪を乱して狂おしく首を左右に振った。ズンッと子宮口を矛先で押し上げられた後、重松の力強い腰ピストンが始まった。

「ああっ、ああっ」

「いいぜェ、先生。バイブでコネまわしてやったから、もう奥までグチョグチョじゃねえかよ。いい感じで締めつけてきやがる。それっ、どうだ、それっ、へへへへ」

「あああああーっ」

両手両足首を拘束されたまま、慶子の裸身が狂いうねる。昇りつめる寸前までバイブで追い上げられてしまった女体である。くすぶっていた赤い熾火が音を立てて炎をあげるには、立て続けに数回、肉棒で最奥を突きえぐってやるだけでよかった。たちまち柔肌が汗に濡れて色づき、突きえぐられる腰が自ら快美をむさぼる動きを示しはじめた。

（やめてっ、いやっ、いやっ）

心では拒んでいる。だがもう身体がいうことをきかない。腰を揺する重松が上体を覆いかぶせてきて、左右の白い乳房を吸い、固く勃起した乳首を舌で巧みに舐め転がしはじめると、慶子の惑乱は頂点に達した。

（いっ、いっ……いやっ、ああっ、駄目っ）

バイブにも負けない硬さの肉棒で、熱く溶けただれた女壺を力強く擦りえぐられる。どんなにこらえようとしても無駄だった。気も遠くなる悦楽にドロドロと悦びの果汁が溢れ出て、色づいた裸身をよじりたてて悶える慶子は、

「あうっ、あううっ、あうううーっ」

もう我れを忘れて惜しげもなく嬌声を迸らせた。最初に犯された時とはまるで異なる乱れようは、クールな医師の仮面の下に秘められていた官能性が、縛られて弄ばれることで花開いたのだった。

「いいっ、ひっ、ひっ、ひいいっ、いいいっ、あううっ」

もう慶子は何が何だか分からない。肉という肉が灼熱して溶けただれ、骨の髄まで快感に痺れきって、ここがどこなのか、相手が誰なのかすら考えられなくなった。淫らな肉欲の渦に溺れ、こみあげる快美をひたすらにむさぼるその美貌は恍惚に酔いしれている。せりあげた尻を男のラストスパートの腰ピストンに合わせて狂おしく揺すりながら、みなぎる剛直を女壺の収縮でキリキリと締めつけると、

りに反らせた。

「あぁっ、も、もうっ」

絶息せんばかりに声をかすれさせて告げ、手術台の上の汗に濡れた裸身を弓な

「ううっ」と呻いた重松は、美人女医の妖美な肉の収縮に耐えられなかったし、耐える気もなかった。ピタリと腰の動きを止め、「くうっ、くううっ」と快美の呻きをこぼしながら、脳が溶けただれるような中出し射精の快感を噛みしめる。

射精し終えるのとほとんど同時に、のけぞっていた慶子の裸身がガクッと弛緩して手術台に背中を落とした。弛緩したとはいっても、絶頂の快感が後を引いているとみえ、瞳の焦点は合わず、感電したように全身を小刻みに痙攣させている。

そんな女体から身を離した重松は、再びバイブレーターを手にし、ニヤリとした。

この女を休ませるつもりはない。おのれのペニスが回復するまで、振動するバイブで休みなく慶子を責めつづける。何度でも気をやらせ、何度でも中出ししてやる。

吊り上がった目をギラつかせる重松の顔は悪鬼のそれだ。

3

一階ロビー。

レースの縁取りがある黒いパンティを膝下までズリ下ろされてしまったシスターの山本貴美子は、羞恥と屈辱にまみれて、もう生きた心地もない。清らかなグレーの修道服の裾を自分の手で腰の上まで捲り上げたまま、脱獄囚・武藤銀次のほうへ向けた後ろ姿をブルブルと震わせた。

その豊満な女尻に視線を吸いつかせたまま、息を止めて黒い薄布をさらに捲り下ろしていこうとする桜井に、

「そこまでだ。そのままにしとけ」

肘掛椅子に座っている銀次が声をかけて制した。

磨きあげた高級白磁を思わせる貴美子の透明感あふれる肌に、小さく丸まって膝下に絡みついた黒布が実によくマッチして、匂い立つほど妖しすぎる色香を醸し出していたからだ。

ようやく銀次が椅子から腰を上げた。

ツカツカと貴美子の後ろまで来ると、膝をついている桜井の頭に手をおき、

「邪魔だ」

と言った。

ドスの利いたその一言で、桜井は膝をついたまま後ろへ後ずさった。後ずさりながらも視線はシスター貴美子の裸のヒップに吸いつかせたままだ。目をそらすにはあまりにも豊満で美しい、つまり男にとって魅力的すぎる双臀だった。彼にとってシスターは、病気の息子のことで世話になっている恩人ではあるが、いや、そうであればこそ尚更に欲情を覚えた。いけないと自分に言い聞かせても、雪白の豊満な双丘がせめぎ合う臀裂から目を離すことができない。勃起してしまった肉棒がズボンの下で破裂しそうだ。

尻丘に銀次の手が触れると、

「ヒッ……」

貴美子は小さく悲鳴をあげて身体を硬直させた。

「いいケツだ、シスター」

「あ、あああっ」

じっくりと手のひらで撫でさすられて、全身が鳥肌立った。

「や、やめてっ」

「やめてもいいが、あんたはあの子らの身代わりなんだぜ」

銀次が顎をしゃくって示した先には、四人の女子大生らが固まっている。自分たちの身代わりになって辱しめを受けるシスターの受難を見るにしのびず、うつむいたまま身体を寄せ合って震えていた。

「いいんだぜ、拒んでも。その代わりあの四人を脱がせる。『ウグイスの谷渡り』って知ってるかい？　四人の尻を並べて、順番に犯し味わう。啼き声の違いを聴き比べるのさ。楽しいぜ」

「やめて……そんなこと」

「だったら、あんたが我慢しな。最後までこらえきれたら、きっと神様に褒めてもらえるぜェ」

「くっ……くううっ」

晒した双臀を撫でまわされる貴美子の上品な美貌は、色を失って蒼白。カタカタと嚙み鳴る歯を食いしばって懸命に耐えている。

臀丘のカーブをいやらしく撫でさすってくる男の手のひらの感触がたまらない。左右交互に撫でさすっては、パンパンと叩き、ボリュームを確かめるかのように尻肉を持ち上げて揺すったりする。その弄び方が、いかにも人を人とも思わない感じで、女を美しい肉の塊、セックスの道具としか見ていないことが分かる。

「修道女のくせして、エロい尻してやがる」

「あ、あああっ……」

「脚を開いてケツを突き出せ」

「ううう っ」

もうそれだけで我慢の限界に達している貴美子は、修道服の裾をまくり上げたままイヤイヤと首を振った。

それを見た銀次は、

「おい、桜井のおっさん」

と、再び桜井に声をかけた。

「は、はい……」

桜井はうわずった声で答えた。

視線は相変わらず、脱獄囚の手でいやらしく撫でまわされる貴美子の真っ白な双臀から離れない。見るからに弾力のある肉感的な尻だ。見ているだけで口の中に生唾が溜まり、ゴクリゴクリと何度も呑み下さなくてはならなかった。真面目なサラリーマンなのだが、性欲には勝てない。

「シスターが反抗的だ。こういう場合、どうするのがいいと思う？」

狡賢い笑みを浮かべた銀次にそう問われ、

「あ、あの子たちを……女子大生たちを……裸にするのがいいと思います。罰として、あの子たちを素っ裸に……」

そう答えたのは、その答を銀次が要求していると思ったからだ。ボランティアでいつも活動してくれている親切な女子大生らには申し訳ないが、彼には愛する妻が、そして重い病気の子供がいる。凶悪な脱獄囚の不興を買って命を失うわけにはいかない。こうなった以上、迎合してでも生き抜かなくてはならない。

「そうだよなァ」

銀次が笑みを浮かべたまま言った。

殴る蹴るで女を従わせることはたやすいし、暴力をふるうことで良心が咎めるなどということもまるでない。だが彼は、相手を精神的にネチネチと追い込んでいくことのほうを好んだ。たんに趣味の問題だ。

「じゃあ桜井さん。何度も手間をとらせてすまねえが、あの娘らを全員素っ裸にしてやってくれ。もし気に入った娘がいたら、好きにしてかまわねえぜ」

「す、好きにして……とは？」

桜井はまた生唾を呑んだ。

「あんたのやりたいようにやってくれということさ。こんなふうに尻を触るなり――」

言いながら、銀次は貴美子の裸の尻を撫でまわしつづける。ブルブルと震えている臀丘を手のひらで円を描くようにいやらしく撫でさすっては、パンパンと叩いた。

「身体を舐めまわすなり、マ×コをいじりまわすなり――何なら犯っちまってもかまわねえぜ」

「そ、それは……」

桜井は身を寄せ合って震える女子大生らのほうを見ると、また唾を呑み、

「わ、分かりました……」

うわずった声で言うと、興奮に身を震わせながら彼女らのほうへ近づいた。

身を寄せ合った女子大生らがヒーッと悲鳴をあげたのと、貴美子が「駄目っ」と叫んだのが同時だった。

「言うことを……あなたの言うことをききます！　だから……だから彼女たちには何もしないでっ！」

「そうかい。俺のオモチャになる覚悟ができたってんだな」

ニヤリとした銀次が桜井に「待て」と言っておあずけを食わせ、貴美子の裸の尻をパンパンと叩きながら、

「立派だぜ、シスター。それでこそ神さまに仕える修道女だ。あんたの信仰心に免じて、学生さんらを素っ裸にするのは勘弁しといてやる。さ、このセクシーなお尻をこっちへ突き出して、脚を開くんだ。この銀次さまがあんたの大事な所をじっくりと弄れるようにな」

と、この後に控える地獄の辱しめまでをも予告したので、

「あ、あああああっ……」

恐怖におののく自分を励ましてスラリと美しい脚をわずかに開き、豊満な裸のヒップを後ろへせり上げるように突き出した貴美子の膝は、その場に崩れ落ちてしまいそうなほどガタガタと震えた。

銀次は身をかがめ、美しい修道女の突き出された裸の尻の亀裂に鼻を近づけると、フンフンとわざとらしく音を立てて匂いを嗅いだ。

久しぶりに嗅ぐ女の肌の匂い。極上の甘い匂いが男の獣欲をかきたてる。

「へへへ、もっとだよシスター。もっと脚を開かないと、肝心なところが拝めな

いじゃねえか」

「ウウウッ」

苦悶の呻きがこぼれ、貴美子の太腿の間の隙間がさらに大きくなった。膝下に絡まった黒のシルクパンティがピーンと横に張りつめると、臀裂の奥まった所に女の丘の柔らかなカーブがのぞいて、その中心を真一文字に裂くピンク色の秘裂までもが顔をのぞかせた。

「へへへ、これがシスターの未使用マ×コか。貞潔を守るだかなんだか知らねえが、こんな見事な割れ目を使わずにいるなんて勿体ねえぜ」

よく熟れた女体に、汚れを知らない清純な肉のクレヴァス。そのギャップが銀次にはたまらない。イエス・キリストに貞潔を誓った修道女の花芯をおのれの剛直で貫きえぐってやるのだと思うと血が騒いだ。

「あっ！」

声をあげた貴美子の身体がビクンッと痙攣したのは、銀次の中指の先が敏感なクレヴァスに触れたせいだ。

「ああっ、ひいっ」

それだけでもうカアーッと脳が灼け、修道服をまとった全身が火にくるまれた。

後ろへ突き出している裸の尻が薄桃色に色づくほどの、すさまじい羞恥である。

「ああっ、いやっ、そんなところっ」

かぶりを振り、突き出した双臀をクリッ、クリッと振りたくって叫ぶ貴美子は気もふれんばかり。女子大生たちの身代わりとしていたぶられることを覚悟したとはいえ、信仰一筋に生きてきた彼女にとって、下半身はパンティを脱がされて裸、ヒップを突き出し、見ず知らずの男の指で羞ずかしい肉の割れ目を弄ばれるなど、想像の埒外にあった。

「ああっ、いやっ、ああっ」

「じっとしてるんだ。学生さんたちを守りたいんだろ？」

そう釘を刺した銀次は、ヴィーナスの丘の柔らかいカーブと、そこに真一文字に刻まれた女の割れ目を指でじっくり縦方向になぞりながら、

「貝みてえにしっかり閉じ合わせてるじゃねえか。なるほど、これが修道女さまの貞潔の証ってわけかい」

からかうように言う。

本当に男を知らないのか。使い込まれていないその部分は、敏感な肉の宝石も桃色の花びらも完全に内側に隠しきって、まるで女児のそれだ。それでいて双臀

全体はムチッと張りつめ、熟れきった女の香気をムンムンと匂わせている。銀次は早く指を女膣内へ捻じ込んでやりたい衝動をこらえつつ、スベスベの柔らかい膨らみを中指の先で何度もなぞりたてた。それから指を前方へ進め、Vゾーンの飾り毛を弄ぶ。雪白の肌と鮮やかなコントラストをなす漆黒の女の茂みは、上品な逆三角形をしていた。艶やかな繊毛の茂みをつまみあげると、銀次は指の腹でシャリシャリと擦り合わせるように弄んだ。

「いい生えっぷりじゃねえか、シスター」

「いやっ、いやっ、ああっ、そんな」

女の茂みをつまんで弄ばれることが、根は勝ち気な性格の貴美子にはたまらない恥辱だ。自分が身代わりになった四人の女子大生、入院している子供の父親である桜井、そしてサンタクロースの着ぐるみを着たまま恐怖に目を大きく見開いている竹田弥生——彼ら彼女らの視線が、脱獄囚にいたぶられる彼女のみじめな姿に注がれている。

恥ずかしさと口惜しさで貴美子は泣きそうになった。悪に屈したくない、試練を乗り越えたいという気持ちだけで自分を支えている。ああ、でも……もうこれ以上は……。

（神さま、どうかお救いください……もう……もうこれ以上はっ）

必死の祈りは、だが天には届かなかった。女の茂みを弄んでいた指が、再び恥丘のカーブをスーッ、スーッと縦になぞりはじめる。

（そこは……そこはもうやめてっ、あああああっ）

全身の血が逆流するおぞましさに、貴美子の裸の双臀はワナワナと震えが止まらない。肉土手を縦に走るピンクの割れ目を執拗になぞっていた中指がいよいよ秘密の花園への侵入を開始すると、

「あああああーっ」

たまらず声をあげてのけぞった貴美子の背筋を、戦慄めいた痺れが貫き走った。

「そんなっ、あああっ、そんなっ」

「へへへ、これが神に仕えるシスターのマ×コか。ヌルヌルしてて、いい感触だ。やっぱり貝だな。あったけえ貝だぜ」

神に仕える身とはいっても所詮は女。ヌルヌルした秘肉の生温かさが卑猥な感じだ。濡れているわけではないが、とろけるような感触だった。とろけるほどに柔らかい粘膜のヒダを一枚一枚めくり返すようにコネまわす銀次の指の動きにはまるで無駄がない。最初から秘口に指を潜り込ませたりはせず、まず浅い部分の

粘膜のひろがりを、時間をかけてじっくりとまさぐっていく。

　そんな陰湿な媚肉愛撫に、

「あっ、あっ、ああっ」

　信仰に生きるシスターは途切れがちな狼狽の声をこぼした。

「ゆ、許されません……こんな……こんなこと……許されませんわっ」

　青ざめていた頬がみるみる紅潮していくが、それは必ずしも羞じらいのせいばかりではないのかもしれない。それが証拠に、「あっ、ああっ」という狼狽の声の合い間に、

「んくっ……んくくっ」

　と、なにかをこらえているような呻きを洩らしつつ、貴美子の肉感的な双臀はせつなそうな悶えを見せている。

　そう、貴美子は自分でもどうしたらいいのか分からなかった。こんなけだものみたいな男に、こんな恐ろしい、そして理不尽な辱しめを受けているというのに、官能の弦が小刻みに震えだすのをどうすることもできない。秘めやかな肉の構造をじっくりとまさぐってくる男の指の動きに反応し、身体の奥底から得体の知れない感覚がさざ波のようにこみあげてくる。

（ううっ、くううっ……だ、駄目っ、駄目よっ、と歯を食いしばって耐える貴美子は、惑乱していく自分自身を諌めようと幾度も首を横に振りたてた。だが、いけないと思えば思うほどに、さざ波はうねりを大きくしてくる。

「んくううっ……ハアッ、ハアッ」

たまらず唇を開き、熱い息を吹きこぼした。今やもうはっきりと感じはじめた修道女の、ルネサンス絵画を思わせる高貴な美貌は汗ばんで上気し、とりわけ目元を羞じらいに濃く染めている。透明感のある白い尻肌も、今は薄紅色に染め抜かれて艶めかしく汗に光っていた。美しい修道女がひたすらに守って来た信仰と貞操は、脱獄囚の性の技巧に屈しつつある。

色づいた豊満な双丘の狭間の、奥まったところに秘められた官能の泉。貝の肉を思わせるその妖しい構造を、じっくりと焦らすように指でまさぐる銀次の目は獣的な光を宿していた。

「やめて……こ、これ以上はもう……」

「へへへ、下の口は『もっとして』って、おねだりしてるみてえだがな」

その言葉どおり、まさぐられる貴美子の粘膜は熱せられたバターのように溶けただれ、甘い匂いのする果汁で銀次の指をネットリと濡らしはじめた。包皮から顔をのぞかせたクリトリスも肥大し、貝肉の中で妖しくヌメり光っている。

果汁に濡れたその女芯にいよいよ愛撫の指先を近づけていきながら、

「この感じようからして、シスター、あんた、処女じゃねえな」

千人斬りを誇る銀次がそう見抜き、

「最後に男に抱かれたのはずいぶん前か？　相手は誰だ？」

訊ねつつ、きわどい箇所を、焦らすようにスッ、スッとなぞりたてる。

「ああっ！」

指と言葉による二重攻撃に、貴美子はビクンッと双臀を震わせた。

「駄目っ」

お堅い信仰者であっても、そこが女の身体の中でどこよりも一番敏感な箇所、すなわち罪深い肉悦の源泉であることは知っている。焦らすような指使いで肉芽の周りをじっくりと愛撫されて、

「そこは……そこは駄目っ」

懊悩の美貌を横に振りたてるさまは、修道女ではなく一人の女——信仰の道に入る以前には人並みの「罪」をおかしてしまった普通の「女」だ。

「フフフ、貞潔が信条の尼さんでも、ここの呼び名くらいは知ってるよな?」

「うっ……くううっ!」

「言ってみろ。女が弄られて一番悦ぶ、この固くふくらんだお豆の呼び名を」

「い、いやっ、いやですっ」

貴美子が狂乱したように首を振って拒むと、

「自分の立場をわきまえてねえようだな」

まだ直接には急所に触れず、固く勃起した肉芽の縁を焦らすかのように指先でなぞりたてながら銀次は言った。

「俺の言うことがきけねえってんなら、身代わりとして失格だ。あの女子大生らを裸にひん剥いて、あんたの代わりを務めてもらう」

「駄目っ、それはっ」

凄艶な顔で貴美子は血を吐くように言った。

4

自分の羞恥心やちっぽけなプライドのために、未来ある女子大生たちに地獄を味わわせるわけにはいかない。イエス様を裏切った使徒たちと同じ罪をおかさないためにも、いま男の指で弄られようとしている、感じやすい部分の名を告げることをためらってはならない。

「そこ……そこは……ううっ」

羞じらう貴美子の頬はリンゴのように赤い。

「フフフ、そこは？　何て言うんだい？」

「ク、クリトリス……クリトリスですわっ」

ベソをかいた顔で、かすれた声を絞り出すと、

「ほおら、やっぱり知ってやがった。カマトトぶりやがって」

せせら笑いながら言い、もう充血して大豆ほどの大きさにふくらんでしまった貴美子の女の急所をピタリと指で押さえた。

「はああっ」

ビクンッと震えて背を反らした貴美子の身体は、一瞬で熱く火照った。

「いやあァ」

怯えきった声を震わせたのは、触れられた瞬間、身体の芯に甘い電流が走ったからだ。

（いけないっ、いけないわっ、あああっ）

　強烈な悦びは、罪悪であることの証拠である。信仰者の直感で、貴美子はそう感じずにはいられない。そして怯えざるを得なかった。性的快感は悪魔の誘惑にほかならない。

「だ、駄目っ」

「尼さんにしちゃあ、えらく大きなクリトリスじゃねえか」

からかいつつ、銀次は巧みに指を使う。

「い、いやっ」

「神様に仕えるお方のクリトリスだ。大事に扱ってさしあげねえとなァ」

「あ、あううっ」

「このヌルヌルしたお豆を弄った男は誰だ？　なんで拒まなかった？　その男に惚れていたのか？　何度抱かれた？　ハメられて、あんたもやっぱり腰を振ったんだろ？　どうなんだいシスター」

　矢継ぎ早に問いながら、指先で肉の尖りを弾くようにする。

　ツンツンと弾くように刺激してやると、そのたびに貴美子が「アンッ、アンッ」と甘い声をあげ、ビクンッ、ビクンッとヒップを痙攣させた。それは意思とは無関係な女体の反応で、信心深い貴美子にも如何ともしがたい。

「や、やめてっ、そこだけはやめてっ」

「やめていいのか？」

銀次は意地悪く訊ね、トトン・トン・トンと今度はモールス信号のように連打しはじめた。

「あっ、あっ、はあああっ」

「本当は続けて欲しい。そうなんだろ、フフフ」

トトン・トン・トン――トトン・トン・トン――。

指先から伝わる淫らなモールス信号の刺激に、

「ち、違いますっ、違いますっ」

むきになって否定し、つらそうに首を振る修道女の呼吸は次第に乱れ、荒くなっていく。

「女も男とおんなじで、長く禁欲を続けていれば、それだけ『溜まる』ものさ」

ますますふくらみを増してきた肉の芽を指先でタップしつつ、

「俺は教師や女医を何人か犯したことがあるが、どいつもこいつも、普段お高くとまっていやがるぶん、タガが外れるとド淫乱になった。あんたも同じなのさ。

だろ?」

あざけるように言うと、貴美子の反応を窺うべく、いったん愛撫の手を離した。

「ああぁっ……」

「フフフ、震えているな。どうなんだ? やっぱり続けて欲しいんじゃないのか?」

「ち、違うっ……ううぅっ」

貴美子は唇を噛み、すすり泣きの声を懸命にこらえた。一体どうしたというのか、子宮の疼きが異常なまでにふくらんで、せつなさともどかしさに裸のヒップを揺すりたてずにはいられない。こんな感覚を味わうのが初めての貴美子は、声を洩らさずにいるのが精一杯で、どうしたらいいのか分からない。

「無理しなさんなって」

銀次の指が再び貴美子の熱く濡れた秘部に触れた。

女貝の妖美な構造をじっくりとまさぐりつつ、

「指なんかじゃなくて、もっと太いものを入れて欲しい。グッと奥まで捻じ込んで、グチュグチュに搔き混ぜて欲しい。フフフ、そうなんだろ?」

誘うようにからかうと、

「な、何をおっしゃるのです……そんな……あああっ」

　貴美子は異常なまでに狼狽し、ビクン、ビクンと双臀を震わせる。こみあげる子宮の淫らな疼きは、もう耐えがたいほどだ。

「恥ずかしがることはない。それはあんたが女だからだ。女は誰でも、ぶっとい肉棒でマ×コをグニュグニュとコネまわされたいと思っている。あんただって例外じゃない。いや、これだけのエロい尻をしているあんたのことだ。人並み以上に男の太い肉棒を求めているはずだ。そうだろ？」

「そんなこと……そんなことありません」

「そんなことあるんだよォ。おっとと、おツユがこんなに——へへへ、こいつはすげえや」

　上の口で否定したことを下の口が肯定するかのように、貴美子の豊かな官能が熱い蜜となってトロトロと溢れ出し、まさぐる銀次の指からもしたたり落ちてくる。

「こんなに感じやすい身体をしていて、よくまあ修道女が務まったもんだ」

　言いながら、銀次の指先は再び女芯を捉え、軽く圧し潰しておいてコロコロと転がすように刺激しはじめた。いよいよ色責めも佳境。どんな女をも狂わせるという「蠍の銀次」の得意技に、

「あっ、ああっ、あああっ」

貴美子の悲痛な声がせっぱつまる。

女の急所を巧みに揉みほぐしてくる指の動きに、上気した美貌がさらに赤みを増して、もう火を噴かんばかり。こみあげてくる快感のさざ波は、もはやさざ波ではなく、押し寄せてくる大波になりつつあった。

(駄目っ、感じては駄目っ、た、耐えるのよっ!)

何度も自分にそう強く言い聞かせつづけていないと、気が遠くなってしまいそうだ。

(駄目っ、駄目っ、ああっ)

だが貴美子の健気な抗いもそこまでだった。

ドクンッ、と身体の奥で何かが弾け、

(アアアアーッ)

得も言われぬ快感と共に、子宮からドロドロと熱いものが溢れ出してくるのが分かった。こんな経験は初めてだ。頭の中が空白になり、骨の髄まで官能に痺れきる。もう立っていられなくなって、膝から崩れ落ちかけたところを銀次の手で腰を支えられ、

「しゃんとしねえかい」

叱咤の声と同時に臀丘にピターンと平手打ちを食らった。

「ハアアッ……」

頭の中は空白のまま、唇を開いた貴美子の顔は恍惚としている。

「イッちまったようだな、シスター」

からかいつつ、銀次はブルブルと痙攣しつづける貴美子の張りつめたヒップにチュッ、チュッと接吻の雨を降らせた。

（あっ、あううう……）

普通なら、おぞましさにゾッと戦慄したであろう裸の尻へのいやらしいキスの雨だが、生まれて初めてのアクメに身も心も痺れきってしまっている貴美子にはそれすらもたまらない刺激なのか、

「ひっ、ひいっ……あううーっ」

尻肌を吸われるたびに、嬌声ともとれる声を噴きこぼし、むちっと張った豊満な桃尻をビクンッ、ビクンッと跳ねさせた。

「へへへ、いくら気持ちいいからって、修道女ともあろうものが、さすがにこれは濡らしすぎだぜ」

貴美子だけでなく、女子大生たちにも聞かせるためにそう言った銀次は、再び女尻の妖しい亀裂の奥へ指を差し入れ、はしたなく濡れた媚肉をグチュグチュとまさぐりつつ、

「嬉しそうにマ×コをヒクヒクさせてやがる。シスターは尻の感度もいいんだな。へへへ、気に入ったぜ」

言いながら、今度はヒップの丸みに舌を這わせはじめた。

「やめて……もうやめてください、うっ、うっ、ううっ」

すすり泣きながら、おぞましさに首を振って拒む貴美子は、ようやくアクメの狂乱から正気を取り戻したようだ。

顔なじみの女子大生らの前で、死にも勝る生き恥を晒してしまった。取り返しのつかない大醜態。その身も縮む恥ずかしさに加え、信仰者として肉欲に負けてしまった無念さが、気丈な貴美子を嗚咽させる。理知的な瞳から大粒の涙が溢れ出し、上気した頰をつたい流れた。

（イエスさま、お許しを……ふしだらな罪びとのわたくしを……どうか、どうかお許しください……）

修道服の肩を震わせて嗚咽する貴美子を、銀次の淫技がなおも追いつめていく。

汗に光るヒップの双丘を、さも美味そうに左右交互に舐めまわした。官能味あふれる尻丘のカーブに、ヌラつく舌を円を描くように這わせ、ボリュームたっぷりに張りつめた尻肉のなめらかさと弾力を味わうのだ。それだけではない。ヌラヌラと舌を這わせて尻丘を舐め味わいつつ、臀裂の奥に咲き誇る女の花園をいたぶることも忘れなかった。先ほどは浅い部分だけを責めていたのが、いよいよ女膣内に指を潜り込ませ、熱くたぎる花芯をクチュクチュと掻き混ぜるように刺激しはじめた。

「いやあああっ」

激しすぎる色責めに、貴美子はもう修道服の裾をつかんではいられない。

(あひいいいーっ)

あやうく恥ずかしい声をこぼしてしまいそうになり、あわてて修道服の、ドレープ使いも豊かな袖口を噛みしめると、

「くううう—っ」

と、嬌声をどうにか呻き声に変えた。

「どれ、こっちの感度はどうかな」

ニヤリと笑った銀次の視線が吸いついているのは、豊満なヒップの双丘の狭間

にのぞく菫色の小さなすぼまり——貴美子のアヌスだ。

指でさんざんにほじり弄られ、しとどの蜜を溢れさせて開花した女の割れ目とは対照的に、男を喜ばせてくれるもう一つの裏穴は、固いつぼみのような初々しさを見せてぴっちりと可憐にすぼまっている。男のペニスを咥え込んだことなどないであろうその可憐なすぼまりを、自慢の剛直で大きく押し拡げて犯すアナルセックス。肛姦にさほど関心を示さぬ彼だが、この女の尻穴なら犯してみたい。

だがその前に——。

ヌラーリと舌で臀裂をなぞりあげられて、

「ヒイイイッ」

悲鳴をあげた貴美子の腰が、銀次の指を膣奥深くに沈められたままで前に逃げた。

「な、何をなさるの、いやっ！」

尻割れの底を舐めあげられる不気味さは、尻丘を舐められるのとは比べものにならない。花芯に銀次の指を沈められたまま、汚辱のすぼまりの上をヌラつく舌でなぞりあげられ、貴美子は骨の髄まで戦慄に痺れた。

「いやっ、そ、そこは……そこはいやですっ」

「へへへ、どうしてだ？　どうしてここはいやなんだ？」

敏感な反応に満足の笑みを見せ、銀次が訊ねる。

「ここに何がある？　自分の口で言ってみな。さもなきゃあ——」

銀次は再びヌラーリと舐めあげた。

「あひいいいーっ」

悲鳴をあげ、貴美子はもう一度のけぞった。

膝小僧がガクガクッと痙攣し、もう立っていられなくなってロビーの床に手をついて這った。ちょうど相撲の立ち合いの時、双方の力士がまわしを締めた尻をせりあげて四つん這い、互いを睨みつける際の体勢——蹲踞のポーズである。そしてそれこそ銀次の思うツボ。高くせり上げられた貴美子の豊満なヒップの、むき玉子に似た白い尻丘の狭間にのぞく禁断のすぼまりを、好き放題に舌でなぞりたてやれるのだから。

「あああぁっ、いやあァ」

その体勢のまま双臀をつかまれ、臀裂の底をヌラーリ、ヌラーリと舌腹でなぞりあげられながら、

「言うんだよ、シスター」

そう言って迫る銀次の舌の先で、禁断の尻穴のすぼまりをチロチロとくすぐられ、

「ひいいいーっ」

貴美子の泣き声が悲痛さを増す。女子大生らの危難を救うべく我が身を犠牲にすることを覚悟した彼女だったが、若くして信仰の道に進んだがゆえの世間知らず。とりわけ男の獣欲についての知識が足りないがために、まさかこれほど酷い辱しめを——排泄の尻穴を舌で愛撫されようなどとは思ってもみなかった。

「ひいいいっ、いやあああっ」

「言わねえか。言わねえと、いつまでもこうやって舐めつづけるぜ」

銀次は舌腹全体を使い、貴美子の汗に湿った臀裂の底をヌラーリ、ヌラーリとなぞりあげる。それから細く尖らせた舌の先で、固くすぼまったアヌスをチロチロとくすぐるように愛撫するのだ。

「言わねえところをみると、もしかしてあんた、本当はこんなふうにされるのが嬉しいのかい?」

からかわれ、アアンッ、アアンッと喘ぎながら惑乱する貴美子は、

「お、お尻の……お尻の穴っ」

裸の下半身を震わせつつ、もうたまらなくなって口走った。

「お尻の穴……お尻の穴ですっ」

「何だってェ？」

銀次がわざと問い返し、へらへらと笑った。

「だから名前を訊いてんだよ。その『お尻の穴』の名前をよォ。ここにいる全員に分かるように、はっきり言わねえかよ」

「あああああっ」

急かすようにすぼまりをくすぐってくる舌の動きのおぞましさに、

「こ、肛門っ！」

貴美子はついに叫んだ。

「肛門をっ……肛門を舐めないでっ」

「へへへ、そうかい。神に仕えるお方の肛門はなかなか美味なんだが、あんたは肛門より、やっぱりこっちを責められるほうがいいのかい」

言いながら、銀次は女膣に沈めた指を鉤状に曲げると、熱く溶けただれた肉層を掻き出すように激しくコネまわした。

「あああああっ」

「ぶっとい肉の棒をここに咥え込みたい。そうなんだろ？　よしよし、待たせたな、いま俺のをズッポリと入れてやる」

銀次はズボンのファスナーを下ろし、いきり立った肉の剛直を取り出した。

グレーの修道服を背中まで捲り上げられ、四つん這いの姿勢で熟れきった裸の双臀を突き出しているシスター貴美子。その腰を後ろから抱え込んで今にもインサートしようとする脱獄囚を見て、その背中に、

「やめてえええっ！」

ロビー中に響きわたる悲痛な声を浴びせた者がいた。

5

悲痛な声の主。それはサンタクロース——いや、子供たちのためにサンタクロースの着ぐるみを着ている竹田弥生だった。

ダブダブの大きな着ぐるみ、そして顎につけた白い髭のおかげで、他の四人の女子大生らのように銀次の前に並ばされ、自分の手でスカートを捲り上げて下着姿の下半身を晒すという恥をかかずにすんだものの、怯えきった友人たちを前に自分ひとり難を逃れていることが先ほどからずっと後ろめたく、心苦しかった。

とりわけ、普段から敬慕しているシスターの山本貴美子が、彼女たちボランティ

ア女子大生を守ろうと、我が身を犠牲にして辱しめに耐えている姿を見て、その悲惨すぎる凌辱絵巻にショックを受けると同時に、良心の痛みに耐えかねて胸が張り裂けんばかりだったのだ。だからいよいよ貴美子が犯されそうになった今、思わず我れを忘れて声をあげてしまった。

「やめてっ！　もうやめてくださいっ！」

若い女性のものにほかならないその悲痛な叫びに、銀次は胸を打たれた。胸を打たれたといっても、感動したとか気の毒に思ったとか、そういう意味ではなくむしろ逆だ。格好の獲物がもう一匹いたぞと、サディストの血が沸きたったのである。

サンタの着ぐるみを着ているのが若い女だということは最初から気づいていた。だが美しい修道女の裸の下半身に夢中になるあまり、サンタのことなど途中からどうでもよくなっていたのだ。

四つん這いのシスターの裸のヒップを抱え込んだまま、振り向いた銀次はニヤリとした。いま叫び声をあげた女、裾や袖口を白く縁取ったサンタの赤い衣装を着た若い女が、なかなかの上玉であるかもしれないと、彼の直感が告げていた。

獲物を狙う鷹の目で弥生を見ながら、

「桜井さん」

突っ立ったままでいる桜井に、銀次は声をかけて命じた。

「あれじゃあ暑苦しそうで気の毒だ。サンタがコスプレ衣装を脱ぐのを手伝ってやってくれ」

それから、ハッとして金縛りになっている女子大生サンタに向かって、

「『やめてくれ』と言うからには、今度はあんたがシスターの身代わりになる。

そういうことでいいんだよな?」

と脅した。

着ぐるみの上からも分かるほどにブルブルと身を震わせている弥生のもとに、

こわばった表情の桜井が近づいていき、

「竹田さん……それ……脱いでもらえますか?」

申し訳なさそうに言った。

「桜井さん……」

弥生は怯えきった目で桜井を見た。

いつもボランティア活動で来院している弥生は、入院児童の両親である桜井夫

婦とは顔見知りである。別の場所に連れていかれた他の両親たちと違い、ひとり

このロビーに残されたその桜井は、脅されて脱獄囚の手伝いをし、先ほどは彼女の友人らの下着を脱がせようとした。良識ある男性には違いないが、今となっては信用できない。

「早く脱いでいただかないと——」

何を焦っているのか、桜井がサンタの衣装の白い袖口をつかもうとしてきた。


「やめてっ」

弥生は思わず身を引くと、

「自分で……自分で脱ぎますっ」

キッとなって桜井を睨んだので、

「す、すまない……」

桜井はどもりつつ謝った。

大きな白髭をとり、三角帽子を脱いだ弥生の玉子型の顔は、ショートカットの
サラサラの髪が美しく、他の四人の女子大生たちよりもずっとチャーミングだ。
ダブダブの上着とズボンを脱ぎ、大きなブーツも脱ぐと、胸元のフリルも可憐な
純白ブラウスにクリーム色のプリーツスカートを合わせたコーディネートは清純
そのもの。まるで蛹から羽化した美蝶のごとく瑞々しい姿には、銀次ならずとも

ゴクリと生唾を呑んでしまう。まさに凌辱のターゲットとしてうってつけの女子大生だ。

そんな弥生の魅力的ないでたちを目にした桜井が、何を血迷ったのか、銀次のほうを振り向いて、皆が驚くようなことを口にしはじめた。

「さ、さっき……さっき、『好きにしてかまわない』とおっしゃいましたよね」

口ごもりつつ桜井が言うのは、先ほど、四人の女子大生の中で気に入った娘がいるなら、いたずらするなり犯すなり、好きにしてかまわない、と銀次が桜井に告げたことである。

「ああ、言ったな。それがどうした?」

「で、でしたら……でしたらこの娘を……この娘を私に――」

その言葉に、銀次ひとりを除いて皆が驚愕した。

むろん一番驚いたのは弥生である。

「桜井……さん……何を……」

弥生は喘ぐように言い、数歩後ろへ退いた。

ボランティア活動を通じ、桜井家の人々（両親、そして入院中の息子）とは親しくさせてもらっている。その桜井夫婦の夫が彼女に対し、耳を疑う言葉を吐いたのだ。先ほど銀次に命じられて四人の女子大生のパンティを脱がせようとした時とは違い、桜井の側から銀次に頼みこんで……。

まさかと思い、弥生は戦慄した。

「ハハハハハ、その娘が好みだったか。なるほど」

今にも刺し貫かんばかりに貴美子の裸のヒップをしっかりと抱え込んだまま、銀次はさも可笑しそうに笑った。

平素、紳士のフリをしている男性でも、秩序を失った異常な状況下では、獣の本性をさらけ出すことになる。この桜井という男は心の奥底で、好みのタイプである美しい女子大生の弥生を自分の思うがままにしたいと以前からドス黒い欲情を抱いていたのだが、妻と子がいる身、健全な社会人としての常識が意識の表層を固い殻のように覆い尽くしていて、今日まで自分でもそれに気づかずにいたのだろう――そう銀次は理解した。

「いいだろう。煮るなり焼くなり、あんたの好きにするといい」

銀次が承諾すると、こわばっていた桜井の顔にサッと赤みが差した。

別人のようにギラつかせた目で弥生を見ると、うわずった声で、

「弥生さん……」

下の名で呼び、弥生の白ブラウスの袖口をつかんだ。

アッと叫んで弥生はそれを振り払おうとしたが、男の力には敵わない。強引に腕を引き寄せられ、よろめいた弥生は桜井の腕の中に倒れ込んだ。

「いやっ、いやですっ、離してっ」

「弥生さん、僕はずっと君のことが……」

逃げようと暴れる女子大生を抱きすくめ、桜井はその柔らかい頬に唇を押しつけた。

「いやあああっ」

「弥生っ、僕の弥生っ、ああっ、素敵だ、なんて可愛いんだっ」

自分でも異常としか思えない凶暴な振舞い。だが彼の腕の中で悶える若い肢体のしなやかさ、スベスベした肌の甘い匂いに、脳の芯までジィーンと痺れきって、もう気持ちを抑えることができなかった。

妻のことはむろん愛している。美しく、献身的に尽くしてくれる妻の由布子に不満などまったく無い。にもかかわらず、男の性というものか、息子が入院するこの病院にボランティア活動として来てくれる女子大生の竹田弥生の、清純で初々しい姿に桜井は徐々に惹かれていった。近頃では息子を見舞った日、帰宅後に妻の目を盗んでトイレで、弥生の白いブラウスとプリーツスカート姿を思い浮かべながら、勃起した肉棒をシコシコとしごいて射精するのが習慣になっていた。そんな気持ちが、先ほどの銀次へのとんでもない申し出になってしまったのだから、もう後には引けなかった。

「やめてっ！」

今度はシスターの貴美子が叫ぶ番だ。

狂おしく身悶え、裸のヒップを抱え込んでいた脱獄囚の腕の中から逃れると、桜井に襲われている弥生のもとへ駆け寄ろうとした。

「おっと、待ちな」

その腕を、すばやく銀次がつかんだ。

「へへへ、あんたに邪魔はさせねえよ」

「離してっ！」

ヒステリックに叫び、銀次の手を振り払おうとする貴美子。膝下にはまだ黒のシルクパンティが絡まったままだ。

「おうおう、尼さんのくせして、意外とジャジャ馬なんだな」

だが相手がどんなに必死でも、女性の抵抗をいなすことくらい、幾多の修羅場をぐり抜けてきた銀次には朝飯前だ。グレーの修道服姿を易々と羽交い絞めにし、抗いを制しつつ、片手で胸のふくらみをギュッとつかんだ。

「いやっ、ああっ」

「へへへ、大きなおっぱいしてるじゃねえか。こんな熟れきったおっぱいを神様に捧げて、男には揉ませないなんて、もったいなさすぎるぜ」

「いやああっ」

鷲づかみにされ、むにゅむにゅと揉みしだかれる乳房を庇おうとして、悲鳴をあげた貴美子が前方へ身を縮めると、銀次の手は修道服の裾の下から潜り込んできて裸の双臀を撫でまわしにかかる。

「ひぃいいいっ」

貴美子が悶えている間、もつれ合って床に倒れた弥生の上に桜井は馬乗りになり、欲情に目を血走らせたまま、清純女子大生のフリルも可憐な白いブラウスの胸のボタンを外しにかかっていた。

「いやっ、桜井さん、やめてっ、ああっ」

「おおおっ、おおおっ」

もう欲情に我れを忘れ、獣じみた唸り声をあげるばかり。男の体を突きのけようとして抗う弥生の手を、桜井は何度も乱暴に払いのける。普段の良き夫、良き父親ぶりはどこへやら。弥生の必死の抵抗に業を煮やし、ボタンを外すのは諦めて、フリルごと鷲づかみにしてビリビリとブラウスを引き裂きはじめた。

「ひいいいーっ」

ブチブチッとボタンが弾け飛び、若々しいバストを覆うブラジャーがのぞいた。魅力的なふくらみを包む白いブラに、桜井の口の端からヨダレが垂れる。それを引き剝がす前に、クリーム色の上品なプリーツスカートに手をかけ、捲り上げようとする。

「いやああっ」

その手を懸命に押さえようとする清純女子大生の弥生。悲鳴と共に、ピチピチと若さのはじける白い太腿がのぞき、また隠れ、またのぞいた。そんな恐ろしいレイプの光景を見るに耐えず、四人の女子大生らはロビーの隅に身を寄せ合ってガタガタと震えている。

「やめてっ、やめなさいっ」

銀次に羽交い絞めされ、修道服の下の裸の双臀をいやらしく撫でまわされながらも、貴美子は弥生を救おうと身をよじりたてた。

「その子から……その子から離れてっ」

「そんなにあの娘のことが気になるのかい？」

弾力に満ちたあの娘の尻肉のカーブを撫でさすりつつ、

「あの娘も、大人しくサンタの着ぐるみを着てりゃあ、無事でいられたかもしれねえのにな。あんたが俺に犯されそうになったんで、見ていられなかったんだな。おたくたち、どういう関係なんだい？」

銀次は貴美子の紅潮した耳にフッと息を吹きかける。

「ひょっとしてレズビアンかい？」

「あああっ」

貴美子は髪を乱して狂おしく首を振った。

むろん銀次が言うような関係ではない。だが、ただの知己でもなかった。

この病院の中でのみの付き合いだが、憧れの気持ちでこちらを慕ってくる女子大生の竹田弥生。見ていて危うく感じるほどに一途で純粋な彼女に、貴美子は昔の自分——人生に悩んだあげく、何もかもかなぐり捨てて信仰の道に入った自分自身——を見ているような気持ちになることがよくあった。実際、「修道女になりたい」と弥生から打ち明けられたこともある。気がつくと、貴美子のほうも実の姉妹であるかのように親身になって弥生の相談にのっていた。

そんな弥生——まだ純潔の身であるに違いない弥生が、男に酷い辱しめを受けるのを見過ごしにはできない。自分の命に代えてでも守ってやりたかった。

ああ、だがどうすればいいのか。獣と化した桜井に押さえつけられた弥生は、すでに白いブラウスを剝がされ、クリーム色のプリーツスカートも脱がされてしまい、純白の下着姿にされている。

「いやっ、いやっ」

泣き叫びながら、ブラジャーをつかもうとしてくる桜井に必死の抵抗を続ける弥生を救うべく、貴美子も死に物狂いになって修道服姿を悶えさせるが、頬に大きな傷跡がある壮年の脱獄囚の力は恐ろしいまでに強く、非力な貴美子は身をよじりたてることしかできない。

「へへへ、そんなにあの娘を救いたいんなら——」

豊満な尻の丸みを撫でさすり、さらに太腿の内側にまで愛撫の手を伸ばしつつ、

「あんたが桜井のおっさんを誘惑するんだ」

何を企んでいるのか、銀次は熱い息と共に貴美子の耳に囁いた。

「素っ裸になって、この色っぽいケツを振って彼を誘うんだよ。そしてあの娘の

代わりにセックスの相手を務める。あんたがあのおっさんを十分満足させてやれば、あの娘は犯されないですむ。あの娘を救うには、それしかないぜ。だろ？」

「ああっ」

とんでもないことを言い出す脱獄囚に、裸の下半身をまさぐられながら貴美子はますます惑乱した。男の腕の中で全身をワナワナと震わせつつ、

「弥生さん、ああっ、弥生さんっ！」

高い声で呼びかければ、桜井に馬乗りになられて押さえつけられている弥生のほうも、下着姿の脚をバタつかせながら死に物狂いで、

「ああっ、シスター！　いやああっ！」

助けを求めて泣き叫ぶ。だが抵抗むなしくブラジャーをつかまれてしまい、無情にもベリリッと剝ぎとられた。

「ヒイイーッ！」

処女の甲高い悲鳴がロビー中に響きわたり、純白のブラが宙を舞った。

「いやっ、いやっ」

泣きながら、清純な顔に似ぬ豊かなバストを懸命に覆い隠そうとする女子大生の、女っぽい腰部を守る純白パンティにも桜井の手がかかった。

「いやあああっ！」

絶叫に近い悲鳴に、

「ああっ！」

追いつめられた貴美子の声も凄絶だ。

「やめてっ、お願いだからもうやめてっ」

狂おしく髪を乱して叫び、

「わかったわっ！」

と喉を絞った。

「私が……私が服を脱ぎます！　だからっ……その子には……弥生さんには手を出さないでっ！」

「よし」

銀次がニヤリとしてうなずくと、

「おっさん、聞いたろう？　そこまでだ」

もう無我夢中で、抵抗する弥生のパンティをズリ下げようと悪戦苦闘している桜井に、制止の言葉を投げかけた。

「まずはシスターの覚悟のほどを見せてもらおうじゃねえか。シスターの素っ裸を見せてもらって、どっちを犯すかはその後で決めればいい」

弥生に馬乗りになったまま、桜井は血走った目を銀次に向けた。その目が、

（そんな殺生な……）

と語っている。あの清らかで美しい女子大生の竹田弥生が、彼の手で押さえつけられ、服を脱がされ、ブラジャーをむしり取られ、後はパンティをズリ下げてしまえば一糸まとわぬ素っ裸。甘い匂いのする若い女体を前にして、いまさらお預けを食らわせられるなんて……だが脱獄囚の命令は絶対だ。

下着姿の弥生を押さえつけたまま、桜井は無念さに唇を噛んでいる。

「ハハハハ、なんてツラしてやがる」

貴美子を羽交い絞めにしたまま、そんな桜井を銀次が可笑しそうに笑った。

「悪い話じゃねえんだぜ。選択の幅が広がったってやつだ。若い女子大生と女盛りのシスター。好きなほうを選べるんだからな」

そう言うと、

「さあ、シスター。その野暮ったい服を脱ぎ捨てて裸になってもらおう。素っ裸になって、セクシーポーズでこのおっさんを誘惑するんだ。あんたを選んでもらえなければ、あの娘が犯されることになる。そのことを忘れるなよ」

6

「ほほう、さすがは神のしもべ。えらくレトロなものを身に着けてるな」

再び肘掛椅子に腰かけた銀次は、股間の肉の棒をそそり立てたまま、目の前に立つ下着姿の修道女を眺めて満足そうに言った。

下着姿といっても、膝下に絡まっていた黒のパンティはすでに脱ぎ捨てられて床に落ちている。その傍にグレーの修道服も脱ぎ捨てられていて、貴美子は白絹のシュミーズ姿を死なんばかりの羞恥に縮み込ませていた。

悩ましい女体シルエットが妖しく透けて見える、その薄いシュミーズが銀次には古風で珍しく、かつ欲情をそそるものだった。懸命に両手で前を隠そうとする貴美子に、

「隠すな。気をつけの姿勢で直立不動だ。桜井のおっさんに見てもらうんだぜ。気に入ってもらわねえとな」

ドスの利いた声で厳しく命じ、真っ直ぐに立たせると、薄い布地のヴェールを透かして見える、黒のブラジャーに包まれた豊満なバスト、そしてノーパンの下腹に萌える女の茂みに視線を注いだ。

（あぁああっ……）

貴美子はカアーッと脳が灼けた。膝がガクガク震え、直立不動の姿勢をとっているのがつらい。弥生を救うのだという気持ちだけで自分を支えていた。

極上のストリップショーに、銀次がニヤつきながら言った。

「よし、それも脱げ。ブラも取って、素っ裸になるんだ」

貴美子は唇を噛みしめ、震える手をシュミーズの肩紐にかけた。細い肩をストラップがスルリと左右交互にすべり落ち、ハラリと薄布が足元に落ちると、

（くうーっ！）

息も止まる恥辱に、たまらず再び手で前を隠してしまった貴美子の雪白のセミヌードは、片足を「く」の字に曲げた肢体に聖女の羞じらいが匂い立つ。

パンティ一枚の弥生に馬乗りになっている桜井も、

（おおっ）

と、この時ばかりは息を呑んで貴美子のセミヌードに見とれた。

「ブラを取れ」

再び銀次に命じられ、火になった美貌を横にそむけている貴美子は、女の茂みを隠した手を下腹から引き剝がし、レースに縁どられた黒のブラジャーのストラ

ップも肩からすべらせなくてはならなかった。

真っ白な乳房をついに露呈させてしまった貴美子が、銀次に命じられて一糸まとわぬ全裸像を晒し、素足のままで直立不動の姿勢をとらされると、ロビー内には一瞬、まるで時が止まったかのような静寂が訪れた。その異様な静寂の中、桜井がゴクリと生唾を呑む音が全員に聞こえたほどに、熟れきって眩いまでに美しい貴美子の裸身なのだ。

そんな妖美な女体を前にしても、

「さっきみたいにケツを突き出せ。桜井のおっさんのほうにだ」

と、平静を保ったまま指示を出すことができる銀次は、やはり並大抵のワルではない。

灼けただれる羞恥に、貴美子は泣くまいとこらえながら、命じられたポーズをとった。心の中で祈りの言葉を懸命に唱えつづけている。

悪しき者から救いたまえ
主の憐みを示したまえ
悪しき者を打ち滅ぼしたまえ

主の栄光を示したまえ

同じ祈りの言葉を何度も何度も繰り返す。そうでもしていないと正気を保てそうになかった。

前屈姿勢をとり、桃の形をした裸の双臀をせり上げて桜井のほうに突き出す。神に仕える身が、なんたる痴態。だが弥生を守るために彼を誘惑しなくてはならない。どんなに罪深い、そして恥ずべき行いであろうとも。

その桜井は、あお向けの弥生に馬乗りになったまま息を止め、突き出された尻の側から貴美子のヌードを凝視している。

文字どおり、生唾モノの光景だ。なめらかな背中の反り加減といい、美しい腰のくびれといい、そのくびれから官能的なカーブを描いてふくらみ、見事に盛り上がった双臀の量感といい——すべてが男の淫心を刺激し、全身の血を熱く煮えたぎらせるものだった。ムチッと張って光沢のあるヒップの双丘は、左右の豊満な尻丘がせめぎ合う中心の亀裂が匂い立つほどに妖しすぎる。

前屈みになった修道女の裸身を横から眺める銀次の目は、たわわな重みで垂れ下がる二つの美しい乳房に注がれていた。真っ白な乳房の先端の、粒々が目立つ薄桃色の乳輪がやや大きめで、たまらなくエロティックだ。心なしか乳首がツンと尖り勃っているように見えるが、先刻あれだけ花芯を執拗に指でコネまわしてやったのだから、当然といえば当然のことだった。

「その大きなおっぱいを、自分で揉むんだよ」

銀次がニヤニヤしながら言った。

「そ、そんな……」

理不尽すぎる要求に、耐えられないとばかり、貴美子は髪を揺すりたてた。

自分で自分を汚す行為を――それも人前で――そんなこと、できようはずがない。

「いやっ、いやです」

「やるんだよォ、シスター。でないとあの女子大生をスッポンポンに剝くぜ」

人質にとられている格好の弥生は、馬乗りになった桜井の尻の下で、もはやパンティ一枚しかつけていない。貴美子が銀次の要求を撥ねつければ、弥生はその最後の一枚をも脱がされてしまい、今まさに貴美子が味わわされている羞恥地獄に落とされてしまう。

(弥生さんまでこんな目に遭わせるわけには……)

羞恥心との板挟みでウウッと懊悩に呻く貴美子の姿に、

「それとも俺が揉んでやろうか。そのほうがいいんなら遠慮せずに言ってくれ」

言いながら銀次が立ち上がり、近づいてきたので、

「あぁっ、じ、自分で……自分でやりますっ」

貴美子はあわてて、汗ばんだ双乳に手をやった。

銀次の愛撫が恐ろしい。そのねちっこい愛撫で女の悦びを極めさせられてしまった貴美子である。官能のツボを巧みに揉みほぐしてくるあの陰湿な指使いで、まだ官能の余韻に火照る柔肌をまさぐられたら、正気を保っていられる自信がない。またさっきみたいに、あさましく狂わされ、皆の前で生き恥をかいてしまうかもしれなかった。どんなに気持ちを強く持とうとしても、女であるかぎり、あの熱い疼きと快感に耐えぬくことはできそうにない。ならいっそ自分で慰めたほうが、まだみじめさが少なくてすむ。

背を反らし、わななく双臀を突き出したまま、貴美子は両手で包み込むようにして乳房を揉みしだきはじめた。

だがすぐに揉むのをやめ、赤らんだ顔で歯を食いしばると、

「うくううっ……」

つらそうに低い呻き声を洩らした。

どういうことなのだ？　いや、内心こうなってしまうのではないかとひそかに怖れていた。身体に異変が起こっている。異常なまでに感度が——性感がアップしていた。軽く乳房を揉んだだけで背筋を電流が走って、脳の芯がジーンと快感に痺れ、意識が薄れる。柔肌がカッカと火照り、ジンワリと汗がにじんだ。

「どうした？　続けるんだ」

横に立っている銀次が命じた。意地の悪い口調は、まるで何もかもお見通しだと言わんばかり。

「おっぱいを揉みながら、ケツを色っぽく振って桜井のおっさんを誘うんだ。でないと、あの娘が犯されてしまうぜ」

そう脅されて、仕方なく貴美子はもう一度、両手で双の乳房を握りしめた。こみあげる肉の疼きと羞恥心の葛藤に耐えながら、ムニュッ、ムニュッとバストのふくらみを揉みしだくと、突き出したヒップの臀丘のカーブを銀次の手のひらがいやらしく撫でまわしてきた。

（いやっ、いやっ、ああっ、やめてええっ）

全身を火に包まれる羞恥に、かつて経験したことがないほど気が昂る。たわわなバストを自身の手で揉み、桜井の関心をこちらへ向けるために大きな白桃のヒップをおずおずとくねらせはじめた貴美子の耳に、その尻の丸みをいやらしく撫でさすりながら銀次が何か囁いた。

その言葉に、

(そんなっ……)

イヤイヤと首を振って拒絶する貴美子の美貌は、もう泣き出さんばかり。それでも銀次が、

「ボディランゲージだけじゃなく、ちゃんと口に出してお誘いしねえと、肝心なことが伝わらねえだろ？」

臀丘を撫でさすりつつ急かし、

「ほら、もっとケツをしっかり振るんだ」

パンパンと手のひらで叩いて促すと、

「あ、あああっ……」

せつなげに喘ぐ貴美子は、桃の匂いを放つ美尻をますます大きくうねりまわしながら、

「あァ、桜井さん……入れて……入れてください……太いのを……太いのを入れて」

教えられた言葉を、うわごとのように口にした。

「何をだシスター？　何を入れて欲しいんだ？」

銀次が意地悪く訊き、貴美子の耳にまた何か囁いた。

（ううっ……そ、そんな）

貴美子の眉間に苦悶の盾ジワが刻まれる。

そんな卑猥な単語、神とイエス・キリストに仕える身の私に、口にできようはずがない。

たわわな乳房を自身の手で揉みしだき、熟れきったヒップを色っぽくくねらせながら、懊悩に歯を食いしばっている全裸修道女の貴美子に、

「そうかい、ご立派な修道女さまは、そんなお下品な三文字言葉、口に出してはいけないという教会の決まりなのかい」

ニヤリと笑った銀次は、

「だったら、文字にしたためてもらうとするか。それならできるだろ？」

意味深に言い、テーブルの上に置かれた、クリスマスイブの催しで使った色紙とマジックペンを手にした。それを貴美子の顔の傍に近づけて見せながら、

「このマジックペンをあんたの聖なる尻の穴に捻じ込んでやるから、ケツを振っ

てこの色紙に上手に書くんだ。何を入れて欲しいのかをな」

銀次はマジックペンのキャップをとると、うねり舞う貴美子の双臀を覗き込む。豊満な左右の臀丘がせめぎ合う見事な美ヒップ。その中心の亀裂の谷間の底にその秘めやかな蕾はある。銀次の舌で舐めくすぐられた肛門は、もう唾液の跡も乾ききって、菫色の美麗なシワを固くすぼめている。慎ましやかなたたずまいはとても排泄のための穴とは思えない。

その小さなすぼまりに銀次がマジックペンの端をあてがうと、

「いやあああっ」

たまらず貴美子は、

「入れないでっ、そんなもの……いやっ、いやよっ」

泣き声を高ぶらせ、プルンッ、プルンッと双臀を振って拒んだ。

だが弥生の純潔を人質にとられている彼女に、それ以上の抵抗は許されない。抗いもむなしくヌルルーッとマジックペンを尻穴に、半分ほどの長さが外に突き出ている状態まで沈められると、息絶えてしまいそうなおぞましい異物感にもう言葉も出なくなって、苦悶のあぶら汗に濡れた美貌をハフッ、ハフッと苦しげに喘がせた。

「へへへ、大きな尻にマジックペンがよく似合うぜ。嫌だと言ってたわりには、しっかり咥え込んだじゃねえか」

からかう銀次は、色紙を両手に持つと、

「さあ、尻を振って、これに書くんだ」

マジックペンを尻尾のように生やした貴美子の尻の前に掲げた。

「何を入れて欲しいのか、平仮名で書いてもらおう。おいシスター、聞いてるのかい？　おっぱいを揉むのをやめちゃいけないぜ」

「うっ、くううっ」

追いつめられた貴美子は、要求に従うべく、大きな美尻を突き出さないわけにはいかなかった。とろけるように柔らかく、それでいて指をはじくような弾力に満ちた左右の乳房をムニュッ、ムニュッと揉みしだきつつ、マジックペンを咥え込んでブルブルと震える尻を、横方向に少しずつ動かした。

「ああっ、あああっ」

「いいぜ、その調子だ」

ペン先の動きを自分で見ることができない貴美子のために、銀次が色紙を動かしてアシストしてやる。

「うううっ」

全裸でヒップを突き出し、自分の乳房を揉みしだく美しい修道女。色紙を手にして、その後ろにしゃがんだ脱獄囚。二人の共同作業で、どうにか一画目の横線を引き終えると、貴美子の震える大きな尻は縦に動きはじめた。

7

時間をかけて、ようやく平仮名の「ち」を書き終えることができた。

次は二文字目だ。

「よしよし、だいぶ要領がつかめたみてえだな」

「くうううっ……」

呻きながら「ん」の尻文字に取りかかりはじめた貴美子の臀丘の丸みを、色紙を手にした銀次は片手でサワサワと撫でさすり、パンパンと叩いた。ただ珍芸をさせて辱しめるだけではない。敬虔な修道女に、恥辱と同時に性的快感も与えて悶え泣かせようというのだ。邪悪な企みは「蠍の銀次」ならでは。まさに悪魔の所業と言えよう。

汗ばんだバストを自身で揉みしだき、男の手のひらで臀丘の丸みを愛撫されながら、ようやく二文字目を書き終えた貴美子は、三文字目の「ぽ」の書写にとりかかる。

「あああっ」

裸の尻を突き出した貴美子はハアハアと熱く喘ぎ、その膝は熱病病みのようにガクガクと震えて今にも崩れそうだ。

「ううっ、くうっ」

屈辱を噛みしめる口から嗚咽がこぼれた。

こんな思いまでして、自分を犯す肉の棒の名称を書かなくてはならない。神への信仰を試されているのだと何度自分に言い聞かせても、あまりにも過酷な試練に心が折れそうになる。パンティ一枚で桜井に押さえつけられている女子大生の弥生が、

「シスターっ！　シスターあっ！」

泣き声をあげているが、羞恥地獄にやっとの思いで耐えている貴美子には、それに応えてやる余裕はなかった。

尻をくねらせ、ようやく貴美子が「ち×ぽ」の三文字を書き終えると、銀次は

その色紙を桜井に見せておいて、ブルブル、ブルブルと痙攣の止まらない貴美子の臀丘を撫でまわしつつ、その耳にまた何か囁いた。

（いやあァ……）

貴美子はつらそうに首を振る。

だが、ここまで来て拒むことはできない。拒めば弥生が災厄を受けることになるのだ。

「さ、桜井さん……」

マジックペンを尻穴に咥え込まされたままのヒップを悩ましくくねらせながら、貴美子は要求されたセリフを口にしはじめた。

「太い……太いのを……あなたの太いのを入れてください」

「フハハハハ」

愉快そうに笑った銀次の手には二枚目の色紙がある。

「太いチ×ポを、どこに入れて欲しいんだ？」

そう言うと、また貴美子の耳に小声で囁いた。

今度は四文字言葉を尻文字で書かせようというのだ。

「さあ、やれ。どこに入れて欲しいのか、今度も平仮名を綴って桜井のおっさんに伝えるんだ」

「ううう っ……」

貴美子は重く呻いた。

マジックペンで拡張されている肛穴を中心に、下半身全体が熱く痺れて、もう心身共に限界だ。だが最後までやり抜かなくてはならない。

貴美子は一文字目の「お」にとりかかった。

熟れきった全裸肢体をカーッと熱く火照らせたまま、九十センチはあろうかと思われる桃の美尻を色っぽくくねらせる。

「ああっ、いやっ」

と泣き声を高ぶらせたのは、色紙を手にした銀次が、

「手伝ってやるぜ、シスター」

そう言って貴美子の乳房をすくい上げ、むにゅむにゅと揉みしだきにかかったからだ。

「やめてっ、やめてっ」

「ククク ッ、自分でやるより、やっぱり男に揉まれるほうがグッと感じるだろ？吸われるともっといいぜ。貞潔ぶってる尼さんに、後でそれも教えてやる」

「いやああっ」

銀次の言葉を打ち消そうとするかのように、貴美子は髪を乱して首を振った。

口惜しい。口惜しいが、銀次が言っていることはデタラメではない。自分で揉みたてた時とはまるで違う、ネットリと乳房の芯まで揉みしだいてくる巧みなテクニックに、貴美子は言い知れぬ恐怖をおぼえ、狼狽した。

「いやっ、自分で……自分でやりますっ」

「いいからあんたは文字書きに専念しな」

「あっ、あああっ」

異常なまでに熱く火照ってしまった肉体だ。このまま乳房を愛撫しつづけられたら、感じすぎてしまい、また生き恥を晒すことになりかねない。早く四文字を書き終えないと――そう焦る貴美子は、たわわな胸のふくらみを銀次の手で餅をこねるように揉みしだかれつつ、二文字目の「ま」にとりかかった。

（あううっ、あううっ）

揉まれるバストから懸命に意識を逸らし、尻をくねらせて文字を綴りつづける貴美子は、こらえればこらえるほどにジーンと官能の芯を痺れさせていく。

（ハウウウーッ）

ムニュッ、ムニュッと容赦なく乳肉に食い込んでくる銀次の指の間で、ジクジクと疼く乳首はますます固く尖り勃ってきた。色紙にさえぎられて桜井の目には見えないが、豊満な尻を妖しくくねらせる修道女の恥ずかしい女の割れ目からは甘い果汁がヌルーッと水飴のように真下に垂れ下がり、リノリウムの床にしたたった。

(だ、駄目っ……ああっ、駄目っ)

ふくれあがる快感、こみあげる昂りをこらえながら、貴美子は三文字目の「ん」を書き終え、フンフンと熱い鼻息をこぼしつつ、最後の「こ」の字にとりかかった。その時、鷹のような目に邪悪な光を宿してタイミングをうかがっていた銀次の指が、円筒形に固く勃起してしまっている貴美子の乳首をつまみあげ、グニュグニュとしごきたてながらニュウーッと引き伸ばした。

「あひいいいーっ」

快感に押し流されまいと瀬戸際でこらえていた貴美子はひとたまりもなかった。淫らな書写は完成寸前で途絶え、アクメに達した貴美子の秘部から、いきなりシャーッと透明な液体が斜め前方に迸った。

「アオオオーッ」

マジックペンの刺さった尻をブルブルと痙攣させながら放尿しつづける修道女の目は、焦点が合っていない。目もくらむエクスタシーに意識が飛んでしまっているのだ。ガクガクと膝から崩れ落ちそうになり、素早く伸びた銀次の手で腰を支えられた。

「アオオッ、アオオオッ」

だが忘我の恍惚は長くは続かず、貴美子はハッと我れに返った。弥生はむろんのこと、そこにいる全員の驚きの視線を浴びながら、他人に見せてはならぬ行為を晒しつづけている自分に気づくと、

「いやあああーっ！」

貴美子は喉を絞って絶叫した。

「いやっ、いやああっ」

なんという醜態。もう信仰者の威厳も何もあったものではない。身も世もなく子供のように泣きじゃくりながら、貴美子は銀次の腕の中で狂ったように身悶えた。はずみで、尻穴に刺さったマジックペンが抜け落ちたが、感じすぎたあげくの立ちション放尿は止めようにも止まらない。キラキラしたトパーズ色の飛沫を撒き散らしながら、斜め前方にシャーッと勢いよく噴き出しつづける。

（ひいっ、いやあああっ）

汚辱にまみれたその時間が、貴美子には永遠に等しく思われた。ようやく放出し終えたものの、受けたショックがよほど大きかったとみえ、床を濡らした水たまりの上に股間の割れ目からポタリ、ポタリと雫を落としつつ、よく熟れた全裸肢体をワナワナとうち震わせている。

大きなショックを受けたのは弥生とて同じだ。

彼女にとって、魅力ある理想の女性像であり、かつ人生の導き手としても敬慕するシスター貴美子が、悪そのものの体現者とも言うべき恐ろしい脱獄囚に辱しめられ、完全敗北した姿を目の当たりにし、抱いていた世界観がガラガラと音を立てて崩れ去った。

（シ、シスター……）

どうしてこんなことが……正しいことをした人が、どうしてここまで貶められなくてはならないのか？　時として神は正しい者にこそ「試練」をお与えになることがあるという話は貴美子からも聞かされたことがある。でも、いくら何でもこれは……。

ショックが大きすぎ、あお向けで桜井に組み伏せられたまま意識が薄れていったが、そのまま気を失うことは許されなかった。彼女と貴美子にとっての惨劇がまだ終わっていなかったからだ。

今にも崩れ落ちんばかりの貴美子の裸身を、後ろから銀次が抱え込んで言った。

「小便漏らしたばかりの尼さんのオマ×コがどんな具合か、一度味わってみるのも悪くねえ、へへへへ」

「あっ」

と貴美子が驚愕の声をあげ、

（ああっ！）

と弥生も目を見開いた。

「何を……何をなさるのっ⁉　そんな、ああっ、いやっ！」

放尿の火照りも冷めやらない股間の恥裂に、灼熱の矛先を押しつけられて、貴美子が逃れようと裸の尻を振る。弥生を救うため、桜井を誘惑しろと命じられて痴態を晒したのだ。その後に経験させられるであろう地獄は、死んだ気になって耐え抜く覚悟をしていたが、この銀次という男に性行為を強いられるのは恐怖にほかならない。サタンと肉の契りを結ぶようなものだ。

「約束が……約束が違いますっ」

「約束ゥ？　そんなもん、したっけかな」

そらとぼけながら、銀次は貴美子の女の割れ目を矛先でなぞりたてた。

「俺をその気にさせちまったあんたが悪いんだぜ。小便するところまで見せつけやがってよォ、へへへ、誰がそこまでやれって言った？　誘ったんだろ、俺を」

「いやあああっ」

「そおら、俺様のぶっといのが、あんたの中に入っていくぜェ」

「いっ、いっ……あぐぐっ、い、いやっ」

立位の前屈みで、尻を抱え込まれた貴美子は後ろからじわじわと貫かれていく。長く貞潔を保ってきた女膣はヴァージンも同然。官能の甘い蜜で奥まで潤ってはいても、やはり締めつけは窮屈だ。その窮屈な花芯に、太くて長い脱獄囚の肉棒がみなぎりを増しながら押し入っていく。

「そおら、どうだ」

「あぐぐぐっ」

「イキんでねえで、力を抜きな」

「いっ、いっ、うぐうっ！」

「よっしゃっ！」

根元までズンッと捻じ込まれ、貴美子の背中が弓なりに反った。その両腋から手を差し入れて掬い上げた銀次は、貴美子の身体をのけぞらせたまま保たせる。すぐには本格的なピストンを開始せず、媚肉のぬくもりと瑞々しい感触を堪能しつつ、

「どうだいシスター、久しぶりに男を咥え込んだ気分は？」

軽く腰を揺すりながら意地悪く訊ねた。

「あっ、あっ、あううっ」

貴美子は答えられる状態ではない。

気も遠くなる圧迫感は、丸太で身体の中心を貫かれている感じだ。目の前にパチパチと火花が散って、まともに呼吸もできず、軽く揺すられただけで脳がグワン、グワンと揺れた。しきりに耳元に何か問いかけられているが、衝撃で聴覚が麻痺してしまい、何を言われているのか聞き取れない。

「ヒイイイーッ！」

8

「へへへへ、尼さんのマ×コ、じっくり味見させてもらおう」

ニンマリとした銀次がおもむろに腰を使いはじめた。

抜け落ちる寸前までヌルーッと剛直を引き、同じ速さでヌルルーッと根元まで突き入れる。貴美子の苦しげな呻き声と腰の悶えを楽しみながら、急ぐことなくそれを幾度も繰り返した。

「そおれ、どうだ、フフフ、そおれそおれ」

「あううっ、い、いやっ」

貴美子はようやく言葉を発した。

フルスロットルにはまだほど遠い、スローテンポの抜き差しだ。だが若い時に数回経験したきりで、以後ずっと聖書の教えに従って貞潔を守って来た貴美子には、身を裂かれる苦痛である。

「痛い、痛いわっ、ああっ、ひいいっ」

身を反り返らせたまま、汗の光る腰と背中をよじりたてて泣く貴美子に、

「こういう時、女は、『優しくして』って男に頼むもんだぜ」

少しずつ抽送のテンポを上げながら銀次は言った。

「言うんだよ、シスター。ちゃんと俺の顔を見てお願いするんだ」

「あああっ」

放尿の醜態まで晒しきってしまった貴美子には、もう意地もプライドも残っておらず、この性交痛を逃れたい一心だ。汗ばんで色香の匂う美貌を銀次のほうへ捻じ向け、妖しく濡れた唇から、

「や、優しくしてっ……ぎ、銀次さんっ、ああっ、あああっ」

せわしない喘ぎ声とともに悲痛な声をこぼした。

「フフフ、可愛いぜシスター。よしよし、お望みどおり優しく可愛がってやる」

銀次は言ったが、抜き差しをゆるめる気配はまるでない。むしろますますペースを速めてゆく。

豊満なヒップの双丘に、銀次の引き締まった下腹をパンッ、パンッとぶつけながらピストンされ、貴美子は泣き声を高ぶらせる。媚肉の拡張感はすさまじく、灼熱の矛先でヌプッ、ヌプッと子宮口を突きえぐられる感覚も耐え難い。電流が背筋を走って脳天へ突き抜け、肉はおろか全身の骨まで痺れさせた。

「ああっ、いやっ、いやっ、ひいいっ、ひいいっ」

「へへへ、嫌と言うわりには、突けば突くほど強く締めつけてくるぜ。どういうこったいシスター、へへへへ」

血の色を透かした耳に後ろから息を吹きかけながら、銀次が勝ち誇って笑う。

拒絶の言葉、高ぶる泣き声とは裏腹に、犯される修道女の蜜壺は甘美な吸引力を示している。突き上げてやるたびに悶絶する双臀の反応からも、期待を裏切らない名器だと銀次にははっきり分かった。気品ある美貌と美しく熟れた肉体に、締まりのいい女貝をも兼ね備えた貴美子に、銀次の腰ピストンは勢いを増すばかり。

「もう……もうやめてっ……ううっ、お願いよっ」

「フフフ、どうした？　そんなにマ×コをヒクヒクさせて。もしかして気持ちよくなってきたのかい？」

「そんな……ううっ」

貴美子は髪を振りたてて否定したが、さっきまでとは明らかに様子が違う。身悶えが悩ましさを増す一方で、抗いには力が無い。

「だいぶ俺のチ×ポに馴染んできたな。ヒダヒダがネットリ絡みついてきやがる」

熱く溶けただれていく粘膜の感触は、肉襞のざわめきがたまらない。奥へ奥へと引き込むうごめきを示しはじめた女膣の妖しさに、さすがの銀次も舌を巻いた。

興奮に胴震いしながら、桃の形をした肉感的な尻に、ズンッ、ズンッと力強い腰ピストンを打ち込んでいく。

「いやっ、いやっ」

上体を反らされたまま、貴美子の汗ばんだ背中がくねる。最奥をえぐられるたびに、ボリュームのある乳房が大きく揺れた。生々しい腰部の痙攣が止まらないのは、官能の渦に呑まれつつあるのだ。

「へへへへ、だいぶ身体が開いてきた感じだぜ。あんたにも分かるだろう、なあシスター」

ここまで追い上げてやれば、もはや後戻りはない。臨界に達した核分裂のごとく、歓喜の絶頂を遂げるまで女体は暴走しつづける。彼に責められて拒絶しとおせた女は一人もいない。どんな気丈な女でも、最後には肉の快感に溺れ、身も心も骨抜きにされてしまうのだった。

「うりゃあ！　うりゃあ！　どうだ、へへへ、嬉しいか、どうだ、どうだっ」

銀次は容赦なく腰を振って責めたてた。

荒々しい突き上げのリズムに、艶やかな黒髪を振り乱して泣き悶える貴美子は、自分を見失わないよう懸命に唱えていた胸の内の祈りの言葉さえも、吹きすさぶ官能の嵐でどこかへ飛ばされてしまったかのようだ。

（うっ、うっ、うううっ）

妖しい感覚が否応なくせり上がってくる。貴美子は顎を突き出し、口を開けて喘いだ。突き上げられるたびに絶え間なくにじみ出てくるあぶら汗で、バラ色に染め抜かれた肌がヌラついた。

（ああうっ、ああううっ）

戦慄が幾度も背筋を貫き走る。男性経験の少ない彼女が一度も味わったことのない甘美な、だが罪深い悦びの戦慄だ。それに屈しまいとして、なおも抗う敬虔な修道女の貴美子だが、熟れきった女体はもう八合目まで昇りつめていた。

頃合い良しと見たのか、大きく腰を振って貴美子を追い上げつつ、銀次は後ろを振り返り、

「おっさん、いいぜ、その娘を素っ裸にひん剝いちまいな」

桜井に許可した。

「だが、このシスターの自己犠牲の精神に免じて、ブチ込むのは無しだ。それ以外はあんたの好きにしていい」

そう告げたのは、貴美子との約束を守ろうというのではない。つまりは美しい

女子大生の肉体を最初に味わうのは自分だということだ。

脱獄囚の許しを貰い、桜井はガクガクとうなずいた。また銀次の気が変わったりしないうちにと、馬乗りになって押さえつけている弥生のパンティに手をかけ、無理やりズリ下ろしにかかった。

「いやああっ！」

と叫び、脱がされまいと両脚をバタつかせて抗う弥生の泣き声に、ハッと事態に気づいた貴美子が、

「駄目っ！」

喉を絞って叫んだが、すでに理性のタガが外れてしまった桜井を押しとどめるものはない。弥生を救わんと貴美子も腰をよじりたてて最後の抗いを見せはしたものの、銀次に深々と貫かれてピストンされている身ではどうすることもできなかった。

泣きながらバタつかせる足から白いパンティを脱がされてしまった弥生は、のしかかってくる桜井の胸を死に物狂いで突きのけようとする。良き夫、良き父親としての桜井しか見ていなかった弥生には、血走った彼の眼、獲物に食らいつく肉食獣のような荒い息使いが信じられない。自身の身体で思い知らされる男の獣

性に、恐ろしさのあまり気を失ってしまいそうだ。

そんな弥生の、恐怖に喘ぐ唇を奪おうと桜井は口を寄せた。

「いやっ、いやっ」

弥生は顔を振って懸命に拒む。

「桜井さんっ、正気に戻っててっ」

声をかすれさせて叫んだが、桜井が錯乱して正気を失っているだけなのか、それとも欲情の塊と化したこの凶暴さが彼の本当の姿なのか、若くて純粋な弥生には分からなかった。

唇を奪うのに難儀した桜井は、煮えたぎる欲情をぶつけるかのように、ひそかに思いを寄せていた清純女子大生の白い首筋にむしゃぶりついた。

(ああっ、弥生っ、弥生さんっ)

若さ溢れる清らかでスベスベの肌。処女の甘酸っぱい肌の匂いがますます彼を昂らせる。相手が泣き叫ぶのもかまわず、首筋に舌を這わせ、徐々に下へ移動させて鎖骨の窪みを舐め、それから真っ白な乳房の裾野へと這いのぼらせていく。

肉棒で犯すことが叶わぬのなら、全身余すところなく舌で舐めまわしてやる――

そんなつもりでいるのだ。

弥生の危難に、貴美子はどうすることもできずにいた。罪深い肉の快美はもう恐ろしいまでにふくれあがってしまっていて、官能に痺れきった貴美子の意志の力では到底太刀打ちできなかった。

（あううーっ、あううーっ）

ヌッチャ、ヌッチャと剛直で蜜壺の奥を力強くコネまわされると、骨の髄まで快感が染みわたり、いやでも腰と尻が淫らにくねった。それを銀次にからかわれても、止めることができない。指でクリトリスを揉み込まれた時と同様、意思とは無関係に身体が勝手に反応してしまう。

「いいぜ、シスター。ようやくその気になってくれたみてえだな」

腰を揺すりつつ、銀次が言った。

ひたすらに烈しく肉棒を抜き差ししたかと思えば、破裂せんばかりの矛先をしばし最奥にとどめたまま、ピタン、ピタンと平手で臀丘を叩く。それから今度はコネるように腰を回して媚肉を掻き混ぜたりと、あの手この手で貴美子の女壺を責めたてる。

「あちらのオボコ娘さんに、男とハメる女の作法を見せてやるんだ。それと大人の女のイキっぷりもな」

そう言って、最後の追い込みにかかった銀次の剛直に、熱くただれた粘膜の襞がざわめきながら絡みついてくる。妖しすぎる肉の収縮は、貴美子がついに女の花を満開に咲き誇らせ、昇りつめようとしている証拠だ。試しに背筋の凹みに沿って指でツツーッと縦になぞってやると、

「あーっ、あーっ」

貴美子はさっきまでより一オクターブ高い声で喘ぎだし、汗の光る双の乳房を前にせり出しながら身をのけぞらせた。

（あああっ、駄目えっ）

閉じ合わせた貴美子の瞼の裏で、極彩色の光が明滅した。

ラストスパートに入った抜き差しに、官能の芯がドロドロと溶けただれ、最後の抗いを示して食いしばった白い歯列の間から、

「いっ、いっ、いいっ」

こらえきれない牝声がこぼれ出る。

「いいっ、ひいっ、ひいいっ」

「へへへ、俺のチ×ポであんたを天国へ連れてってやるよ。そおれっ！」

熱い息と共に耳元にそう囁かれ、渾身の力で最奥を突き上げられた瞬間、瞼の

裏で明滅していた極彩色の光が砕け散って、貴美子の頭の中は真っ白になった。

（アオオオオーッ！）

身も心もとろけてしまう快感に、汗にヌメる裸身を四肢の先まで痺れきらせた貴美子は、

「あがが っ、あがががが っ……」

意識を遠のかせたと見え、焦点の合わない目を虚空に彷徨わせたまま、見守る全員が息を呑んだほどの激しい痙攣を全身に走らせて果てた。

達した後もなお、汗の玉をすべらせながらブルルッ、ブルルッと震えつづける豊満な女尻。敬虔な修道女の生々しすぎるアクメの収縮を存分に肉棒に味わった銀次は、

「へへへ、この尼さん、イッちまいやがった。隣人愛を説いてやがるくせして、自分だけイクなんて、利他精神ってもんが足りないねェ」

その場にいる全員に聞かせるために言った。

この修道女が皆に敬愛されていることは、その場の雰囲気で分かる。

そんな女を完膚なきまでに屈服させ、全員を絶望の淵に叩き込む。そのことにこよなき満足を覚えるサディストの銀次なのだ。

「そんなによかったのかい？　ん？　おい、どうした？」

　気付けだとばかり、まだ貫かれたままでブルブル痙攣している臀丘をパンパンと叩いたが、まるで反応が返ってこない。

「やれやれ、感じすぎて気絶しやがったか。他愛もない」

　強烈すぎるアクメに、気を失ってぐったりと弛緩してしまった貴美子の裸身を銀次は床に横たえると、射精しそこねた剛直を握りしめて振り向いた。

　その視線の向けられた先には、パンティを脱がされて桜井に馬乗りになられている女子大生・竹田弥生の若い全裸肢体がある。美しいが、まだ女になりきってはいない、こういう清純そのものの娘を凌辱し、回復不能になるまで「壊して」しまうのも彼の趣味なのだ。貴美子が失神してしまったせいで放出されずに精巣の中で煮えたぎっているザーメンを、この女子大生の中に注ぎ込んでやろうかと思った。

9

　床に落ちたリュックの中から、銀次はロープの束を取り出した。このリュックには女をいたぶるための小道具がいろいろ入っている。舎弟の川上健造が準備してくれたものだ。前回の脱獄以来、もう長い付き合いになるこの年上の舎弟は、銀次の趣味や考え方を理解していて、なかなか「使い勝手のいい」男なのだ。

「フフフ、桜井さん、手こずってるみたいじゃないか」

押さえつけた女子大生の美乳を吸おうとして、激しい抵抗に遭っている桜井に銀次は声をかけた。

「いうことをきかねえ女は、二、三発ブン殴ってやればいいんだよ」

「で、ですが……」

弥生の薄桃色の可憐な乳首を軽く舐めてやることはできる。だがヒーッと悲鳴をあげた弥生がすぐに彼の顔を突きのけてくるので、思うように吸い立てることができなくて焦る桜井なのだ。かといって、サラサラのショートカットヘアが愛らしい清純女子大生を殴りつけるなど、ヤクザじゃあるまいし、さすがにそんな酷い真似はできかねた。

「待ってな。いま動けなくしてやる」

そう言うと、桜井の体を突きのけようと抗う弥生の腕をつかみ、慣れた手つきでその手首にロープを巻きつけはじめた。

全裸を二人がかりで押さえつけられた弥生は、

「ああっ、な、何をするのっ⁉」

縛られるのだと知り、ますます狂おしく身悶えた。

「いやっ、いやっ、ああっ、シスターあああっ！」

恐怖にかられ、敬慕する貴美子に助けを求める。

だがむろん返事は無い。あまりにも強烈な悦びの絶頂に気を失ってしまい、数メートル離れた場所に全裸でうつ伏せに倒れ伏したままの貴美子なのだ。

抵抗する弥生の手足を縛ってやろうと、その手首に縄を巻きつけはじめた銀次だったが、ふと別のやり方を思いつき、ロビーの隅に固まって震えている他の四人の女子大生らのほうをジロリと見た。

「ネーチャンたち、こっちへ来な」

指をクイクイと曲げて合図されても、女子大生らは金縛りにあったように身動きできずにいたが、銀次が、

「愚図愚図してる奴は素っ裸にひん剝くぞ」

とドスの利いた声で脅すと、ブルブルと震えつつも恐る恐る近づいてきた。

弥生の知己である彼女らに、銀次は弥生の手首足首をつかむよう命じる。

「しっかりとつかんで、床に押さえつけるんだ。俺の拳銃には弾が込められてるから、一人くらいは撃ち殺さねえと、せっかくの準備が無駄になる。あんたらのうち、ちゃんと押さえつけられずにいる奴のどてっ腹に風穴を開けてやるから、そのつもりでやりな」

そう脅したものだから、四人は夜叉のように眦を吊り上げ、我先に弥生の手首足首をつかみにかかった。

「いやぁぁあ！」

四方から手足をつかまれ、弥生も必死だ。四肢を引き伸ばされて仰向け大の字に押さえつけられてしまっては、花も羞じらう乙女の裸身の正面像を隠し所なくすべて晒しきることになってしまう。

「やめてっ、やめてよっ、い、痛いっ、痛いわっ」

だが四人がかりだ。彼女たちも必死なのだ。胸の内では「弥生さん、ごめんなさいっ」と叫びつつも、一人として力を緩める者はいない。左右の手首足首をつかまれた弥生の美しい二十歳の裸体は、とうとうリノリウムの床の上にあお向け大の字で引き伸ばされてしまった。

「おおっ」

立ち上がった桜井は息を呑んだ。

これほど大胆に晒された生の女体を目の前で見るのは初めてかもしれない。彼の妻の由布子も、彼の友人や会社の同僚たちから羨ましがられるほどの美人ではあるが、羞恥心が強いせいで、夫婦生活の際も必ず部屋の照明を絞らされるので、その全体像をあからさまに見たことはない。

その妻よりもひとまわり若い女子大生の肢体は、眩いほどの美しさ。愛らしい顔だちとはアンバランスなほどに乳房が大きく、腰の張りも豊かである。縦長のヘソのくぼみ、楚々として薄い下腹の秘毛が何とも愛らしい。発育のよい清らかな肢体が彼の目の前で羞恥に悶えよじれている。

息を呑んで見つめる桜井を可笑しそうに見ながら、

「もしかして初物じゃねえか？」

銀次が言うと、同じことを考えていた桜井はゴクリと生唾を呑んだ。目の前の魅力あふれる若い肢体は、今しがた犯されるシーンを目撃したシスターの女体の匂い立つ熟れ加減とは明らかに異なる。もぎたてのフルーツのような瑞々しさは、たしかにまだ男を知らないのではないかと思わせた。

「だとしたら腕のふるいどころだぜ。男に身体を弄られる気持ちよさを、あんたがこの娘に教えてやれよ」

　銀次がほくそ笑みながら言う。

「い、いいんですか？」

　ズボンの前に大きくテントを張り、興奮に胴震いしながら目の前の女子大生の裸体を見つめる桜井には、もうそれが犯罪であるという意識すらない。

「もちろんさ。女ってえのは、自分を最初に感じさせた男のことは一生忘れねえもんだ。この娘の心と身体に、あんたの記憶を刻みつけてやれ」

　悪辣な銀次にそう唆されると、理性や常識など吹っ飛んでしまった。鼻息を荒げてその場にひざまずいた彼は、大の字に引き伸ばされて悶える弥生のEカップはありそうなバストにむしゃぶりつくかと思いきや、

「ちょっとどいてくれ」

　弥生の片方の足をつかんで引き伸ばしていた女子大生を押しのけるようにして、その美しくくびれた足首をつかんだ。

「いやっ」

　何をされるのかと怯えて、弥生は足を引こうとする。それをしっかりと押さえて桜井は、その素足にいきなりむしゃぶりついた。

「ひえええっ！」

弥生の顔が驚愕にひきつる。

「や、やめてっ、桜井さん、やめてっ」

不気味というほかない。つい先ほどまでは「良き夫」「良き父親」というイメージしかなかった既婚者の桜井が、彼女の足の指を——サンタの着ぐるみを着て、大きな赤い長靴をずっと履いていたため、恥ずかしいほど汗と湿気に蒸れてしまっている足の指を——口に含んでチューチューと吸いながら、夢中になってしゃぶってくる。

「なにをするのっ、ああっ、いやよっ、いやああっ」

乳首を舐められるのと同様におぞましい。鳥肌立つほど不気味なくすぐったさに、弥生は魅力的な顔をクシャクシャにゆがめ、知己の女子大生らに押さえつけられている白い裸身をよじりたてた。

そんな清純女子大生の狼狽ぶりを眺めつつ、

「ほほう、そう来たか」

銀次が上機嫌で笑った。

人の性的嗜好はさまざまだ。そしてお堅い仕事に就いている者ほど、ひどく変わった、時にはアブノーマルな嗜好を持っている者が多い。拘束されて動けない女子大生の裸体を前にして、普通なら乳房や陰部を弄りたいと思うものだが、この桜井という男はまず足の爪先を口に含み、夢中になってしゃぶっている。隠し持っていた性癖が露わになったということだ。

身悶える二十歳の女子大生の素足をまるで宝物のように押し戴き、親指から始めて一本一本、丁寧に口に含んでしゃぶっていくサラリーマンの血走った目は、それでもやはり彼女の下腹部に注がれている。

楚々として薄い秘毛に飾られたVゾーンは、若い肢体の身悶えにつれ、柔らかく盛り上がったヴィーナスの丘、そしてその中心を真一文字に走るクレヴァスもまた妖しくよじれて形を変えるのだ。そのピンクのクレヴァスを目にした男は、おそらく自分だけなのではないか——そう思うとますます気が昂り、ズボンの下のペニスが熱くなる。

「いやっ、桜井さん、いやっ」

弥生は泣きじゃくる。

男の唇で足指を一本一本順番に吸われ、ヌラヌラした舌で指股をもネットリとなぞりたてられる。性感帯ではないにせよ、蒸れて汗ばんだ指股をベロベロと舐

められていく感覚はたまらない。男の愛撫など受けたことのない処女なのだから
なおさらだ。
「いやああっ、もうやめてええっ」
弥生の若い肢体は汗に光って身悶える。
五本の指とその間の指股――花も羞じらう乙女の蒸れた恥部を、余すことなく
しゃぶられ、舐めたてられて、今度はもう片方の足を捧げ持たれた。
「ヒイイイーッ」
同様に親指からしゃぶられる。
（ああっ、あああっ）
こちらも余すことなく指と指股を唇と舌で愛撫され終えた時には、くすぐった
さとおぞましさ、恥ずかしさと嫌悪感のブレンドされた異様な感覚に、弥生の汗
ばんだ肢体はブルブル、ブルブルと震えが止まらなくなった。
そこまでしておいて、ようやく桜井は愛撫を上へと移動させた。
（い、いやっ、いやっ）
眉間に縦ジワを刻んだ弥生の懊悩は、さらに深まった。
ナメクジのようにヌラヌラしてベトつく男の舌が、足の踵、足首、さらにふく

らはぎへと這い昇ってくる。とくにふくらはぎへの執着が異常だった。飽きることなく何度も舌を上下に這わせ、ようやく終わったかと思うと、もう片方の足にも同様の粘っこい愛撫を仕掛けてきた。

それが済むと、いよいよ太腿だ。若さと健康美あふれる女子大生の、むちむちと素晴らしい弾力に満ちた柔らかい太腿ほど男を魅了するものがあろうか。文字どおり食らいつくさんばかりの執着心でもって、桜井は泣きじゃくる弥生の太腿をねぶりまわした。

「たいしたもんじゃねえか」

銀次が苦笑しつつ言う。

おそらくはヴァージンだと思われる清純女子大生の白い裸身が、手足を仲間の女子大生たちに押さえつけられたままクネクネと悶える。

「いやっ、いやっ」

と泣きつづけてはいるが、狼狽ぶりを隠すことのできない焦りの表情は、さっきまでの嫌がりようとは反応が異なる。男の舌で執拗に下肢を舐めまわされて、明らかに感じつつあるのだ。

「おっさん、あんた、ひょっとしたら、俺の相棒より上手いかもだぜ」

だが桜井のほうは、二十歳の女子大生の若さあふれる健康的な女体のくねりに夢中になるあまり、そんな褒め言葉も耳に入っていない。美しい自分の妻にでさえ、これほど情熱的な、そして執拗な愛撫をほどこしたことはなかった。日常とかけ離れた異常な状況、そして相手が身動きできないよう拘束されていればこそできることだ。

桜井のよく動きまわる舌がクルクルと円を描きながら弥生のなめらかな肌を這い、徐々に内腿の付け根に近づいていった。鼠径の筋を浮き立たせているあたりまで来ると、

「駄目っ、いやっ、いやっ、ああっ、そこはいやですっ」

何をされるか予感した二十歳の処女は、恐怖と絶望に声を高ぶらせ、身体が二つに捩じ切れるのではないかと思うほどに狂おしく腰をよじりたてた。大事な部分を守ろうと、拡げられた太腿を閉じ合わせようとするが叶わない。

「いやああーっ！」

「ギャアギャアうるせえやつだ」

傍にしゃがんだ銀次が、床に落ちている弥生のブラウスとパンティを拾い上げると、ブラウスをビリビリと裂いた。泣き叫ぶ弥生の口の中に丸まったパンティ

を無理やり捻じ込み、それを吐き出す暇も与えず、引き裂いたブラウスの布地でもって素早く猿轡を噛ませた。

「ムウウウーッ」

弥生は目をむき、悲鳴を口の中にくぐもらせる。

桜井は弥生の泣き声にたまらなく興奮していたので、それが聞けないのは少し不満だったが、凶悪な脱獄囚のやることに異を唱えるわけにもいかない。「ムウッ、ムウッ」と猿轡の中に呻き声をくぐもらせて身悶える弥生の全裸の脇に膝をつくと、彼女が身動きできないのをよいことに、片手で下腹のVゾーンを、片手でバストのふくらみを弄りはじめた。

(ああっ、いやああっ)

「ンンーッ、ンンーッ」と悲痛な泣き声をくぐもらせ、弥生は狂おしく首を横に振りたてた。そんなヴァージン女子大生に、

「大丈夫。僕に任せていて。痛くはしないから」

などと手前勝手な慰めの言葉をかける桜井の愛撫は狡猾だ。いきなり肉のクレヴァスを押し拡げることはせず、秘毛に飾られた恥丘のカーブを五本の指を駆使してサワサワと掻くように刺激してくる。乳房を揉みたててくる愛撫も異常なま

でに粘っこい。玄人はだしの技巧は銀次をも感心させたほどだ。

「ンンンッ、ンンンッ」

弱まってきたすすり泣きを猿轡の下でくぐもらせながら、それでも弥生は何とか太腿を閉じ合わせようとしてイキむのだが、彼女の左右の足首をつかんだ女子大生二人が、そうはさせじと全体重をかけ、ウンウンうなりながら力一杯に床に押さえつけるものだから、恥ずかしいVゾーンを淫らな玩弄から守ることができない。

10

（いやっ、もう……もうやめてっ）

女に生まれたことを後悔するような痛烈な恥辱感。卑劣な愛撫に身体を好き放題に弄ばれる弥生の美しい黒目がちの瞳からは、涙があふれて止まらなかった。

前屈みになった桜井の顔が、バストのふくらみに迫ってきた。伸びてきた舌の先が小さな乳首に触れた。

ピンと軽く弾きあげられて、

「ムフウッ！」

汗の光る顔をゆがめて、大の字の裸身を反り返らせた。

チロチロ、チロチロ——桜井は嵩にかかって舐めくすぐってくる。

（いやっ、舐めないでっ、私のおっぱいを舐めないでっ、舐めてはいやっ）

首を振って拒む弥生の大きな乳房の先っぽでは、しかし薄いピンク色の乳首がはしたないまでにツンと固く尖ってしまい、桜井の唾液でヌルヌルにまぶされていく。つまめばもぎとれそうなほどに勃起した乳首は、誰が見ても弥生が感じてしまっている証拠だった。

左右の乳首を舐めくすぐった舌は、汗の溜まった乳房の下縁、脂肪がすくなくかすかに肋骨を浮かせた脇腹へと這い移り、縦長の上品なヘソのまわりをなぞりまわし、それからVゾーンの両脇のラインに沿って——と、次々に愛撫の場所を変えていく。

最後に弥生のヴァージンを奪うのは自分ではなく銀次なのだと分かっているせいで、一箇所をいつまでも舐めているわけにはいかない。タイムリミットが来る前に、清純女子大生の身体のありとあらゆる場所を自分の舌で舐めまわし、味わっておきたかった。ヌラヌラした、だがかすかにザラつきのある舌の動きが止まることがないのは、そのせいなのだ。

しかしそれが功を奏した。大の字の裸身の前面を、ほとんど余すことなく舌で愛撫された弥生は、まだ未熟なはずの青い官能をいつしか花開かせてしまったとみえ、熱い喘ぎに湿った猿轡を口惜しげに嚙みしめながら、せつなそうな啼泣をくぐもらせている。

そんな弥生の全身を貪欲に舐めまわした桜井は、再び乳房の先っぽを口に含む。今度は舐めくすぐるのではなく、唇を使って本格的に乳首を吸い、舌で幾度も舐めあげてやり、歯を立ててガキガキと甘嚙みした。

「ンンンンッ、ンンンンーッ」

のけぞった弥生の呻きは、悦びのそれだ。こみあげてくる肉の疼きと快感に、もうどうしたらいいのか分からない。身体は自然と悶え、浮き上がった腰と尻が小刻みに震えた。

「弥生さん、可愛いよ、弥生さん。ああ、なんて素敵なおっぱいなんだ」

うわごとを言いつつ、桜井はふくらんで野イチゴのようになった乙女の乳首をなおも執拗に舐め転がし、大きな乳房ごとチューと吸いあげておいて、パッと離した。たわわなバストが波打つようにして元の形に戻ると、弥生の汗に光る頰が羞じらいにカーッと赤く染め抜かれるのがたまらなく初々しくて色っぽい。あの清純女子大生の竹田弥生が、生まれて初めて体験する感覚に惑乱しつつも、彼の舌で女の悦びを味わっているのだと思うと、桜井は天にも昇る心地なのだ。

そしていよいよ桜井は、最後の晩餐を始めることにした。肉交を許されない彼にとっての最後の晩餐とは、すなわち弥生の女の核心を舐めしゃぶってイカせる——初アクメを極めさせることだ。できることならば悦びの潮を噴かせ、それを全部啜り尽くしてやりたい。そうすれば銀次が言うように、この清純女子大生は一生彼のことを忘れずにいてくれることだろう。

艶やかな秘毛に飾られたVゾーンに桜井は顔を寄せた。汗の匂いと入り混じり、ふんわりと香る処女の匂いを胸いっぱいに吸い込むと、柔らかい恥丘のふくらみを真一文字に割った女貝の入口に指を添える。

（あああああっ！）

猿轡を噛んだ弥生の瞳が大きく見開かれた。

熱を孕んだ割れ目を剝きひろげられていく感覚は生まれて初めてのもの。デリケートな部分がひんやりした外気に触れると同時に、火のように熱い羞恥に全身を貫かれた。

その部分に男の荒い鼻息がかかって、

「ムウウーッ！」

弥生は呻き声をくぐもらせた。匂いを嗅がれているのだと知り、

(やめてえええーっ！)

狂ったように泣き顔を振りたくった。

そんな懊悩ぶりは、かえって桜井を興奮させるばかりなのだ。桜井は親指を添えて大きく剝きひろげた女子大生の媚肉の構造に顔を近づけ、夢中になるあまり口の端からしたたるヨダレを拭おうともしない。ハアハアとしばし息を荒げた後、まだ包皮にくるまれていて見えない肉芽のありかをペロリッと舌でなぞりあげた。

「ムウウウウーッ！」

猿轡を噛みしめて背を反らした弥生の、大きく見開かれた双眸に驚愕と怯えがみなぎる。舐められた瞬間、ビリリッと高圧電流を感じたが、それに続く異様な感覚はかつて経験したことがないものだ。むず痒さと言うだけでは表現しきれない。背筋を痺れさせ、脳の芯まで麻痺させる、尋常ではない感覚だった。

「ムウウウーッ！」

悶絶の中、クリ舐めの第二撃を怖れて乙女の裸の腰がくねる。

期待を上回る弥生の反応に、桜井はますます鼻息を荒げると、ヌラリヌラリと女芯に舌を這わせつづけた。

「ムググッ、ムグウウッ」

猿轡を噛んで呻き泣きながら、あお向けの若い裸身を悶えさせる弥生の、いつもは笑顔を絶やさない美貌がせっぱつまっている。乳首をコロコロと舌先で舐め転がされるくすぐったさも耐え難かったが、女芯を舌で愛撫される感覚の強度は別次元だ。しかも乳首の時と違い、桜井の舌は他のどこへも移動しなかった。異常なまでの執着心で、ひたすらにクリトリスだけを舐め転がしてくる。

(駄目っ、それ以上……それ以上舐められたら……ううっ、おかしくなるうっ、いやああっ)

晒された腋の下や鼠径部に、大粒の汗の玉がキラキラと光る。初めて経験するクンニリングスに、大の字に引き伸ばされた裸身を悩ましくくねらせて悶え狂う二十歳の弥生は、本当に気が変になりそうだった。

(いやっ、いやっ、いやっ、いややああっ)

若くて健康な女体は感じやすさも抜群。むず痒さが、耐えがたいまでのせつなさに変わるのに、さほど時間はかからなかった。

「ングウッ、ングウウッ」

瞳を潤ませ、せつなげに身悶える弥生の口からは、今もし猿轡を外したならば、あの清純可憐な女子大生の口から出たとは思えないような、甘い嬌声を聞くことができたことだろう。あるいはそのままあと数分責め続ければ、処女のあられもない潮噴きだって拝むことができたかもしれない。

だがあと一歩というところで、無念にも桜井は銀次に肩を叩かれてしまった。

「ご苦労。あんたの役目はそこまでだ」

「この娘の処女を奪うのは俺であって、あんたではない」ということを意味する銀次の言葉に、不潔なヨダレの糸を引きながら顔を上げた桜井は、

（くそっ！）

肚の中で毒づいた。

それから何を思ったか、傍で弥生の足を押さえつけている女子大生にいきなり飛びかかっていくと、

「ひいっ、いやあァ！」

相手が仰天して悲鳴をあげるのもかまわず、押さえつけてセーターの上から胸のふくらみを鷲づかみにした。欲情の昂りの持ってゆき場がなかったのか、銀次

に許可を求めることもしない。銀次のほうも咎めだてしなかったので、桜井は不運な女子大生のスカートをまくりあげ、パンティをむしりとった。だが突然に身を起こすと、床を蹴るようにして今度は、失神して全裸でうつ伏せになっているシスター貴美子のほうへ飛びついたのは、もう並みの女子大生では満足できなかったのか。それだけ弥生が魅力的すぎたのだ。

他の三人の女子大生は恐怖に身を縮めながらも、持ち場を離れることはしなかった。弥生は唯一自由になった片脚を「く」の字に曲げ、さんざんに舐められた下腹を隠そうと身悶える。その片脚をつかんで、薄く秘毛の萌える股間を無理やりに押し拡げると、

「ヴァージンをいただくぜェ、お嬢さん、ヘッヘッヘッ」

せせら笑って言いながら、銀次は弥生の両膝の間に腰を割り入れた。

(いやっ、いやっ)

一難去ってまた一難。頬に傷のある恐ろしい脱獄囚にのしかかられた弥生は、猿轡を噛んだ顔を恐怖にこわばらせ、

「ムウウウウーッ!」

悲鳴をくぐもらせて狂おしく首を振りたてた。

「ムウッ、ムウウウーッ！」

「きよしこの夜。イブの夜に晴れて『女』になれるなんて、あんたは果報者だ。毎年クリスマスが来るたびに、今夜のことを懐かしく思い出すことになる。神様も、なかなか粋なはからいをなさるぜ、へへへへ」

銀次は皮肉な口調で言い、硬いペニスの先端で弥生の女の割れ目をなぞりたてた。そこはもう桜井の唾液でベトベトになっている。さっきまでぴっちりと貝のように閉じ合わさっていたのが、執拗にクリトリスを舐められたせいで、割れ目の左右に薄ピンク色の美麗な花弁のヌメりをのぞかせていた。そのヌメりの狭間に淫水灼けした大きな亀頭冠の先を押しつけると、銀次はゆっくりと沈めていった。

「ムグウウーッ！」

気も遠くなる恐怖、そして引き裂かれる痛みに、弥生の裸身が弓なりに反った。

「ムッ、ムッ、ムググッ……」

「へへへへ、おおっ、いい感じだぜ。お嬢さん、あんた、俺好みの、いいマ×コしてやがる。顔も可愛いし、おっぱいはデケえし、へへへ、おぼこっぽい感じも気に入ったぜェ。そおれ、そおれ、へへへへ」

銀次は腰を揺すりつつ、すこしずつ捻じ込んでいく。かすかに堰き止められる感じがあって、ブチブチッと粘膜の裂ける感覚が伝わってきた。

「ムグウウーッ！」

悲鳴をくぐもらせた弥生の肢体がさらに反りを増し、貫かれた腰部が床から離れた。

その浮き上がった腰部にも、仲間たちに押さえつけられている四肢にも、小刻みな痙攣が走る。反りかえった若い女体は痙攣しながら苦悶によじれた。

破瓜の激痛にキリキリと収縮する女膣をさらに深く貫いていきながら、

「やっぱりヴァージンだったか、へへへへ」

銀次は満足の笑みを浮かべつつ言った。

破瓜の苦痛に凄絶に呻いて身を反らせる女子大生に、憐憫の情を感じることなどない。むしろその苦悶の表情と呻き声、苦痛によじれる白い裸身の痙攣が銀次を喜ばせ、昂らせる。充血してますますみなぎりを増した剛直をさらに奥へと捻じ込んでいき、矛先をズンッと子宮口まで届かせると、

「へへへ、これが『男』だ。あんたを『女』にしてくれた、このでっかいチ×ポの感触を一生忘れるなよ」

酷い事実を言い聞かせ、思い知らせるように肉の抽送を開始した。最初はゆっ

くりとした抜き差しなのも、弥生の苦痛を思いやったのではない。いまどき珍しい清純派女子大生の、絶望と苦悶の表情を観察しつつ、その青い果実の感触をじっくりと楽しみたいからなのだ。

「どうだ、俺の形が分かるか」

言いながら、二度三度突きえぐってやると、じんわりとにじみ出た生温かい破瓜血が、彼の肉棒、さらに陰毛までも濡らすのが感じられる。物理的な側面だけでいえば、処女の粘膜より人妻の熟したそれをコネまわすほうがずっと心地良い。だがこうやって剛直を生温かい血にまみれさせるサディスティックな興奮こそが処女を犯す醍醐味なのだ。

「おまえたち、もういいぜ」

ゆっくりと抜き差ししながら銀次が四人の女子大生らに言い、苦しい義務からやっと解放された四人が弥生の身体から手を離すと、銀次は彼女の両膝を左右の肩に抱え上げ、のしかかるようにして本格的なセックスの体勢に入った。

「ムグウウウーッ！」

弥生は猿轡を噛んでつらそうに呻き、自由になった両手で凌辱者を突きのけようとしたが、もう両腕に力は入っていない。

仮に相手を突きのけることができたとしても、汚された事実——純潔を奪われた事実を消し去ることはできない。貫かれた瞬間にヴァージンの女性が抵抗の力を麻痺させてしまうのは、無意識にそういう心理がはたらくせいだ。

抵抗の弱まった若い女体を二つ折りにし、上向きになった双臀に体重をかけて銀次はズンッ、ズンッと力強い腰ピストンを打ち込んでいく。そのリズムに合わせて、

「ムウッ、ムウッ……ムウッ、ムウッ」

涙に濡れた顔をゆがめて呻き泣く弥生の腰がゴムまりのように大きく弾んだ。

11

ひとつに絡み合って腰を弾ませ合う男女の姿は、無理やりのレイプとはいえどまさに性の営み。自分らの友人と脱獄囚との生々しい肉交を間近に正視するのが怖ろしく、四人の女子大生たちは震えながら顔をそむけている。だが彼女たちの耳にも、その音は否応なく聞こえた。ヌッチョン、ヌッチョン、という粘っこい響きは、二十歳の新鮮でフルーティーな果肉が、剛直に荒々しく突きコネまわさ

れる音だ。

しかし傍目にそれがどれほど淫らでエロティックでも、繊細な媚肉を深く容赦なく突きえぐられる弥生本人にしてみれば、およそ性の営みなどと呼べるものではない。勢いを増してくる腰ピストンで花芯を突きえぐられるのは、灼熱の鉄棒で内臓を掻きまわされるような苦痛であり、快感の「か」の字すら無かった。

（ううっ、死ぬっ、死んじゃうっ）

声にならない叫びを呻きに変えて、

「ムググーッ」

ただただ猿轡を噛みしめつつ首を横に振りたてるばかり。サラサラのショートカットの髪を痛ましく床の上に散り乱れさせて泣き悶えた。

その凄艶な被虐図にサディズムの血を煮えたぎらせる銀次は、

「おい、おっさん」

リズミカルに突きえぐりつつ、桜井に声をかけた。

「この娘の名前、何だっけか？」

訊ねられた桜井はそれどころではない。失神してうつ伏せに倒れている修道女の、ムンムンと色香を匂い立たせる熟しきった美ヒップにさっきから無我夢中。

まだ汗の乾ききらない双臀の盛り上がりに猛然とむしゃぶりつき、臀丘のカーブをベロベロと舐めまわして唾液でコーティングしていたが、

「名前だよ！　この娘の名前っ！」

もう一度、今度は声を荒げて訊かれると、

「弥生……竹田弥生……です」

ハアハアと喘ぐ口からヨダレを垂らしつつ答えた。

「そうか、弥生か。いい名だ」

ニンマリした銀次は、腰のバネを利かせて叩きつけるようにピストンを打ち込みつつ、

「力をゆるめるんだ弥生。俺を受け入れろ。そのほうが楽になる」

頬を真っ赤に染めた弥生の耳元に囁いた。

「ムグググッ……」

呻き泣く弥生の瞳からは涙があふれて止まることはない。それでも時間が経つにつれ、引き裂かれるような痛みが少しだけ薄らいできた。そこが女肉の構造の哀しさ。暴力的なレイプであろうとも、自然と肉は馴染んできてしまう。

痛みが薄らぐと共に、精神的な絶望感がふくらんでくる。命の次に大切なもの

――純潔を奪われてしまった。しかも相手は犯罪者。恐ろしい脱獄囚なのだ。その恐ろしい脱獄囚の肉体の一部――もっともおぞましく、もっとも凶悪な男性器でもって、愛の花園とも言うべき女膣の最深部をグチョグチョにコネまわされている。夢見る清らかな二十歳の女子大生には耐えられない悲劇だった。

絶望感が極限までふくらんで、

「ムグウーッ！」

喉を震わせて泣き叫んだ弥生のくぐもった声が、失神してしまっている修道女シスター貴美子の意識の闇の中に届いたのだろうか、

「……ううんっ……」

呻き声と共に、貴美子のうつ伏せの裸身がピクリと動いた。

意識朦朧のまま微かに睫毛を開いた貴美子は、すぐにハッとなって首を後ろへ捻じった。

瞬間、

「ヒイイッ！」

と悲鳴をあげたのは、彼女の裸のヒップに顔面を埋め、丸い臀丘にむしゃぶりついている桜井の頭を見たからだ。

「い、いやっ、いやっ」

全身を鳥肌立たせた貴美子は、身をよじりたてて逃れようとする。だがすぐに気づいた。彼女が実の妹のように可愛がっている女子大生の竹田弥生が――何があろうとも災厄から守ってあげたかったあの竹田弥生が、脱獄囚の男にのしかかられ、呻き泣きながら無残に犯されていることに。

（ああっ、弥生さんっ）

衝撃が大きすぎ、逃すまいとして桜井が彼女の臀丘に唇を吸いつかせてくることも意識から消し飛んだ。

にわかには声も出せないでいる貴美子だが、銀次は彼女の意識が戻ったことに気づくと、

「へへへ、シスター、あんたのせいなんだぜ」

見せつけるように、大きなストロークで弥生の柔肉をコネまわしながら語りかけた。

「あんたが自分だけイッて、おまけに気絶しちまいやがったから、選手交代、この弥生って娘をあんたの身代わりにしたってわけさ」

「そんな……やめてっ、弥生さんから離れてっ」

貴美子の喉がようやく声を絞り出した。

自分が気を失ってしまったばかりに、弥生さんが大切な純潔を……そう思うと貴美子は胸がつぶれる思いだ。

立ち上がろうとした彼女の腰に桜井がしがみついた。全身を痺れきらせている貴美子は、よろめいてあお向けに倒れ、その上に桜井が猛然とのしかかった。失神して無反応な女より、やはり意識のある女の身体を弄りまわすほうが何十倍もいい。貴美子にのしかかった桜井の顔は、理性を失くした獣のそれだ。

「だが気にするこたァねえ」

銀次が続けた。

「この娘だって、まんざらじゃあなさそうだし、あんたと同じでなかなか敏感だ。ヴァージンを失ったばかりだってェのに、もう感じはじめてやがる」

そう言いつつ、リズミカルに腰を振り続けた。貴美子に聞かせるために、今度は弥生に向かって、

「さっき、『気持ちいい』って言ったよな。『もっとして』って、俺にせがんだよな。そうだろ弥生」

などと、なれなれしく呼び捨てにしつつ、デマカセを言う。このへんは、女を

心身共に責めさいなむ凌辱の天才、蠍の銀次の面目躍如だ。

「ムウウウウーッ！」

猿轡の下で悲痛に呻いて、弥生は首を激しく横に振った。

（そんなの嘘ですっ、信じないでっ、シスターっ）

とんでもないデマカセであっても、そんなことを貴美子に聞かれたくはない。敬慕する貴美子の前で恥をかくことが何よりつらかった。

桜井に押さえつけられて、「いやっ、いやっ」と身悶える貴美子のほうを見て銀次は、

「本当なんだぜ。あんまりヨガり泣きがうるせえもんで、猿轡を嚙ませてやったのさ。だからってこの娘を責めるなよ。あんただって、俺とハメ狂って気をやっちまったんだからよ」

などと今度は貴美子を辱しめる。

貴美子は狂乱した。

自分の身はどうなろうと、弥生が犯される姿を見せつけられるのは耐えがたい。

「やめてっ、やめなさいっ、ああっ、神様っ」

もう神にすがる以外無かった。

どうして神様はこんなことをお見逃しになるのか？　畜生道に堕ちた脱獄囚に罰をお与えにならず、純粋無垢な二十歳の娘に地獄の苦しみを与えたままにしておかれるのか？　神様の御心を推し量ることは傲慢の罪にあたると知っていても、貴美子は問わずにはいられない。

そんな貴美子のたわわな乳房を鷲づかみにし、桜井は先端の野イチゴにしゃぶりつく。チューチューと吸いたて、夢中になってベロベロ舐めまわした。銀次が言ったとおり、修道女にはあるまじき敏感さでたちまち円筒形にツンと固く尖り勃ったピンクの乳首を、ガキガキと甘嚙みしてやる。柔らかくて温かい肢体からは、陶然と脳を痺れさせる甘い匂いが漂ってくる。いつも修道服の上から眺めて密かに思い描いていたのよりも、遥かに魅力的な女体だった。

すこし離れた所で、

「ああ、たまんねえや」

腰をせわしなく揺すりながら銀次が言った。

「そろそろ出そうだぜ。中に出してやる。たっぷりとな。へへへ、妊娠しちまうかもだな。初体験で子を孕んだら、ビギナーズラックってやつだな」

銀次の恐ろしい宣言に、

「ムウウウーッ！」

犯される弥生の泣き顔がこわばった。

もう力尽き、抵抗らしい抵抗もできなくなっていたのが、不意に大きく目を見開いて、

「ムウッ！　ムウウッ！」

猿轡を強く嚙みしめ、再び男の胸を突きのけようと身悶える。男を知らなかった弥生にとって、中に出されるのは刃物で腹を突かれるのも同じ、血も凍る恐怖にほかならない。

「駄目っ、それだけはっ！」

桜井に組み敷かれたまま、貴美子も喉を絞った。

弥生と同様、黒髪が床の上に散り乱れる。弥生のサラサラのショートカットと違って、肩に渦を巻くほどの豊かな髪がうねり乱れるさまが、その凄絶なまでの懊悩ぶりを表している。

「お願いよっ！　それだけはっ！　それだけはっ！」

我が身のことも忘れて必死の声を絞る修道女に、

「じゃあ、なにかい？　この娘の代わりに、今度こそあんたの子宮で俺の精液を

しっかり受け止めてくれるってのかい？　途中で気を失ったりしねえでな」

ここぞとばかりに銀次は迫った。

これも彼の常套手段だ。もちろん結局は二人ともに中出しする気なのである。義理も人情もないサイコパス。息を吐くように嘘をつくとは、まさに彼のためにあるような言葉なのだ。

「けど、シスターのあんたが万が一にも妊娠しちまったら、世間に顔向けできねえだろ？　よし、ならこうしよう。下の口じゃなく、上の口で飲んでもらおう。どうだい？　交渉成立かい？」

返事を迫りながら、銀次は腰ピストンのペースをゆるめた。

「だがそれだけじゃあねえぜ」

桜井に乳房を吸われる貴美子を見やりつつ、さらに要求を付け加える。

「あんたには、この俺の奴隷になってもらう」

「ど、奴隷……」

心も身体も追いつめられていく貴美子は、胸のふくらみを大きく揺らしながらその不穏な言葉を喘ぎあえぎ復唱した。

「そう、奴隷。つまり性奴隷さ。身も心も俺に捧げて、なんでも俺のいうことをきくんだ。それをここで宣言してもらおう。そうすりゃあ、この娘の中に出すのだけはやめといてやる」

「ううっ……」

嚙みしめた貴美子の唇が震えた。

性奴隷になるだなんて、とてもそんなことができるとは思えない。自分は三位一体の神、父と子と精霊の形で世に現れてくる神のしもべなのだ。人間に——とりわけ、銀次のような悪人に身も心も捧げられるはずがない。

「嫌かい？　嫌ならいいんだぜェ」

銀次は笑い、再び腰ピストンを速めていった。

「このまま中に出すまでだ。へへへ、こんな可愛い娘を妊娠させてみてえなァ」

「ムウウウーッ！」

弥生の呻き声が昂る。

「やめてっ！」

桜井に乳房を吸われながら、貴美子も声を高ぶらせた。

「あなたの……あなたの言うとおりにするわっ！　だから弥生さんをっ！」

「そうかい。それでこそクリスチャンだ。修道女の鑑だぜ」

銀次はニンマリと笑った。だが叩きつけるような腰ピストンは相変わらずだ。

リズミカルで力強い抽送に、押しつぶされた弥生の腰骨がギシギシと軋んだ。

「じゃあ言いな。『わたくし山本貴美子はこれからさき一生、武藤銀次様の性奴隷として誠心誠意お仕えしてまいります。神に誓って偽りは申しません。銀次様のおっしゃることには必ず従います』と」

「ううううっ……」

「どうした？　早く言わねえと手遅れになるぜ。この娘の中にブチまけちまうぜ」

銀次はラストスパートに入った。荒ぶる息は、今にも射精してしまいそうだ。

「言います！　言いますからっ！」

貴美子は叫ぶように言った。

「わ、わたくし……山本貴美子は……これからさき一生……」

声を震わせて宣誓する貴美子の端正な頰に、大粒の涙がつたい流れていく。

第四章　子供を人質にとられた人妻

1

「ああっ……ゆ、許して……もう許して」

もう息も絶えだえの有様。オペ室のステンレスの手術台の上に、スレンダーな裸身をあお向け大の字に拘束されたまま、女医の北村慶子はかすれた声で哀願の言葉を繰り返しつづけている。

いつ終わるとも知れぬ残酷な色責めに、一体何度気をやらされ、何度「中出し」されたことだろう。すさまじい遂情と中出しの連続に、もう体力も気力も残っていないのだ。

報復のターゲットであるこのクールな女医をいたぶり抜くために、重松は持参したバイブレーターをフル活用した。震動する極太のバイブで慶子の柔肉を荒々しく突きえぐり、いよいよ昇りつめるというその瀬戸際に責めを止める。それを何度も繰り返し、徹底的に焦らし抜いてから彼の生身でもって慶子を昇りつめさせ、同時に膣内射精する。それから再びバイブ責め。相手を焦らし抜きつつ自身の体力と肉棒の回復を待ち、フル勃起したところで、また犯して中出し。延々とそれを繰り返しつづけ、ようやく満足した。さてここからいよいよ報復の仕上げ段階だ。

重松は壁際にある、中がブルーの光に照らされたガラス戸棚の前へ行き、そこに保管されている手術用のメスを手にすると、

「これ、殺菌処理してあるんだよなァ」

独り言のように言いながら、オペ室の灯りにかざして、その冷たい刃を眺めている。

その姿を見て、

「な、何のつもりっ!?」

慶子は怯えた声を震わせた。

刺されるのでは、と思った。二年前にも刃物で襲われているし、重松の狂気を

はらんだ異常な目つきを見れば、また同じことをやりかねない。そして今回は誰も助けに来てくれる者がいないのだ。メスの冷たい光を見た途端、絶頂の余韻に火照る裸身が凍りついた。

「へへへ、一度本格的に『お医者さんごっこ』ってのをやってみたかったんだ」

銀色に光るメスを手にしたまま、重松はそう言って慶子のほうを見てニヤリと笑った。

「ガキの頃にゃあ、よくカエルの解剖とかやったもんさ。こう見えて俺、手先は器用なんだぜ」

（か、解剖……解剖ですってっ⁉）

慶子の不安がふくれあがる。

背筋を冷たい戦慄が走り抜け、拘束されたスレンダーな裸身がブルブル小刻みに震えはじめた。

死にたくない。何も落ち度のない私が、どうしてこんな目に……嫌よ。そんなの嫌っ！　ああっ、警察はまだ気づいてないのっ⁉　誰か助けてっ！

「心配するな」

重松がメスを片手に、手術台に近づいてきた。

「カエルと違って、人間の解剖は大変そうだ。けど簡単な手術くらいなら、俺にだってできるんじゃないかな？」

「な、何を言ってるのっ!?」

慶子の喘ぎ声がかすれる。

重松が手にしているメスから目が離せなかった。

「先生みたいなエリートの女医さんを、ド素人の俺が手術する。どうだい、なかなかシュールで、面白いと思わないかい？」

「や、やめてっ……ああっ」

「どこを手術しようかな。先生の婚約者が見て、アッと驚くようなところがいいな。顔じゃなく、服を脱いで裸になった時、『サプラーイズ！』って感じになるところ」

「し、重松さんっ……」

「乳首が無かったらどう？　インパクトあるかな？」

「い、いやっ」

「うーん、イマイチありきたりかもだな。だったら——」

嗜虐の悦びに目をギラつかせている重松を見て慶子は、彼がすでにどこを手術するか決めているのではないかという気がした。もしかすると脱獄を決行する前に決めていたのかもしれない。

怯えきり、逃れようと手首足首を縛った縄をギシギシと軋ませて身悶える若い女医のスレンダーな美ヌードを眺めつつ、

「やっぱり手術するのはそこだな」

重松はメスの先で慶子の太腿の付け根を指した。

「まずはクリちゃんだ。むかしエロ小説で読んだことがある。クリトリスの包皮を切除してお豆を剝き出しにしてやると、女は二十四時間感じっぱなしで、お汁を垂れ流して尻を振る淫乱女になるそうだ」

「ば、馬鹿なことをっ」

慶子の顔は死人のように蒼ざめた。

本気で言っているのか？　そんなのは妄想の世界の話だ。狂っている。この男は狂っている。気が変になっているのに違いない。

「淫乱女になったあんたは、セックスがしたくてしたくて、尻を振って婚約者にせがむ。そりゃああんたみたいな美人女医に尻を振ってせがまれれば、婚約者もその気にならない筈がない。あんたの下着を脱がせて裸にし、ズッコンバッコン

しようと、クリトリスをおっ勃てているあんたのオマ×コに、ギンギンになったチ×ポを入れようとする。その時に、肝心の割れ目がしっかりと縫い合わされていたら、そりゃあ驚くよな」

「ああっ！」

重松の言う「手術」の意味が分かり、慶子は全身の血が凍りついた。

「重松さん……お願いだから……ああっ、お願いよっ」

恐怖にカタカタと奥歯を噛み鳴らしつつ、ひたすらに哀願の声をかすれさせた。

「おっと、こいつだけでは切除は難しいな」

メスだけでは手術できないと気づき、重松はもう一度ガラス戸棚に戻って中を探し、

「あった、これこれ」

金属の鉗子を手にすると、

「先生、これ、何て名だっけ？」

「あっ、あっ、あああっ」

慶子はもう言葉も出せず、目を見開いて口をパクパクと喘がせるばかり。

「包皮を切除する前に、クリトリスをアルコール消毒したほうがいいのかい？

手術の後にやれば大丈夫かな?」

言いながら、重松は使い心地を確かめるように、鋏の形をした鉗子を開いたり閉じたりする。

「あ、あああっ」

「始めるぜ、先生」

「ひいいいっ」

クールな美人女医の悲鳴に耳を楽しませながら、重松は手術台の前にしゃがんだ。開かされた左右の白い太腿の間に、噴水形の恥毛に飾られた魅惑のVゾーンがある。枕を下に敷かれてせり上がったヒップが、恐怖にワナワナと小刻みに震えていた。魅惑のVゾーンの下端には小高いヴィーナスの丘が柔らかく盛り上がり、その中心を縦に裂く肉の割れ目からは、慶子自身の愛液と重松が繰り返し放った精液が入り混じってにじみ出ている。生身の肉棒とバイブとで交互に凌辱された女の妖花は、卑猥にヌラつく赤い果肉をのぞかせていた。

重松が鉗子で肉の花弁をつまむと、

「ああっ、ひいいっ」

慶子が声を高ぶらせ、たまらないとばかり、せり上げたヒップをのたうたせた。

「ひええっ、ひえええっ」

「じっとしてねえと、お豆に傷がついちまうぜ」

脅しながら、重松はメスの先でクリトリスをくすぐる。

「いやああっ」

「女のこの部分って、何度見ても変てこな形だよな」

包皮をめくるようにしつつ、メスの刃を這わせてみた。

驚くほどの切れ味でスッと粘膜が切れ、じんわりと血がにじんだ。

「ひいいいーっ」

「こいつはたまげた。メスってなぁ凄えもんだな。こりゃあ、よっぽど注意してやらねえと、うっかりお豆ちゃんまで切りとっちまいそうだ」

「いやあああああっ」

「じっとしてなよ、先生。ここからがお医者さんごっこの正念場だ」

ステンレスの手術台の上でブルブルと絶え間なく震え、ときおり堪えかねたように左右によじれる慶子の悩ましい腰と尻。そのSMっぽい色っぽさに、股間の肉棒を勃起させつつ、重松は珊瑚色をしたクリ豆の周りに鋭いメスの刃をスッ、スッとすべらせていく。

傷口からじわじわと鮮血がにじみ出てくるので、

「へへへ、止血代わりだ」

と言って、割れ目に顔を寄せ、徐々にふくらみを増してくる女の蕾をペロペロと舐めあげた。

「あっ、あっ、あううう一っ」

慶子の悲鳴があえぎに変わる。

固く勃起した肉芽を舌の先で転がされ、

「い、いやっ、もう……もういやっ、ひいいっ」

やっと言葉らしい言葉が出た。

奇妙なのは、こんな残忍なことをされていても、女芯を舌でなぞられると背筋を甘い痺れが走ることだ。まさか本当に重松が器用だったわけでもあるまいが、出血はしても、痛みは思ったほどではなかった。それどころかむしろ、完全に露頭しきった肉の芽を男の舌でコロコロと転がされるのは、思わず喜悦の声を洩らしてしまうほどの快感だ。

「うっ、ううう っ」

こんな目に遭わされているというのに……なすすべもなく色責めに反応してし

まう自分の身体が恨めしく、慶子の瞳から大粒の口惜し涙がこぼれ落ちた。だが恐怖に蒼ざめた頬は、次第次第に艶っぽい朱色に染まっていく。

「へへへへ、なんだい先生、もしかして感じてんのか？　どうやら手術の効果があったみてえだな」

重松は嬉しそうに笑い、再びメスで慶子の女芯のまわりに小さく切れ目を刻み入れた。それから舌を這わせる。サディスティックな欲情に血走った目はまるで吸血鬼。にじみ出る赤い血をジュルジュルと啜り、ふくらんだ女の肉芽を巧みに舐め転がす。さらに、これから縫い合わせようという部分に名残りを惜しむかのように、濡れた媚肉のひろがり全体を舌でじっくりと舐めまわした。

「あう、あう、あううぅっ」

身悶える慶子は、とろけるような陶酔感に包まれた。濡れ開いた紅唇、喘ぎとともに波打つなめらかな腹部、焦点の合っていない瞳にも、その感じようは表れている。

「へへへ、クリちゃんの皮剝きは無事に終了だぜ。次はオマ×コを縫い合わせる手術だ」

重松がそう言って身を離しても、

「あ、あァ……」

陶然となったまま、忘我の状態で喘ぎつづけていた。

だが再びガラス戸棚のところへ行った重松が、

「これだろ？」

と言って手にした針とナイロンの縫合糸を見せてくると、さすがに、

「ひいいっ」

悲鳴をあげ、知的な美貌をこわばらせた。

「心配すんな。淫乱になったあんたが一人エッチをできるように、クリちゃんの部分だけは縫わずにおいてやる」

そう告げた重松は手術台の前にかがみかけたが、せり上がったヴィーナスの丘の下端の割れ目と、彼の舌で舐め拭われた媚肉の盛り上がりが目に入ると、

「いや待て」

と、しばし思案の表情になり、縫合糸のついた針をいったん台の上に置いた。

「最後に一発だけやらせてもらう。名残りオマ×コってわけさ」

そう告げて慶子の裸身にのしかかっていったのは、いきり立つ股間の肉棒をもう抑えられなくなったのだ。割れ目を縫い合わせる前に、もう一度だけ美人女医

の熱くただれた秘肉を味わいたかった。

「やめてっ、もうやめてっ」

と、大の字拘束の身体をくねらせる慶子の中に、みなぎる剛直をズーンと深く沈めきると、

「おおっ、先生、クリちゃんが剝き出しになってるせいか、グンと締まりがよくなったぜ。ううっ、うううっ」

喜悦の呻きをこぼし、ゆっくりと腰を使いはじめた。

（そんなっ……ううっ、くううっ）

抜き差しされながら、慶子はギリギリと奥歯を食いしばる。

口惜しいが、重松の言葉どおりだ。みなぎる剛直がズシン、ズシンと最奥に力強くメリ込んでくるたびに、剝き出しになった肉芽に強烈な疼きと快感が生じた。

突きえぐられる女膣は、うごめく肉の襞の間から熱湯のような愛液を溢れさせている。妖美な収縮を繰り返しつつ、慶子の媚肉は奥へ奥へと男根を引き込む動きを示した。突けば突くほど収縮がきつくなっていく美人女医の秘壺に、

（た、たまんねえっ）

重松は恨みつらみすら忘れて胴震いした。

報復の総仕上げを前に、これがケジメだと言わんばかり、猛々しく腰を揺すりつづける重松に、小ぶりで形の美しい乳房を吸わせつつ、

「あおっ、あおおっ、あがががが っ」

細眉をせつなげに八の字に寄せ、濡れた紅唇を妖しく開いて喘いでいる慶子の牝顔に、あの凜としてクールなエリート女医の面影は無い。もう重松の逞しい腰ピストンですら、もどかしく感じているらしく、拘束されて動けないなりに自分でもヒップをもじつかせて応えようとする。女膣のみならずバストも異常なほど感度がアップし、重松の舌で転がされる乳首を悦びにうち震えさせた。

小ぶりの乳房を存分に吸ってやった後、

「ううっ、先生っ」

感極まった声で呻いた重松は、さらに腰ピストンを強めつつ、慶子と唇を重ねた。

「ムウウッ……ムウウウッ」

ヌラつく舌を口腔内に差し入れられても、もう慶子は拒むどころか自ら積極的に舌を絡ませていく。この後に行われるであろう恐ろしい「手術」のことすらも忘れ、ただれた肉欲に身をゆだねるエリート美人女医は、無我夢中で男と濃密に舌を絡ませ合いながら、強烈なストロークがもたらす官能の渦に呑まれてゆく。

焦点の合わない瞳がドロドロに濡れうるんでいるのは、もうすっかり官能をとろけさせてしまったのだ。重松を締めつける収縮の感覚がますます短くなっていく。

濡れうるんだ睫毛が閉じ合わさると同時に、

(ムウウウーッ!)

大の字拘束の慶子は、絶頂の到来を告げる重い呻きを重松の口の中にこぼし、体温で白く曇ったステンレスの手術台の上でキリキリと背中を反らした。

(ああっ、イクイクッ、イクうううーっ)

甘美に痺れきった脳内に悦びの叫びを木霊させる。聖なる夜にわずか数時間で開発されてしまった女医の美しい肉体。秘められたマゾ性が妖しい花弁を開いて咲き誇った瞬間だった。

2

強化ガラスに囲まれたナースステーション内で、看護師長用の肘掛椅子にドッシリと腰掛けて、突き出た太鼓腹を片手で撫でさすっている川上健造は、もうすっかり満足した様子だ。

下着を脱がせ、ノーパンの下半身にパンストだけ穿かせた白衣のナースたちを七人、順番に後ろから立ちマンで犯した後、今度は床に四つん這いに這わせてから再び順番に犯し、なんと七人全員の体内に熱い精を注ぎ入れたのだ。恐ろしいまでの性欲、そして精力である。

満足げに太鼓腹を撫でさすりつつ、

（さて……）

と、健造は思案した。

（こいつらをどうするか？）

白衣の下のパンストをビリビリに裂かれた若い看護師七名は、床にうずくまったり倒れ伏したりして嗚咽の声をこぼしているが、彼女たち以外に、全裸で壁に向かって正座させている患者の両親が三十人ほどいる。

いずれ警察に包囲された時の人質としては役に立つのだが、さすがにこの人数は多すぎる。数人だけ残して他は撃ち殺してしまっても、銀次兄貴は何も言わないだろうが、弾の無駄使いになる。結局、またロビーに連れ戻すしかないか……。

「立て。手はそのままだ」

健造が拳銃を片手に命じると、男女全員が手を後頭部で組み合わせたまま立ち上がった。

「こっちを向け」

皆、緊張に体をこわばらせたまま、彼の指示に従った。

直立した彼ら彼女らをひととおり見渡していた健造の視線が、不意に一ヶ所で固まった。

皆と同じオールヌード。だがその人妻だけ、プロポーションの美しさがまるで違う。齢は三十代前半くらいか。アップに結い上げた髪型がいかにも良妻賢母といった雰囲気の気品ある美貌は、すこし勝ち気そうな感じも含めて、まさに彼の好みのタイプ。こんな上玉がいることに、なんで今まで気づかなかったのか。

健造は椅子から腰をあげ、その人妻の前に歩み寄った。

マジマジと美貌を見つめると、緊張を隠せない人妻はスベスベの腋窩を晒したポーズのまま、健造の顔から懸命に視線を横に逸らしている。端正な頬が蒼ざめていた。

「あんた、名前は？」

「………」

「名前を聞いてんだぜ」

健造は拳銃で人妻の柔らかい頬をつついた。

「桜井です」

人妻は目を逸らしたまま冷たく答える。

その反発するさまが健造を喜ばせた。美人でも、従順すぎる女は刺激がない。反抗する美女をセックスで屈服させるのが楽しいのだ。

「下の名は？」

「由布子……」

「桜井由布子さんか。あんた、たいそうな美人だねェ。もしかしてモデルか何かやってなかった？」

訊きながら、健造は鼻をうごめかせる。熟れきった人妻の白い裸身から、ふんわりと甘い芳香が発散されている。七人の看護師の中に射精した健造のペニスに、再び芯が入り、ヘソに付きそうなほど屹立した。

「それとも女優さんか？　え、どうなんだ？」

「…………」

しつこく問われても、由布子は黙っている。

たしかに若い頃、短期間だが芸能事務所に所属し、モデルをしていたことがある。だが水着モデルをやるよう事務所からしつこく頼まれるのに嫌気がし、一年足らずでやめてしまった。今となっては恥ずかしい記憶だ。

「まただんまりかい。美人好きの俺が、せっかくあんたとあんたの息子だけは解放してやろうって気になってるってのによォ」

健造は狡賢い笑みを浮かべて言った。

「あの銀次兄貴って人はよ、人の命を奪うことなんか何とも思っちゃいねえ。これは俺の予想だけどよ、ここにいる全員、それからガキ共も、夜が明けるまでには『仏さん』になってるよ」

その言葉に、捕虜ポーズで横一列に並んでいる裸の男女らは震えあがった。

「へへへ、けど俺は女好きだからよ。美人をバラすのは勿体ねえって気がすんだよな。だから助けてやりてえ」

そう言って、

「で、奥さん、あんたの亭主はどいつだ?」

健造は裸の男女を見回した。

「夫は……夫はロビーに残るように言われました」

由布子が答えると、

「え？　じゃあ、あのおっさんがあんたの亭主だったのか？」

これは健造にも意外だった。

だが狡賢い男だ。すぐにそれを利用しようとする。

内心ほくそ笑みながら、

「そいつはまずいな……」

わざとらしく眉をひそめてみせた。

「言ったとおり、銀次兄貴は危ねえ人だ。傍にいるだけでヤベえんだ。あんたの亭主を早くひき離さねえと、あんたは未亡人、ガキは父無し子になっちまうぜ」

それを聞いて由布子の顔色が変わった。

すかさず健造は、

「ガキの名前を教えな。俺が兄貴にとりなしてやる。あんたの亭主とガキに手を出さねえようにな」

猫撫で声で言った。

夫と息子の身が危ない。由布子は答えるしかなかった。信頼できるような相手ではないが、この男の言葉にすがるよりほかない。

「貴裕……息子の名前は貴裕です」

「そうか、貴裕くんか。よしよし、悪いようにはしねえ。とはいっても、タダでってわけにゃあいかねえぜ。世の中すべて、ギブ・アンド・テイク。魚心あれば水心。俺の言ってる意味、分かるよなァ、奥さん」

健造は鼻がつきそうなほどに由布子の顔に顔を寄せ、そむけた頬にフッと息を吹きかけた。

（あぁっ……）

ハッとして由布子は唇を嚙んだ。

罠だった。

助けてやるなどと言って由布子から息子の名を聞き出し、脅迫の材料に使おうというのだ。目的はもちろん……。

並外れた美貌とプロポーションが災いし、若い頃からセクハラまがいのことを仕掛けられることが多かった彼女に、目の前にいる赤ら顔の太った中年男の魂胆が分からないはずがない。これから我が身に起こるかもしれないことを思うと、恐怖で息も止まりそうだ。

「ちょっと俺にサービスしてくれりゃあ、家族全員無事でいられるんだ。悪い話じゃねえだろ？　それというのも、あんたが美人で、イカす身体をしているからさ。ラッキーだぜ。あんたも、あんたの家族も」

　へへへへ、といやらしく笑いながら、健造は由布子の後ろへまわり、肩甲骨の間のあたりから背筋に沿って、ツーッと指先でなぞり下ろした。

「あうっ」

　思わず声を発した由布子は、両手を頭の後ろに組んだまま身を反らせる。たったそれだけのことでも、一糸まとわぬ素っ裸。三十二歳の人妻には耐えがたい羞恥だ。

「へへへ、じっとしてな。可愛いガキのためだぜェ」

　健造は笑い、抗うことのできない人妻の背筋を、ツーッ、ツーッと指先で何度もなぞり下ろす。

「うっ、くううっ……」

　陰湿な愛撫に、由布子は声をあげまいと懸命に耐える。他にも人妻は大勢いるのに、どうして自分だけがこのような辱しめを……由布子は男に好まれる容姿に生まれたことを呪わしく思わずにはいられない。眉間に苦悶のシワを刻み、屈辱に歯を食いしばりながら、美しくくびれた腰と豊満なヒップをクネクネとよじりたてずにはいられなかった。

「へへへへ、えらく感じやすいんだな、奥さん、気に入ったぜ」

舌舐めずりした健造は、由布子の優美な背中に体を密着させ、後ろから乳房を鷲づかみにした。

「ああっ、いやっ」

うなじに唇を押し当てられて、由布子は大声をあげる。

「いやっ、いやっ」

たまらず頭の後ろで組んでいた手を離し、身体をよじりたてながら健造の手をつかんで懸命にもぎ離そうとした。が、

「いいのかい？　ガキが兄貴にバラされても。ただバラされるだけじゃねえ。あんたら夫婦が見ている前で、なますのように切り刻まれるんだ。俺はこの目で何度も見たんだぜ。兄貴が子供をそんなふうにするのをよ。そりゃあ見ものだぜ。文字どおりスプラッタムービーさ」

「あああっ」

健造の囁きで、由布子の身体から抗いの力が抜けた。一人息子の貴裕はまだ七歳。難病で寝たきりだが、夫婦にとっては宝物である。何があっても、あの子を守りとおさなくてはならない。

「そうそう、子供を守るのが母親の務めだ。さ、この邪魔な手は元の位置。お楽しみはまだ始まったばかりだぜェ」

健造が後ろから耳に息を吹きかけながら囁いた。

（くうう――っ）

由布子は歯を食いしばって抵抗を諦め、再び腋窩を晒して手を後頭部で組み合わせなくてはならなかった。

「奥さん、いいチチしてやがるな。バストは何センチだ？」

健造が訊きながら、左右の乳房を掬いあげるように揉みたててきた。

「い、いやっ」

由布子は嫌がって首を振りたてるが、もう組み合わせた手を外すことはしない。何をされても息子のために耐える覚悟なのだ。

「九十センチか？　いやもっとかな？」

健造は声をうわずらせて言い、指を食い込ませて揉みしだく。

たわわなバストはとろけるように柔らかく、それでいて若々しい弾力がある。もち肌が指に吸いついてくるようで、揉んでいるだけで健造の下半身は興奮でムズムズした。裸の腰を由布子の尻にグイグイ押しつけ、硬くなった肉棒を双臀の

割れ目に捻じ込んだ。まるでセックスしているかのように腰を前後に揺すりたて、内腿の間に剛直を抜き差ししつつ、

「奥さん、足を開いてくれよ」

重たげな乳房をタップンタップンと揉みたてながら耳元に囁いた。

「いやああっ」

勝ち気なところのある由布子だが、この卑猥な攻撃には泣かずにはいられない。夫以外の男性とこんなふうに肌を密着させているだけでも身の毛がよだつのに、好き放題に胸を揉みしだかれ、股間には熱い肉棒を擦りつけられている。まさに拷問と言ってよい。さらに健造は足を開けと要求してくる。この状態で足を開いたらどうなるか……。

だが由布子には拒むことは許されない。息子の命がかかっている。

（ああああっ……）

クラクラと眩暈を覚えながら、由布子は少しだけ太腿を開いた。

「もっとだ。もっと開くんだよ、奥さん」

「あっ、あっ、そんな……はああっ」

急かされながら少しずつ膝を横に開いていき、由布子の官能的な美脚はついに

菱形に開いた。両手を頭の後ろに組み合わせて腰を落とし、両膝を横向きに開いた無様なポーズは、ちょうどスクワットを途中で止めたような格好だ。その格好のまま、全裸の由布子は背中にヤモリのように裸の中年男に粘りつかれ、たわわな白い双乳をムニュッ、ムニュッと両手で揉みしだかれながら、男の硬くなった肉棒の上側で股間を擦られている。

(ああっ、あああっ)

おぞましさに、嫌でも呼吸が乱れた。男の唇がうなじにチュッ、チュッとキスを繰り返してきて、くすぐったさにゾクゾクと鳥肌立った。

「うぐっ！」

呻き声をくぐもらせ、不意に背を反らしたのは、男の指でバストのふくらみの先端をつままれたからだ。左右の乳房を手のひら全体で揉みしだきながら、先端の乳首をつまんでグニュグニュと巧みにしごきたててくる。開かされた股の間に擦りつけられる太い肉棒。ベチョッ、ベチョッと音を立ててうなじに吸いついてくるぶ厚い唇——それは普通の真面目な人妻である由布子が一度として体験したことのない、プロの女衒の技だった。

「あううう̄っ」

「へへへ、こんなふうにされるのが好きなのかい？　上品そうな顔して、あんた意外と好きもんなんだな」

「そ、そんなこと……ううっ」

「まあ、これだけ熟れた身体してやがるんだ。好きもんなのも無理はねえ。へへへへ、ほら、乳首がおっ勃ってきたぜ」

「や、やめて……もうやめてください、あああっ」

　手を頭の後ろに組んだまま、由布子は喘ぎ声をかすれさせた。グニュグニュとしごきたてられる乳首が熱く疼いて、快感で膝から崩れ落ちそうになる。こんな異常な状況下なのに……いやむしろ異常な状況下であればこそなのか。左右には知り合いである子供たちの父親母親らが並んでいる中、由布子は自分でも信じられないくらいに感じやすくなってしまっている。

「へへへ、そのままじっとしてるんだぜ。足も開いたままだ。ガキの命が大事ならなァ」

　健造は、薄く肋骨を浮かせた由布子の脇腹、細く美しくくびれたウエスト、そして横に張り出した腰部へと、なめらかな女体曲線を手のひらでゆっくりなぞりつつ、体をしゃがませていった。

「すげえケツしてるじゃねえか、奥さん」

目の前の圧巻の双臀に、健造は感嘆の溜め息を吐きつつ舌舐めずりした。

Lサイズの白桃を思わせる熟しきった形と大きさ。ムチッと張りつめた双丘の狭間は神秘的なまでに妖しく、ムンムンと女の色香を匂わせている。両膝を外側へ開いて立っているため、恥丘のふくらみまで後ろから見てとることができた。

鼻をクンクンとうごめかせながら、

「じっとしてろよ」

もう一度釘を刺すと、尻割れのほうからそっと指を差し入れていく。

（いやああっ）

ヌーッと忍び込んできた指の感触に、由布子は総毛立った。

だが両手を頭の後ろで組んだスクワットポーズは崩さない。母として一人息子を守るため、いかなる辱しめにも耐え抜くほかないのだ。

由布子が動けずにいるのをいいことに、健造は恥丘のふくらみにピタリと指先を押し当てた。

「あああっ」

たまらず声をこぼした由布子の腰がビクンッと跳ねた。それでも懸命に耐えている。横に開いた膝がブルブルと震えた。

（いやよっ、触ってはいやっ）

夫以外の男性に触れさせてはならない箇所だ。柔らかいヴィーナスの丘を縦に割る秘裂の上をゆっくりと指先でなぞられ、由布子の顔面は火になった。

3

若い頃はストリップ劇場でマナ板ショーを任されていた健造の愛撫は、異常なまでにねちっこい。まるで女盛りの由布子の身体に自然に火がつくのを待つかのように、指先で辛抱強く肉の合わせ目を前後に摩擦し続けた。ときおり指を前に伸ばし、女の茂みをまさぐりもした。梳くようにしたり、艶やかな繊毛に指を絡めたりしてネチネチと弄ぶ。そうやって女をオモチャにすることで屈服と被虐の官能へと導くのだ。

「マン毛の濃い女は感度がいいし、情が深いって言うぜ」

「ああ……あああああ」

由布子の腰の震えが止まらなくなった。むず痒さが焦れったさの感覚を生んで、撫でさすられる恥丘が火のように熱い。たまらず由布子は双臀をもじつかせた。こんなみじめなポーズでこんな卑猥な愛撫を受けつづけていたら気が変になってしまいそうだ。かといって、動くことを許されない由布子には自分ではどうすることもできない。奴隷と同じで、つらくとも恥ずかしくとも、主人である健造の意のままになるほかないのだ。

人妻の恥ずかしい肉の合わせ目を、後ろからじっくりとなぞりたてた健造は、しゃがんだまま今度は前へまわった。犯す前に女貝の構造を拝ませてもらおうというのだ。

「そのままだ。そのまま足を開いてるんだぜ」

もう一度念を押すと、健造は捕虜ポーズで美脚を菱形に開いて立つ由布子の、モワッと生暖かく秘毛を盛り上げたVゾーンへ手を伸ばした。

敏感な部分を指先でくつろげられる感覚に、

（いやあああっ）

由布子は声を押し殺して泣き、耐えがたさに腰を揺すりたてた。

左右に並ぶ他の父親母親たちに、自分がされていることを知られたくない。できることなら彼らをここから立ち去らせて欲しかった。だが健造の指が女の構造をいやらしくまさぐりはじめると、もうそれどころではなかった。

（いやっ、ああっ、そんな……そんなことっ）

その指の動きもまた、先ほどのうなじへのキスと同様、普通の主婦である由布子が一度として経験したことがないものだ。夫の優しい愛撫とはまったく別物で、愛情とは無縁の、それでいて女体の生理を何もかも知り尽くした狡猾な指使いで由布子の媚肉をまさぐってくる。

（駄目っ……そんなに……そんなふうにされたら……私っ……私っ……ううっ、おかしくなるううっ）

ほんのすこし弄られただけなのに、由布子は自分が未知の性の領域に引き攫われていきそうだと直観した。花唇をめくり返した男の指は、秘口のまわりを円を描くようにクルクルとなぞりたてたかと思うと、敏感な女芯を下から押し上げるようにして刺激してくる。少しも無駄の無い指使いに、媚肉全体が熱くとろけていく。痺れるような肉の快美に、

（駄目ええええっ）

歯を食いしばっても、恥ずかしい声を洩らしてしまいそうだ。これ以上感じまいと必死にこらえる由布子の肌は、こみあげる情感に妖しく色づいた。

気を昂らせているのは由布子だけではない。打てば響く人妻の素晴らしい官能ボディに、健造のほうも久しぶりに猛烈に興奮していた。美しい凹凸に恵まれた女盛りの肢体に、シミひとつないモチ肌。そしてヴァージンかと見紛う色の薄い媚肉。その媚肉を得意の指技で執拗に揉み込んでやると、しっとりとした柔襞が妖しいうごめきを示して反応してくる。肉感的な身体つきをしているだけあってやはり人一倍敏感なのだ。

(へへへ、こいつはハメてやるのが楽しみだぜ)

これだけ感じやすい人妻なら、どんなに気持ちが慎ましやかであろうと、メロメロにとろけさせてやる自信が彼にはある。艶やかな黒髪をアップに結い上げていかにも貞淑そうにしているこの女が、彼の剛直に突きえぐられて、どんな狂態を見せてくれるのか楽しみだ。

淫らな期待に胴震いしつつ、健造はいよいよ秘口の中心に指を押し当てた。

「あううーっ」と呻いて由布子がのけぞるのもかまわず、熱くたぎる秘壺に中指を沈めていく。指の根元まで入れてまさぐってやると、案のじょう奥はもうトロトロだ。トロトロにとろけた肉襞が妖しくうごめき、秘壺全体で彼の指をキュウキュウと締めつけた。

「奥さん、あんた、見た目もイカすが、お道具のほうもすげえじゃねえか」

「いやあああっ」

「このスケベな身体で、よくまあ亭主一人で我慢できたもんだな。それとも浮気してたのかい?」

「いやっ、いやっ、もうやめてっ」

全裸で腰を落としたポーズの由布子は、横に開かされた両膝がガクガクと震えて、今にも崩れ落ちそうだ。

むろん浮気などしたことはない。難病の子を持つ母親として苦労の連続だが、優しい夫との愛情深い生活に不満を持ったことなど一度もなかった。子供のことだけで手一杯なのもあるが、夫婦ともにセックスには淡白だった。いま生まれて初めて、気が変になりそうなくらい感じさせられてしまうまでは……。

(ううっ……どうして……どうしてこんな……くううーっ、駄目ええっ)

最奥をまさぐる男の指の動きを敏感なまでに感じとってしまう。まさぐられる秘肉が熱をはらみ、ドロドロと溶けただれていくのが分かった。身体の奥深い所から、ツーン、ツーンと痺れるような快感がこみあげてくる。耐えようとする気持ちさえ萎えさせてしまう甘い痺れは、一度として味わったことのない感覚だ。

それがどんどんふくらんでくる。このままだと自分がどうなってしまうのか分からない。それが由布子には怖ろしかった。

「濡れてきたぜ、奥さん」

「ああぁっ」

「嫌だ嫌だと言いながら、下のお口のほうは正直みてえだな」

「ううっ、い、言わないでっ」

カアーッと羞恥に頬が燃えた。

同じく難病の子を持つ、よく知った父親母親たちに聞かれている。いわば衆人環視の中で、はしたなさすぎる自分の肉体の成り行きを言いたてられるのは耐えがたかった。だがドロドロに溶けただれていく肉体の暴走を止めることがどうしてもできない。手を後頭部で組み合わせて腰を低く落としたまま、由布子の裸の双臀は悶絶にくねった。

「ああっ、そんなっ、ああんっ、ああんっ」

もう恥ずかしい声も抑えられない。由布子はポリネシアンダンスのように裸の尻をくねらせながら、泣き、呻き、嬌声ともとれる悲鳴をあげた。

「あああっ、ひいいっ」

「指を二本にしてやるぜ、奥さん」

「ひいいいーっ」

「どうだ、一本よりか、グンといいだろう?」

鉤状に曲げた二本の指で、健造は溶けただれた媚肉を激しくコネまわした。この指マンの巧みさだけは、兄貴分の銀次にもヒケをとらない。ストリップ小屋に雇われていた時分にも、

「マナ板ショーで、たっちゃんにマ×コ弄られたら、三日は疼きが止まらない」

と、踊り子さんたちを困らせた。そんな濃厚なテクニックで秘奥を責められては、普通の主婦である由布子などひとたまりもない。

「洪水だぜ、奥さん」

健造のからかいは大袈裟ではなかった。溶けただれ、赤みを増した粘膜をのぞかせる肉の合わせ目から、トロトロと熱い官能の甘蜜がこぼれ出し、健造の手を濡らしてポタポタと床にしたたり落ちた。快感でバターのようになってしまった秘奥は、二本の指にコネまわされてクチュクチュと汁音を響かせる。その卑猥なメロディーは、由布子の両側に全裸で並ばされている父親母親らの耳にも入った。

「ああっ、あああーっ」

腰をくねらせて啼く由布子は、経験したことのない高みへと昇りつめそうだ。だが今にも絶頂に達しようという瞬間、なぜか健造はスッと指を抜いてしまった。

「へへへへ、激しすぎるぜ奥さん。やっぱり亭主一人じゃ満足できねえんだな」

そうからかいながら、悦びの果汁にまみれた右手の二本指をペロペロと舐めてみせる中年男の前で、

（あああっ……）

崩れ落ちる寸前だった膝をかろうじて持ちこたえた由布子は、ハアハアという荒い呼吸と共に、妖しく濡れた唇を喘がせている。

これほどの高みに達したのは初めてだ。が、同時に、気をやろうという瀬戸際で中断される経験も初めてだった。

「見ねえ。あんたがあんまり派手にヨガるもんで、みなさんタマげていなさる」

健造はからかいつつ立ち上がると、手を頭の後ろに組んだ姿勢を懸命に維持している由布子の頭をつかみ、無理やりに右側へ捻じった。

（ア、アアアッ……）

官能の桃色のヴェールがかかった由布子の視界に、捕虜ポーズで並ぶ父親母親らの裸身が映じた。

父親たちの股間には、全員一様にエレクトしたペニスがそそり立っている。肉エラを拡げた亀頭冠を頂く剛直群は、言うまでもなく、指マンに悶える由布子のヨガり啼きに刺激されたのだ。母親たちはというと、皆、ギュウッと睫毛を閉じ合わせ、頬を赤らめていた。

（あァ……）

淫獄だ、と由布子は思った。誰もが理性を麻痺させた淫らな宴。由布子はその祭壇に供えるべく屠られる生贄にほかならなかった。

「イキたかったんだろ？」

小刻みに震える人妻の尻をいやらしく撫でさすりながら、その羞恥に赤らんだ美貌に口を寄せて健造が言った。

「心配すんな。こいつでイカせてやる。腰が抜けるまで可愛がってやるぜ」

いきり立った剛直を太腿に擦りつけて告げる健造に、由布子はスチールデスクの前まで歩かされ、机面に手をついて尻を突き出すように言われた。

そこは横一列に並んだ父親母親たち全員から見える位置だ。皆に見せつけながら、健造は由布子をバックで犯そうというのである。

晒し者にされる。いや、もう十分に生き恥を晒しているのだが、さらに追い討

恥辱だ

ちをかけられ、犯されるさまを皆に見られなくてはならない。死にも勝る恥辱だが、我が子を人質にとられている彼女には耐える以外に道がない。むせび泣きながら両手を机面につき、裸のヒップを健造のほうへ――他の父親母親たちが並ばされているほうへ――突き出した。

「足を開きな」

「くううぅっ」

双臀を突き出したまま脚を開き、歯を食いしばって呻く人妻の豊満なヒップの臀丘を、健造は皆に見せつけながら、パンパンと平手で叩いた。

「見なよ、ほら。この奥さんときたら、犯罪者の俺に弄られて、マ×コをグショグショに濡らしてやがるぜ。お上品そうな顔してても女はみんなこんなもんさ。男だってそうだ。どっちも獣の本性を隠してやがるだけさ」

わざわざ彼が解説するまでもない。美しい由布子の尻割れの奥にのぞく秘めやかな肉の花びら。そこからジクジクとにじみ出て白い内腿をつたい流れていく熱い悦びの果汁。それをまざまざと見せつけられた全裸の父親たちは、両手を頭の後ろに組み合わせたまま、股間にいきり立つ肉の凶器を硬くみなぎらせ、ヘソに付きそうなほど反りかえらせている。女の本性が牝なら、男の本性は牡ということだ。

見せつけるだけ彼ら彼女らに見せつけておいて、

「よしよし、スケベな人妻の割れ目に、俺様のぶっといのをブチ込んでやる」

健造は由布子の豊満なヒップを後ろから抱えこんだ。

「あああーっ」

さすがに由布子が哀しげな声で泣いた。

(あなたっ、許してっ)

ロビーに一人だけ残されているはずの夫に向かって胸の内で詫びる。

夫がここにいないことはむしろ不幸中の幸いと言えた。とはいえ、大勢の前で犯される身だ。夫の愛、家族の絆、もう何もかも失うことになるのは目に見えていた。

裸の双臀を抱えこまれて絶望する人妻の秘部に、健造はいきり立ったペニスの矛先をこすりつける。

「ああっ、いやっ、いやっ」

すすり泣きながら尻をもじつかせる人妻の身悶えがたまらない。今にも入れると見せかけて裏筋を擦りつけ、ピタンピタンと臀丘を叩いた。こうやって入れるタイミングをズラすことで、女がますます気を昂らせることを知っている。嫌がってみせていても、もう人妻の貝肉は熱くとろけきり、彼の剛直で串刺しに貫かれるのを心待ちにしている。

「奥さん、あんたのマ×コは旦那だけのものかい？」

「あああああっ」

「どうなんだ？　マ×コを犯されるのが嫌なら、俺を満足させる別の方法だってあるんだぜェ」

この期に及んで健造がそんなおかしなことを言いだしたのは、銀次の腹を立てた顔を思い出したからだ。

以前に二人で脱獄・逃走していたおり、夜中、ある金持ちの家に入り込んだ。銀次が夫の前で年増の人妻を犯している間に、別の部屋に隠れていた大学生の娘を見つけ、健造はその場で強姦したのだが、それを後で知った銀次が激怒。健造は気を失いかけるまで殴られた。

いい女はまず自分が犯す。それを邪魔する人間は、たとえ仲間でも銀次は容赦しなかった。

そのことを思い出したので、由布子のマ×コを犯すのは念のため銀次に伺いをたててからにしようと思った。そのかわりに——そう、「そっちのほう」ならば銀次はさほど関心を示さない。不興を買う心配もなかった。

健造は由布子から身を離すと、しゃがんで由布子の突き出されたヒップに顔を寄せた。熟れきった白桃のような双丘を両手で鷲づかみにし、パックリと左右に割りひろげて谷間の底を——その中心の禁断の菊蕾を晒した。

（へへへ、色っぽいケツの穴してやがる……たまんねえ）

オマ×コの代わりにアナルを、と思ったのだが、こうしてよく見ると、むしろこっちのほうがそそられるほどだ。匂い立つ尻割れの奥に秘められていた小さなアヌスは、菫色の美麗なシワを固くすぼめ、慎ましやかなたたずまいが、いかにもセカンドヴァージン。まだ誰にも触れさせていない処女地は神秘的な感じさえあった。

「へへへへ、こっちの穴を味わわせてもらおうか」

そう言って立ち上がった健造に、再びヒップを抱えこまれた由布子は、思いもよらない箇所に灼熱の矛先を押しつけられ、ギクリとして狼狽の声をあげた。

「そ、そこはっ！」

「『違う』って言いたいんだろ？　けど、ここでいいんだよ」

健造はそのまま挿入しようとする。

「い、いやっ」

犯される恐怖とは別の恐怖が由布子を襲った。信じられない。男は汚辱の排泄器官に男性器を捻じ込もうとしている！

「何をなさるのっ！　ああっ、そんなっ、そんなところにっ！」

由布子は狂おしく身を揉んだ。一瞬、一人息子を人質にとられていることすら忘れて錯乱し、矛先を逸らそうと裸の双臀を振りたてたが、男の力には敵わない。しかも相手は女を犯すことにかけては海千山千のプロ。必死の抗いの甲斐なく、岩のように硬い矛先をズブズブと尻穴の奥へ沈められていく。

「あああっ」

「へへへ、入ったぜ、奥さん」

健造は一気に押し入らせず、肉棒の中ほどまで沈めて、そこで止めた。まずはじっくりヴァージンアナルの感触を楽しもうというのだ。

「尻穴を使うのは初めてなんだろ？　感想はどうだい？」

意地悪く訊きながら、臀丘を平手でパンパンと叩く。

「呻いてばかりいねえで、なんとか言ったらどうだ？」

「ああうっ、うぐぐっ」

臀丘が――いや、腰全体が激しく痙攣している。スチールデスクに上体をあずけた全裸の由布子は、太い肉の剛直に小さな尻穴を限界まで拡張されてしまい、もう言葉が出ない。張り裂けんばかりの痛みと圧迫感に、呼吸もまともにできず、美しい顔を火にしてウウッ、ウウッと苦悶に呻くばかりだ。

「分かるか奥さん。あんたはこの俺にアナルヴァージンを捧げたんだぜ。つまり俺の女になったってことだ。この川上健造さまの女にな」

由布子に聞かせるために、そして後ろに裸で並んでいる父親母親らにも聞かせるために言い、健造はゆっくりと腰を使いはじめた。

本当なら先に指でほじり抜き、十分に尻穴をとろけさせておいてから挿入するところなのだが、美しい由布子の尻穴があまりに魅力的だったので、我慢ができなかった。

見た目だけではない。伸縮性に富み、奥を妖しくうごめかせる由布子の肛門は、玄人素人合わせてこれまで百人近い女のアヌスをえぐり抜いてきた健造をも感嘆させた。しかも初物である。見た目も中身も素晴らしい人妻のヴァージンアナルに、健造は有頂天だ。だが焦ることなくゆっくり抜き差ししたのは、せっかくの極上アナルを最初から荒々しいピストンで傷つけたくないからだ。徐々に慣らしていき、尻穴を掘られる快感を貞淑な人妻に教えこんでやりたい。

「うぐぐっ、うぐぐっ」

由布子は歯を食いしばって悶絶した。限界まで押しひろげられた肛穴に、太い肉杭がズニューン、ズニューンと沈み込んでくる。ゆっくりとした抽送とはいえ初めて体験するアナルセックス。括約筋を擦りながら少しずつ深いところに押し入ってくる剛直の抜き差しに、由布子はのけぞって呻き、苦しさに身を揉んだ。

ついに肉棒の根元まで深々と沈められてしまうと、

「グハッ」

由布子は断末魔の声を放って白目を剝いた。目の前にバチバチと火花が散って一瞬頭の中が真っ白になった。もう後ろで見守る父親母親たちのことも意識しない。今ここで気を失うことができたなら、どんなに楽だったことだろう。なにせ健造の尻穴責めは、ここからが本番なのだから。

「しっかり咥え込んだじゃねえか」

抜き差しを勢いづかせながら、健造は全員に聞こえるように話しかけた。

「さすがにいいケツしているだけあって、締まり具合がハンパじゃねえ。アナルセックスが初めてとは思えねえぜ」

揺すりあげつつ、パンパンと褒めるように尻丘を叩く。張りのある臀丘の弾力を楽しむ打擲は、女を人ではなく美しい肉の塊としてしか見ていない。

「抜いてっ、もう抜いてっ、ああっ、死んじゃうっ」

ようやく言葉を絞り出した由布子は、アップに結い上げていた髪を乱し、火になった美貌を振りたてた。引き裂かれる苦痛と圧迫感は相変わらず。ズンッ、と力強く腸腔を突きえぐられるたび、衝撃に脳が揺れた。

「つらいのは最初のうちだけ。じきによくなってくる。この味を覚えたら、もうアナル抜きのセックスは考えられなくなるぜ」

やはり全員に聞かせるために言いながら、

「それっ、それっ、フフフ、それっ、それっ」

健造は腰のバネを用いて一打一打、味わうように打ち込んだ。熱い肛肉がヒクヒク収縮しながら吸いついてくる感触がたまらない。串刺しにした由布子の片脚を抱えあげると、その裸足の足裏をスチール机の上に乗せ上げた。こうすることで互いの肉——女の臀部と男の下腹——の密着度が増す。健造の側からすれば、より深く腸腔内をえぐりたてることができるが、由布子からするとますます辛いことになる。あさましいポーズで尻穴を犯されて泣く人妻の熟れきった裸身を、健造の後ろで横一列に並ぶ父親母親たちは息をするのも忘れて凝視しつづけた。

健造は腰ピストンを強めながら、手を前へ伸ばして由布子の女の茂みをまさぐった。割れ目の粘膜を指でまさぐってやると、

「いやっ、いやああっ」

由布子はおびただしい反応をみせて泣きじゃくった。

「へへへへ、いいんだろ？　前も後ろもいい感じだぜ」

熱く濡れた媚肉の構造をクチュクチュと音をたてながらまさぐってやる。どんなに嫌がってみせたところで、尻穴を犯された人妻は感じやすくなる。前と後ろをダブルで責めてやれば効果倍増。健造は経験からそのことをよく知っている。それが証拠に、由布子のアヌスの収縮がきつくなり、まさぐる媚肉も熱いたぎりを増しつつあった。

4

（助けて……あなたっ……あなたあっ）

犯罪者の腰ピストンに嵐のように揺すられながら、由布子は胸の内で夫に救いを求めた。

(どうして……どうしてこんな……いやっ、いやよっ)

まとわりつく何かを振り払うように、解け乱れた黒髪を振りたくった。

ついさっきまではただひたすらにおぞましく、苦しいだけだった。丸太のように長大な肉杭に拡張された肛穴がギシギシと軋んで痛み、圧迫感でまともに呼吸もできなかった。が、片足をスチールデスクの上に乗せられ、ドロドロに溶けただれた肉の花芯を指でまさぐられはじめた時からは違う。気も遠くなる圧迫感の底から不気味な疼きが芽生え、その熱い疼きが由布子の中でみるみる大きくふくれあがってくる。

ズンッ、ズンッと突きあげられる衝撃に脳が揺れた。

(駄目っ、お、おかしくなるううっ)

いつしか背筋がジーンと甘美に痺れて、肉の痛みは薄らいでいた。知り合いの父親母親らが見守る中、人妻として死にもまさる辱しめを受けているというのに、四肢の先まで性の快感に痺れきってしまう。そんな自身の肉体の成り行きが信じられない。

そんな由布子の肉体の変化を、海千山千の健造が見逃すはずもない。

「どうした奥さん、こんなに濡らして。へへへへ、ケツがブルブル震えてるぜ」

抜き差ししつつ、からかうように臀丘をパンパンと叩く。

「いやっ、ああっ、いやっ」

「いやなのかい？　いやなら抜くぜ」

「ああっ……」

「どっちなんだ？」

「ぬ、抜いてっ」

「よおし」

健造が不意に身を離した。

長大なペニスを股間にそそり立たせたまま、その場に一度しゃがむと、背後に並んだ父親母親らにも見えるように由布子のヒップの双丘を左右に割りひろげ、今しがたまで貫いていたアヌスを彼らの目に晒した。

「ああああっ」

そんなことをされても、もう由布子はなすがままだ。片足をスチールデスクの上にあげたポーズのまま、上体を伏せた裸身をブルブルと痙攣させている。

「どうした？　物欲しそうにヒクヒクさせて」

健造が言ったのは、尻割れの奥にのぞくヴィーナスの丘のことだ。ふっくらとした肉土手に挟まれた秘裂から、充血して赤みを増した貝肉がハミ出し、ヒクヒクと淫らにうごめいている。艶やかな漆黒の繊毛までもがしとどに濡れそぼち、ポタポタと熱い汁をしたたらせていた。

「入れて欲しいのか？」

覗きこみながら、健造がいやらしく訊いた。

「ち、違いますっ」

由布子が激しく首を振って答えた。

声が引き攣っている。喘ぎまじりの高い声は、両手を頭の後ろに組んだポーズのままで見つめる裸の父親たちの股間の肉棒をさらにグッと反りかえらせるのに十分だった。

「マ×コだろ？」

健造が立ち上がって訊いた。

「今度はマ×コに入れて欲しい。そうなんだろ？」

そう言いつつ腰を押しつけ、濡れそぼった恥丘に硬い亀頭冠を擦りつけた。

「こいつでマ×コの奥をグチョグチョに掻きまわされたい。そうなんだよなァ、奥さん」

「ヒイイイーッ」

由布子の声がさらに高ぶる。まるで挿入されてしまったかのように背中が反った。

だがやはり健造が捻じ込んだのはアヌスのほうだ。さんざんに突きえぐられてとろけるように柔らかみを増している尻穴に、ズニューッと硬い肉棒を根元まで沈めると、片足をデスクの上に乗せ上げている人妻のヒップに、パーン、パーンと破裂音がするほど猛烈なピストンを打ち込みはじめた。

「あああっ、ヒイイッ、あああっ」

すでに高みに昇りつめかけていた人妻の肉体は、たちまち狂いはじめた。もう前の割れ目を弄ってやらずとも、ひとりでにメラメラと燃え盛っていく。肛姦の味を覚えた、というところまではまだいかないが、粘り気と伸縮性に富んだ肛穴は、男の硬くて長大な肉棒の抜き差しに早くも馴染んでいた。

「あううっ、あうううっ」

兆しきって紅潮した美貌をのけぞらせて身悶える人妻を、勢いづいたピストンで激しく責めたてる健造は、今度は由布子の両膝をすくいあげ、ドッコラショと持ち上げた。

「あひぃいいっ」

長大な肉棒で肛門を貫かれたまま後ろ向きに抱き上げられてしまった由布子は、ちょうどおしっこをさせられる幼い女児を思わせる格好だ。M字に美脚を開いたはしたない姿で裸身を悶えさせる。

健造はそのままで向きを変え、デスクの前の肘掛椅子にデーンと腰を据えた。彼に後ろから抱き上げられている由布子の正面には、素っ裸で捕虜ポーズを保ったまま横一列に並ばされた父親母親たちがいる。

彼ら彼女らの視線の矢を真正面から浴びた由布子は、

「ヒイイーッ！」

さすがに喉を絞って絶叫せずにはいられなかった。

「いやっ、見ないで！　見ないでえええっ！」

たまらず両手で股間を覆い隠す。だがいまさら隠したところで、彼女が肛門を犯されて泣きヨガっているのはとっくに知られているのだ。それでも由布子は泣き叫ばずにはいられない。

「いやっ、こんなのいやっ、ああっ、許して」

髪を振り乱し、健造の膝の上から逃れようと身をよじる。どんなに両手で懸命に前を隠そうとしても、この格好では彼女が貫かれている部分までもが正面から丸見えなのだ。慎み深い由布子にとっては耐え難い恥辱だった。しかも目の前に並んでいる父親たちの黒々と陰毛を生やした下腹には、グロテスクな裏筋を見せて肉の剛直がそそり立っている。モワッとばかり牡の性臭を発しながら林立した恥知らずな剛直群はみな、犯罪者にアナルを犯された人妻の由布子に対して猛烈に欲情している。

（ううっ、も、もう……もう死んじゃいたい……）

おぞましい排泄器官を犯され、その姿を大勢の知り合いたちに見られている。現実のこととは思えない悲劇に、いっそこの場で自分の心臓が止まってしまえばいい、由布子はそう願わずにはいられない。

だが絶望に浸っていることすら由布子には許されなかった。椅子に腰掛けて後ろから彼女の膝をすくいあげている健造が、その体勢のままユッサユッサと腰を揺すりあげてきたからだ。

「やめてっ、もうやめてっ、お、お願いよっ」

前を手で隠したまま、由布子は哀願の声を高ぶらせた。

後ろ向きで尻をもたげて犯されている時は、知り合いたちと顔を見合わせずにすむぶん、まだ救いがあった。今は相手の顔を——そして陰部まで——互いに見せ合っている。皆で横一列に並ばされている彼ら彼女らはともかく、全員の視線を浴びている由布子のほうは、生き恥という言葉でも言い表せないほどの地獄にほかならない。

「殺してっ、いっそひと思いに殺してっ！」

喘ぎ声と共に、由布子はヒステリックに叫んだ。ひきつったこめかみは、だが早くも艶っぽく赤らみはじめ、光る汗の粒をつたい流しはじめた。心とは裏腹に、熟れきった肉体は否応なく反応してしまう。

「あんたみてえにいい女、そう簡単に殺すかよ」

健造はへらへらと笑いつつ、大きく揺すりあげてくる。

「それに病気の子供には、ぜひとも母親が必要だ。違うかい、へへへへ」

「あああああっ」

追いつめられた由布子には、舌を噛んで死ぬことすら許されない。

ズンッ、ズンッとアヌスを深くえぐり抜いてくる剛直の力強さに、背筋が痺れ、カーッと脳が灼けただれた。

「許して……ううっ、許して」

うわごとのように繰りかえす由布子が怖れるのは、またさっきみたいに快感に自分を見失ってしまうことだ。顔も恥部も晒しきった状態で、おぞましい肛姦にヨガり狂う姿を知り合いの父親母親たちに見られたくない。

大きく揺すりあげられながら、

「いやっ、いやよっ、ああっ、許してっ」

うろたえた声をますます高ぶらせていく由布子。そんな由布子の両膝をすくい上げている健造は、M字に開いた彼女の両脚をさらに手前に引き寄せ、その身体を二つ折りに折り曲げた。そうしながら自分は腰を前へせり出す。そうすることで、彼に串刺しに貫かれている男女の結合部を父親母親たちにさらに見えやすくしたのだ。

「ひいいいーっ」

揺すり上げられながら、由布子が泣き叫ぶ。上品に結い上げていた髪は完全に解けてしまい、汗に濡れた頰に散り乱れて粘りついたさまが凄艶だ。

「何もかも忘れて狂っちまいな、奥さん。そうすりゃあ楽になる」

健造は由布子の膝をすくい上げたまま、豊満な乳房をむんずと鷲づかみにした。

汗ばんだ乳房を乱暴に揉みしだかれ、

「いやああっ」

たまらず由布子は、前を隠していた手で健造の腕をつかんだ。なんとかもぎ離そうと苦心惨憺していると、ようやくバストから離れた彼の手は、今度は下へと移動し、晒されてしまっているVゾーンのヴィーナスの丘へと伸びて、すでに赤い果肉をのぞかせている女の割れ目をつまんで大きく左右へパックリとくつろげ開いた。

「あひいいいいいーっ」

本当に何もかも晒しきった由布子は、すさまじい羞恥に喉を絞って絶叫した。

驚くほどに拡張された肛穴に、男の逞しい肉杭がズボッ、ズボッと力強くメリ込むたび、折り重なる粘膜の襞々まで露呈してしまっている女の貝肉から悦びの熱い汁がジュブジュブと泡立ちながら噴きこぼれているのが見える。前に並んで見つめる父親母親たちの目には、長大な剛直が由布子の腸腔をコネまわしているさま、それによって貞淑な人妻の由布子が我れを忘れるほどの強烈な快感を味わされているさまがまざまざと知れた。

あまりに淫らな光景に、父親たちの何人かが捕虜ポーズのままウッと呻いた。

見ると、その下腹に反りかえって勃起したペニスが痙攣し、矛先から白い液体をドピュッ、ドピュッと断続的に噴きこぼしている。傍に自分の妻がいるにもかかわらず自失してしまったのだ。

剝きひろげられた女貝から熱い悦びの汁を噴きつつ、肛穴を力強い抜き差しで犯されつづける人妻の由布子は、すさまじい羞恥と快感の中、もうわけがわからなくなっていく。

(駄目っ、駄目っ、ああっ、もうっ)

恥ずかしいと思う気持ちも次第次第に麻痺していった。視界に桃色の霞がかかって、前に並ぶ父親母親らの姿がボヤけていく。ドロドロに官能をとろけさせてしまった由布子は、

「あうっ、あううっ、あうっ、あううっ」

何もかも忘れて、自ら腰をバウンドさせるような動きをすら見せはじめた。

「へへへ、気分を出してきやがったな」

人妻の濡れた媚肉を指で大きく剝きひろげたまま、腰を揺すりつつ健造は嬉しそうに言った。皆に聞かせるためだ。すました顔をした善男善女の偽善の仮面を引っぺがしてやるのが愉快で仕方ない。

「いいんだろ、奥さん？」

「あううっ、あうううっ」

揺すりあげながら問われても、無我夢中の由布子は答えられない。自身でも腰を揺すりつつ、呻き、喘ぎ、ときおりヒーッと高い悲鳴をあげた。何か言おうとするが言葉にはならず、髪を乱しながら首を横に振るばかり。

「『いい』って言いな。『尻の穴が感じる』って、みんなに聞こえるように言うんだ。言えないいんなら止めちゃうぜ」

「い、いやああっ」

由布子はイヤイヤとかぶりを振った。何度もパクパクと苦しそうに紅唇を喘がせた後、ようやく、

「い、いいっ、いいわっ」

かすれた声を絞り出した。

「感じるっ、お、お尻の穴……お尻の穴がっ……ああっ、感じるうううっ」

お尻の穴、お尻の穴と、うわごとのように何度も口にした。恥ずかしい部分の名を口にした羞恥で、ますます官能の炎を燃え上がらせたのか、健造の膝の上で揺すられつづける由布子の腰のくねりは大胆さを増した。というより、由布子の

気持ちとは関わりなく、暴走する女体が淫らなのたくりを示しはじめた。そしてついに、

「ああっ、イクううっ！」

絶頂が到来しつつあることを告げた由布子の双臀は、健造のラストスパートの突き上げに合わせてゴムまりのように上下に跳ねた。そのさまを瞬きもしないで見つめる父親母親たちの前で、限界まで拡張された人妻の肛穴が断末魔の痙攣を示しつつ、生々しいまでに収縮して犯罪者の剛直を締めつける。

キリキリと締めつけてくる肛肉の甘美な収縮に、さすがの健造も耐えきれなかった。

「うぐぐっ」

喜悦の呻きを洩らすと、渾身の力でトドメの一撃を突き入れると同時にドッと由布子の中に放出した。

瞬間、何が起こったのか由布子には分かっていない。ただ健造の膝の上に乗せ上げられた双臀の中心を深々と貫かれたまま、肛悦のエクスタシーに総身をブルブル収縮させている。それから糸の切れた操り人形のようにガックリと弛緩してしまったが、肛穴のきつい収縮だけはしばらく収まらなかった。それも終わると

ようやく正気に返った由布子は、後ろ向きで健造に抱きすくめられたまま、

「ううっ、うううっ」

火照りのおさまらない美貌を両手で覆い隠し、つらそうに呻き泣きはじめた。

ようやく自分の身に起こったことを理解しはじめていた。四肢の先まで熱く痺れきっている身体。お腹の中の何とも言えぬ不快感は、健造が放った体液のせいだ。信じられない。おぞましい排泄の穴を犯罪者に犯され、感じさせられたあげくに不潔な精液を腸腔内に注入されてしまった。

火照った美貌を両手で覆い隠していても、無数の視線が自分の裸身に刺さっているのを痛いほどに感じる。この世に自分ほど汚された、みじめな人妻はいないと思った。だがまだだ。ここまで来ても、まだ彼女の悲惨さは底を打ってはいなかった。

絶頂の余韻に痺れきった由布子の熱い裸身を抱き支えながら健造は椅子から腰を上げた。もはやぐったりとし、抵抗の意思をすっかり喪失してしまった人妻の上体を、元のとおりスチールデスクにうつ伏せにもたせかけ、まだ小刻みに痙攣しつづけているヒップを突き出させた。

「どうだい、あんたらもやってみてえだろ？」

健造がそう訊ねた相手は、あさましいまでに股間の肉棒をそそり立たせてしまっている父親たちだ。

「やりたい奴は前へ出ろ。この奥さんの肛門を犯すんだ。なんなら中に出してもいいんだぜ」

ニタニタしながら言った健造の思いがけない申し出に、手を頭の後ろに組んでいる父親らは、横に並んでいる他の父親たちの顔を互いに窺い合った。

皆、ヘソに付きそうなくらい剛直をみなぎらせていても、さすがにすぐに前に出てくる者はいない。こんな場合でも日本人らしく、まずは場の空気を読もうとする。

「どうした？　やりたくねえのか？　極上のアナルだぜ。こんないい女の尻の穴を味わえるなんざァ、二度とないチャンスだぜ」

言いながら、健造が煽るように由布子の熟れたヒップをパンパンと平手で叩いてみせても、まだもじもじと躊躇していた彼らだが、健造の悪だくみに気づいた由布子が、

「あぁっ、いやっ、そんなのいやよっ」

悲鳴を上げ、逃れようとして健造の手でスチールデスクに乱暴に押さえつけら

れるのを見ると、にわかに気を昂らせたのか、

「お、俺っ！」

まず一人が言い、手を頭の後ろに組み合わせたままで一歩前へ出た。

すると、

「俺もっ」

「私も」

次々と前へ出る。

十人ほどが前へ出て、それでも数人は動かない者がいたが、健造が、

「やりたくねえって奴は、ひょっとしてこの俺様にタテつくってことなのかい？

へへへ、いいんだぜェそれでも。ガキのことは保証できねえがな」

と皮肉な口ぶりで脅すと、彼らもまた前に歩み出るほかなかった。「あなた、やめてっ」と夫を止める妻はいない。嬲り者にされる由布子には気の毒だが、下手なことを言って、狂った犯罪者に目をつけられたくはなかった。

「よし、あんたからだ」

最初に前へ出た父親に健造が声をかけた。

「かまわねえから奥さんのケツをつかみな。尻の穴にブチ込んで、俺がやったみ

てえに狂わせてやるんだ」

「いやあぁぁあ！」

スチールデスクに上体を押さえつけられ、腰をよじりたてる由布子が悲痛な声を迸らせた。

第五章　けがされた聖女の信仰

1

「よおし、よく言ったぜシスター。その言葉、忘れるんじゃねえぞ」

二十歳の女子大生、竹田弥生の白い裸身を二つ折りにして上からのしかかっている武藤銀次が、叩きつけるようなラストスパートのピストンをピタリと止めて言った。

１Ｆのロビーである。全裸の修道女、山本貴美子の目の前で弥生の清純な肉体を思うさまに犯しながら、「中に出して妊娠させる」と脅し、それを止めようと必死の貴美子に「誓いの言葉」を言わせたのだった。

すすり泣きながら声を震わせて貴美子が述べたのは、

『わたくし山本貴美子はこれからさき一生、武藤銀次様の性奴隷として誠心誠意お仕えしてまいります。神に誓って偽りは申しません。銀次様のおっしゃることには必ず従います』

というものだった。

「おっさん、シスターを離してやれ」

満足げにニヤつく銀次の命令に、貴美子を押さえつけて夢中でバストを吸っていた桜井は、恨みがましい顔を上げた。

さっきから銀次の気まぐれと我儘に振り回されっぱなしで、幾度もおあずけを食わされている。もう我慢ならないと、はらわたがグツグツ煮えくりかえるが、平凡なサラリーマンにすぎないこの男、凶悪な脱獄囚に不平をぶつけるほどの度胸は持ち合わせていない。しぶしぶ貴美子の裸身から身を離すと、銀次のほうも圧し潰していた弥生の身体から離れ、生温かい破瓜血に濡れてそそり立つ肉棒を片手で握りしめたまま貴美子のところへ来た。

「座りな。正座だよ」

そう命じ、床に身を縮めている貴美子を見下ろした。

「奴隷の分際で、グズグズしてやがると承知しねえぞ」

そう言って貴美子の髪をつかみ、グイと乱暴に引いた。

全裸の貴美子は銀次の前に無理やり正座させられた。これから奴隷として、恐ろしい脱獄囚に性奉仕しなくてはならない。ボランティアの女子大生たちが震えながらこちらを見ている前で。

「まずはキスからだ。セックス奉仕の前の、おごそかな誓いの儀式ってわけさ」

貴美子の前にしゃがむと、銀次はその形のいい小さな顎を指で持ち上げ、彫りの深い気品ある顔を上向かせた。

(へへへ、この負けん気の強い表情、たまんねえぜ……)

目尻の小さな泣きボクロ、口惜しさをにじませて彼を睨む瞳が、悪人の言いなりになるしかない無念さを物語っている。犯される女はこうでなくてはいけない。簡単に堕ちてしまうようでは、凌辱のし甲斐がないというものだ。

こわばった美貌に唇を近づけていくと、

「くっ」

貴美子がたまらず顔をそむけた。

その顔を両手で挟んで無理やりに前を向かせ、

「どうした？　さっきの言葉、まさか嘘じゃあるまいな」

銀次はニヤつきながら狡賢く言った。

「嘘をつけば神様の罰が当たる。罰を受けるのはあんたじゃなく、あの娘だがな」

それ以上は言わなくとも分かるだろう。貴美子が逆らうなら、また女子大生の弥生を犯し、今度こそ中に出す。銀次はそう仄めかしているのだ。

ウウッと口惜しさを噛みしめた修道女の唇に、銀次がブチュッと唇を押しつけた。両手で顔を挟まれている貴美子は逃げられない。

「ムウウッ」

と呻き、つらそうに顔をゆがめて耐えた。

「へへへへ」

唇を離すと、銀次は舌舐めずりした。それで終わりはしない。泣きそうに顔をゆがめている貴美子に、

「舌を出しな」

と命じた。

貴美子はさらに顔をゆがめつつ、しばしためらってから唇をかすかに開いた。

素っ裸の正座姿勢。苦痛に顔をしかめたまま、おずおずとピンク色の舌を差し伸ばしていく貴美子を見て、

「駄目っ」

弥生が泣き声を高ぶらせた。

「シスターっ、駄目っ、そんなことしないでっ」

床に裸身を丸くしたまま、手をこちらへ差し伸ばしている。

敬慕する貴美子が、自分のために自身の貞操を——そして信仰をも——犠牲にするのを見せられるのはつらすぎた。

「シスターっ、シスターあっ」

泣き叫ぶその声を聞くのは、貴美子もつらかった。だが、他になす術がない。

貴美子は震える舌を伸ばしきり、その舌を銀次の舌が絡めとって自分の唇の中に導き入れた。

（いやっ）

貴美子は本能的な恐怖に駆られ、すぐさま舌を引こうとしたが、時すでに遅し。

吸い込まれた柔らかい舌を男の長い舌にネットリと絡めとられ、相手の口の中でヌチュヌチュと好き放題に舐めしゃぶられてしまう。絡み合った舌と舌とがようやく離れたかと思うと、今度は銀次の舌のほうが彼女の口腔内に押し入ってきた。

（ハアアアッ……）

押し入ってきた男の舌で口腔内をくまなく舐めまわされる。そして再び舌を絡めとられ、ヌチュヌチュと舐めしゃぶられた。貴美子が一度として経験したことのない濃厚なキス。ネットリ絡みついてくる軟体動物のような舌の感触に、頭の中に靄がかかってうつろになり、

「ムウッ、ムウウッ」

いつしか貴美子自身、異様な昂りの中、男の舌に自分から舌を絡めていってしまっていることに気づかなかった。

互いに顔を寄せ、愛し合う者同士のように熱烈に舌を絡ませ合う凶悪な脱獄囚と敬虔なシスター。濃密な時間がしばし続いた後、

「ハアアッ……」

という貴美子の吐息と共に互いの唇が唾液の糸を引きながら離れ、異常で濃厚なディープキスがようやく終わっても、まだ陶然となったままで頬を赤く染めている貴美子の耳には、

「シスター……」

ベソをかいた弥生の、途方にくれたつぶやきの声は聞こえていない。

そんな純真な女子大生の泣き顔をチラと見た銀次は、ほくそ笑んで立ち上がると、

「次はこいつだぜ、シスター。こいつにサービスしてもらおうか」

と、片手に握った長大なペニスを見せつけながら言った。

（ああっ……）

濃厚なキスの余韻に陶然となっていた貴美子だが、ハッと我れに返って目を見開いた。

先ほど彼女を貫いて罪を犯させた長大な肉のバベルの塔が、目の前に勃起してそそり立っている。女子大生の破瓜血にまみれ、胴部に太い静脈を浮き上がらせた男根のグロテスクさが貴美子には悪魔そのものに思え、火照った頰から血の気が引いた。鼻先に突きつけられた亀頭冠の発するオスの匂いに、嫌悪の顔をそむけずにはいられない。

「しっかりサービスするんだ。お口でするサービスって言やあ、へへへ、分かるよな？」

銀次は言いながら、貴美子のそむけた頰を矛先で小突いた。

貴美子は睫毛を固く閉じ合わせたまま、おぞましさに耐えつつ、顔をそちらへ捻じ向けた。

（ううっ）

弥生が純潔を奪われたのは自分のせいだ。銀次に犯され、溶けただれるような罪の快感に溺れ、途中からのことは覚えていないが、気を失ってしまった。そのせいで弥生が犯されてしまったのだ。実の妹のように可愛がっていた弥生を守ってあげられなかった。せめて弥生が「中出し」され、妊娠してしまうような事態だけは何としてでも——自分の身を挺して——防がなくてはならない。

目を閉じたままの貴美子は、濡れた紅唇を開き、銀次が片手で前へ捻じ向けた剛直の先端を口に含もうと顔を寄せた。

が、

「おっと、このぶっといチ×ポにすぐしゃぶりつきたい気持ちは分かるが——」

銀次がスッと腰を引いて言った。

「そうあわてなさんな。物事には順序ってものがあらあ。へへへ、まずは先っぽを舐めることから始めな」

そう言って、からかうように硬い肉棒を揺らしてみせた。

(くうう——っ!)

弄ばれている。そう分かっていても貴美子は拒絶することができない。口惜し涙をゴクリと呑み込み、ピンク色の舌を一杯に伸ばした。

その柔らかい舌の上に、銀次は破裂せんばかりに膨らんだ亀頭冠を乗せ、

「作法がなってねえぜ、シスター」

パンパンと打ちつけながら言った。

「こういう時は、ちゃんと相手の顔を見ながらやるんだよ。奴隷のたしなみだぜ。覚えときな」

「ううぅっ」

どこまで弄ばれるのか。何がこの男をここまで無慈悲な行いへ駆り立てるのか。弥生や桜井、他の女子大生らが息をつめて見守る中、まさに奴隷として扱われる貴美子は嗚咽をこぼさずにはいられない。涙に濡れうるんだ瞳を開いて、いまは彼女の「ご主人様」である犯罪者の顔を見上げ、舌の上に乗せられた亀頭の下側をおずおずと舐めさすりはじめる。

「舌の先を使え。亀の頭の裏側をほじるようにするんだ」

「あっ、あァ……」

言われるがままの舌奉仕に、貴美子の形の美しい鼻孔がふくらんでは狭まり、ハフッ、ハフッと熱い息を吹いた。舌先をとがらせて男の裏筋をくすぐる美しい修道女の、涙に濡れた頬は上気して真っ赤だ。

「そうそう、初めてにしちゃあ悪くねえ。それともやったことあるのかい？」

ぎこちない、だが懸命の奉仕を褒めながら、渦を巻いて肩にかかる髪を片手で撫でてやる銀次は、

（いや、やはり初めてだな）

と思った。

懸命ではあるが、舌の動きはまだまだ不器用。それでも彼の側の満足度が高いのは、貴美子の気高いまでの美貌ゆえだ。ヌメるような舌の感触の妖しさもさることながら、彫りが深く気品の香る素っ裸の美人修道女におのれの男性器を舐めさせている。その事実が男の征服欲をこのうえなく刺激してくれる。

「よおし、今度はチ×ポの裏側だ」

指で指し示しながら銀次が命じたのは、みなぎる硬い肉棒の裏側を舌腹全体で舐めあげることだ。

「俺の顔を見ながらだ。そのことを忘れるな」

銀次はそれにこだわった。

全裸で正座をした貴美子は、言われるがままに二段階目の奴隷奉仕を始めた。

仁王立ちの銀次の顔を、濡れうるんだ瞳で上目づかいに見つめながら、そそり

立つ男性器の裏側を舐めあげる。正座のまま、なめらかな背筋を伸びあがらせるようにし、限界まで伸ばした舌の腹を用いて懸命に舐めあげるのだ。

ハフッ、ハフッと鼻孔をふくらませながらの呼吸が荒くなっていく。血の味が口一杯にひろがるのは、弥生の破瓜血である。貴美子は異様な昂りを覚えつつ、無我夢中で舐めあげた。舌が痺れて無感覚になるまで幾度も幾度も舐めあげた。

だが本番はまだ先だ。さらに今度は太棒を横から上下の唇に挟み、ハーモニカを吹くように左右にすべらせる奉仕を強いられた。それが済んで、ようやく「尺八」――正面から口一杯に含んで摩擦するメインの技巧だ。この時点ですでに貴美子の、すこし厚めの唇のまわりは唾液でベトベトになっている。

その唇から、

「ハアアッ……」

修道女にあるまじき悩ましい息を吐くと、貴美子は熟れきった裸身を正座させたまま、口をいっぱいに開き、すでに彼女の唾液でヌラヌラになっている長大な肉棒を、思いきって口腔内に含んだ。

「もっと深く咥えるんだ」

言うなり銀次が、逃げられないよう貴美子の頭を両手でつかみ、それからググーッと力を込めて腰を前へせり出してくる。

「ムグググーッ！」

貴美子の美貌が苦しげにゆがんだ。眉間に深いシワを刻んだのは、含まされた長大な肉棒が喉奥に届いたからだ。

たまらずガハッ、ガハッと噎せた。苦しさのあまり、目に大粒の涙をうかべている。

「よーし、頭を動かせ。マラをチューチュー吸いながらな」

そう言って銀次は、両手で鷲づかみにした貴美子の頭をゆっくりと前後に動かした。まずはフェラチオの基本動作から教えこむ。

教えられるがまま、頭を前後に振って銀次の太い男根を吸いはじめた貴美子。その脳はジーンと痺れて何も考えられなくなっている。上目づかいに「ご主人様」の顔をみつめる双眸が情感にトロンと溶けただれていた。そんな彼女の姿を見ておれず、床に裸身を縮めたままの弥生、そして四人で身体を寄せ合った女子大生らのすすり泣く声が耳に入ってきてはいるが、それが何を意味するのかすら分からなくなっていた。彼女たちは、敬愛するシスターが犯罪者の肉棒を一心不乱に吸う姿に驚きと衝撃を受けているのだ。

「舌を使え。吸いながら、いやらしく舐めねぶるんだ」

「もっと美味そうに吸え。唾を出してジュブジュブ音を立てろ」

「何度言えば分かる？　ご主人様である俺の顔から目を離すな。自分が奴隷だと自覚しろ」

矢継ぎ早に淫らな技巧を教授しつつ、貴美子の頭をつかんで前後に揺らす銀次のペースが上がってきた。それに合わせて貴美子自身も首振りのピッチを上げていく。上気した美しい頬が玉の汗を流しながら、ふくらんだりへこんだりを繰りかえした後、拙いながらも懸命のフェラチオの甲斐あって、

「うむううぅっ」

ついに銀次が獣の呻きをこぼした。

髪を乱した貴美子の頭に両手の指を食い込ませて強くつかみ、首がもげそうなほどに荒々しく揺すりたてながら、

「全部だっ。ううぅっ、俺のザーメンを一滴残さず飲み下せっ」

絞り出すように言うと、不意に裸の腰の動きをピタリと止め、ブルブルと全身を痙攣させた。

（あっ!!）

喉奥を塞いだ肉塊が大きくふくれあがったと感じた次の瞬間、貴美子はそれが爆発したのかと思った。脳を揺らす衝撃は、自失した男の放精のそれであった。

2

（あ、あああっ）

火傷しそうなほどに熱い粘液の塊が喉を塞ぎ、息が詰まった貴美子は銀次の命令がなくとも、それを呑み下さざるを得ない。喉奥まで深く肉棒で刺し貫かれたまま、ゴクリゴクリと喉を鳴らして懸命に嚥下した。突然の異物の流入に食道が痙攣を起こし、嘔吐となって再び粘液を喉へ戻す。それをまた新たに噴き出してくるザーメンと共にゴクゴクと呑み下しつづけなくてはならない貴美子は、悶絶してゲエゲエと喘ぎながら白目を剝いている。

あまりの凄惨さに女子大生らの一人が大声で泣き出した時、ようやく男の射精発作が収まり、気を失いかけている貴美子の口から肉棒が抜き去られた。

ヌラヌラと唾液に濡れた肉棒は相変わらず硬いまま。さらにグロテスクさを際立たせて逞しくそそり立っている。銀次は正座からグラグラと横倒しになりかけている貴美子の身体を支えながらしゃがむと、彼女の濡れた唇を再び奪った。

修道女の口の中は彼が放った体液の、栗の花を思わせる匂いに満ちているが、そんなことはまったく気にならない。征服した女をとことん汚し尽くす。それが彼の流儀なのだ。

朦朧としたまま唇を奪われ、口腔を舌で執拗に舐めねぶりまわされる貴美子は、シャブを打たれてしまった女のように、官能の桃源郷をさまよった。そうしようと思ったわけでもないのに、自然と脱獄囚と舌を絡ませ、互いに貪るように吸い合った。なめらかな背中に男の腕がまわり、折れるのではないかと思うほど強く抱きすくめられても、その抱擁に身をゆだねたまま、もはや抗うことはしない。まるで恋人同士のような濃厚なディープキスがしばらく続き、ようやく唇が離れると、

「誓いの言葉だ」

有無を言わせぬ銀次の声が、うつろになった貴美子の脳内に響いた。

「もう一度、性奴隷の誓いを立てるんだ。ここにいる全員に伝わるように、心を込めてな」

「あ、あう……あうう……」

男の腕の中で五感をジーンと痺れきらせている貴美子は、すぐには声を出せずに、濡れた唇をパクパクと喘がせていたが、ようやく切れ切れに、

「わたくし……山本貴美子は……これからさき……一生……」

ハアハアと熱く喘ぎつつ、これからさき一生、武藤銀次の性奴隷、いや、ありていに言うなら「肉便器」として仕えていくという、信仰者にはあるまじき内容の誓いを、もう一度口にするのだった。

「フフフ、今の言葉、口だけじゃなく行動で証してもらうぜ」

そう告げると、のしかかるように裸の修道女を抱擁している銀次は、傍で正座して見ている桜井の物欲しそうな顔を見て、ニンマリとした。

「おっさん、あんたにもいい思いをさせてやる。そこにあお向けに寝転びな」

「は、はい」

桜井は目を輝かせてうなずくと、その場にすぐに寝そべった。やっとおこぼれを頂戴できると、下腹の陰毛の中から、あさましいまでにニョッキリとペニスを勃起させているさまは、見苦しいことこの上ないが、欲望の虜になっている当人は、もうそんなこと、気にも留めていない。

初めてのフェラチオ、それに続く濃厚なディープキスに、もう魂を抜かれたよ

うにぐったりとなってしまった貴美子の裸身を、銀次は抱き支えたまま桜井の顔を跨がせた。

（あ、ああっ……）

この時になってようやく貴美子は正気に返った。

「な、何を……？」

状況が呑み込めず、凄艶に髪を乱した頭をグラグラと揺すったが、足を開いて立たされた自分自身の真下に、あお向けに寝た桜井の顔があるのに気づくと、

（えっ……あっ、あああっ！）

にわかに羞恥の発作に駆られて狼狽した。

「何なの!?　ああっ、いやあっ」

身をよじって逃れようとするが、

「奴隷のあんたに『いや』はねえぜ」

銀次の腕力が許さない。

「さっきの誓いを破ったら、俺も容赦はしねえ。あの弥生って娘に何度でも種付けしてやる。俺だけじゃない。俺の仲間二人、それにこの桜井のおっさんも加えて、四人で輪姦してやる。いや、もっとだ。さっき出てった父親たち、あいつら

だって、この娘を犯れるとなりゃあ、喜んで仲間に加わると思うぜ」

恐ろしいその言葉に、床で身を縮めている弥生が「ひいっ」と悲鳴をあげた。

「駄目っ」

貴美子が狂ったようにかぶりを振った。

「私は……私はどうなってもいいわ！　弥生さんだけは……弥生さんにだけは、もう手出しをしないでっ」

「だったら――へへへ、諦めて腰を落としな。あんたのこのムチムチしたいやらしいケツを、桜井のおっさんの顔に擦りつけるんだ。それができたら、あの娘に種付けはしないでおいてやる」

「あああーっ」

貴美子は絶望に天を仰いだ。

神はどこまでこのわたくしに試練を与えつづけるのか？

信仰に則った試練であれば、どんな苦しみにだって耐えてみせる。だがこれはむしろ神の教えにそむく行為だ。人を汚辱と快楽にまみれさせ、肉の悦びの泥沼に溺れさせる罪深い行為だ。だが弥生が――あの純真で心優しい女子大生の弥生が、性の地獄を味わわされるのを座視できなかった。

「わ、分かりました……」

貴美子はガックリと首をうなだれた。

「私は……私は誓いを守ります……ですから……ですから」

「ああ、そうだろうとも」

貴美子の華奢な肩を抱き支えて銀次が言った。

「それでこそ俺の可愛い牝奴隷シスター貴美子だ。さ、このままゆっくりと腰を落としな。桜井のおっさんが、お前のマ×コの匂いを嗅ぎたくてお待ちかねだ」

耳元に囁きつつ、ぐーっと肩を押し沈めてやると、

（うぐぐぐっ）

貴美子は歯ぎしりしながら裸の尻を沈めていく。それは極限まで達した羞恥と屈辱と、弥生を守らなくてはという思いとの闘いであった。

（いやあああーっ）

とても下を見る気になれない。ハアハアという荒い息使いを聞かずとも、欲情に目を血走らせた桜井が、貴美子の濡れそぼった恥ずかしい割れ目を焼け焦げるほどに見つめ、早く舐めてやりたいと悪魔の赤い舌をひらめかせつつ待ち受けているのが分かるからだ。

（あっ、あっ、ああっ）

やがて、敏感なその部分に男の荒い息がかかった。もう膝は直角よりもさらに深く曲がり、腰は下まで落ちきって、貴美子の熟れきった大きな双臀の尻割れの谷間が桜井の鼻に触れそうなのだ。貴美子はたまらず両手で股間の茂みを庇おうとしたが、

「駄目だ、隠すな」

崩れそうな腰を支えている銀次に耳元で囁かれると、

（ああああっ）

火になった美貌を両手で覆った。そしてついに、熱く火照るヒップをペタンと男の顔面に密着させてしまうと、

「アヒイイイーッ！」

今まで声をあげまいとこらえていたぶん、ロビーの四面の壁に大きく木霊するほどの悲鳴を放った貴美子の裸身は、四肢の先から脳天まで被虐の炎に包まれて弓なりに反った。

その瞬間に彼女の中で何かが音を立てて崩れ去ったのだろうか。もはや貴美子は悲鳴をあげることもなく、ただ悲しげにすすり泣きつつ、銀次に命じられるが

まま腰を前後に揺すりたててヒップを——その白い双丘の谷間の底に妖しく濡れ開いた女の花を——あお向けに寝た桜井の顔面に擦りつけつづけた。

むろん桜井のほうも受け身のままではいない。

「ああ、シスター……シスター貴美子……あァ」

うわごとを言いながら、赤い舌をひらめかせて美しい修道女の秘所をむさぼるように舐めつづける。ヌラつく貝肉のとろける舌触り。脳をジーンと痺れさせる甘い女の匂いに、わずかに残っていた理性も完全に溶けただれてしまった。

貴美子の汗に光る背中が悩殺的にくねる。フウン、フウンとつらそうに、だがどこか甘ったるい響きを感じさせる声ですすり泣きながら、くびれた腰を前後に揺すりたてて桜井の顔面に裸の双臀を擦りつけつづける修道女の貴美子。そしてうわごとを言いつつ、あお向けのまま夢中になって舌を使っている桜井。現実のこととは思えない異様な光景から、弥生を含む五人の女子大生らは目をそむけずにはいられなかった。

ニンマリとした銀次が、はしたない顔面騎乗を続ける貴美子の前に仁王立ちになり、握りしめた剛直を前に捻じ向けて言った。

「咥えろ。おしゃぶりしながらケツを振るんだ」

「あ、あァ……」

　ハアハアと熱っぽく喘ぎながら尻を前後に振りつづける貴美子は、兆しきった美貌を力なく横に振ったが、その目はすでにトロンととろけている。桜井のヌラつく舌で、敏感な媚肉のひろがりをベロベロと執拗に舐めねぶられて、もう身も心も溶けただれてしまう寸前なのだ。ほとんど抗いらしい抗いも見せぬまま唇を開くと、そそり立つ銀次のペニスを口の中に含んだ。

（ああっ、大きいっ……）

　ドクン、ドクンと力強く脈打つ肉の柱。初めて含まされた時には衝撃と苦痛に圧倒され、それどころではなかったが、二度目の今は、みなぎる肉杭の逞しさにカーッと柔肌を熱くしてしまう。もう教えられなくとも、どのように奉仕すればよいかを身体が覚えていた。

「ムウウウッ」

　呻きながら唇をすぼめ、頭を前後に揺すって吸いたてる。濡れた舌をネットリと男性器に絡みつかせ、ヌチュヌチュと卑猥な音を響かせた。頰をくぼませたりふくらませたりしながら二度目のフェラチオに没頭する修道女の貴美子は、同時に大きなヒップを大胆にスライドさせ、熱く疼く媚肉のひろがりを桜井の顔面に擦りつけつづける。

（あぁっ、すごいっ。た、たまんないっ。あぁあっ）

貴美子の悩ましい腰のくねりがヒートアップしていく。意識は朦朧としているのに、身体は火のように熱く疼いていた。

（いけない……いけないわ……あぁっ、どうしてこんなにっ）

罪深い行為だと分かっているのに、異常なまでに昂っていく自分が怖ろしい。口と陰部で同時に姦淫の罪を犯しながら、ドロドロと身も心も溶けただれていくのは、悪魔的な何かに取りつかれているとしか思えなかった。だが止められない。あお向けの男の顔面に大事なところを擦りつける破廉恥なヒップスライドを止められない。「ムウ、ムウ」と呻きながら逞しい肉の剛直を頬張る無我夢中の吸引も止められない。左右の乳首も女芯の肉芽もツンと固く尖らせて身悶える貴美子の女体は、官能の真っ赤な炎に灼かれて燃え上がる。もう腰を支えていられなくなって自ら銀次の尻に手をまわし、すがりつくようにしてフェラチオ＆顔面騎乗を続ける貴美子の肌は、汗にヌメって匂うようなピンク色にくるまれている。

「ムウウウーッ」

くぐもった呻きと共に、夢中になって銀次の男根をバキュームする貴美子は、舐めあげる桜井の舌にドッと熱い汁を噴きこぼした。

「ムウッ、ムウウウッ」

そのまませわしなく前後にスライドする尻に小刻みな痙攣を走らせているのは、いよいよ昇りつめる間際なのだ。

が、まさにその瞬間を狙って銀次が腰を引いた。

「アアアッ！」

口からスポーンと肉棒を抜かれ、貴美子の上体は前へ泳いだ。

その頭を両手でがっしり支えた銀次は、気をやりそこねた修道女の無念そうな顔を覗きこんで訊いた。

「どうだシスター。俺様のチ×ポは好きか？」

「す、好きっ……好きですっ」

顔面騎乗の腰振りを続けながら、貴美子は涙目で銀次の顔を見て、喘ぎあえぎ答える。

「中に出して欲しいか。口じゃなく、マ×コの中に」

「は、はい……」

顔を赤らめて答える貴美子の熟れきったヒップは、せがむような淫らな動きを止められない。あお向けになってヌラヌラと媚肉を舐めまわしてくる桜井の舌でとろけるような肉の快感を与えられてはいるが、銀次のそそり立つ逞しい剛直でとどめを刺して欲しかった。聖なるイブの夜、僅か数時間で、自分でも知らなかった牝性を暴かれてしまった三十四歳の敬虔な美人修道女は、いま信仰のことも守るべき弥生のことも頭になかった。

「ちゃんと自分の口で言うんだ」

「だ、出して……私の……私のマ×コの中に……銀次さんの……銀次さんの精子を……出してください」

信仰者にはあるまじき卑語を口にしたことで、さらに情感を昂らせてしまったのか、貴美子の悶えは一段と妖しさを増した。皆が知る慎み深い修道女の貴美子とはまるで別人。人が変わったような官能的な腰のくねりを見せて尻を振る。

「フフフ、よく言えたぞ。みんな聞いたな？　それにこの色っぽい悶えっぷりを見ろ。イエス・キリストの生誕を祝うこの聖なるイブの夜に、性奴隷シスターが一人誕生したというわけだ」

勝ち誇った目で周りを見回して告げると、銀次は貴美子の汗に濡れた腋の下に手を差し入れて立ち上がらせた。

「腰が抜けるまで可愛がってやるぜ、貴美子」

呼び捨てにして唇を奪おうとすると、従順になっているはずの貴美子は意外にも顔をそむけた。

「ここでは……ここではいや……」

頬を羞じらいに染め、哀願する双眸が濡れうるんでいる。恥辱にまみれながら性の悦びを教えられてしまった女の、たとえようもない強烈な色香だ。

「別の場所がいいってのかい？」

赤らんだ顔を覗きこんで問うと、貴美子はうつむいたまま首を縦に振った。

「そうか、誰も見ていねえところで、この俺に抱かれて、思いっきり狂い乱れてみたいと、そういうことか」

「そんな……ち、違いますっ」

ひどく狼狽を示した修道女の顔はさらにカアーッと燃えて火になった。

起き上がって床に正座している桜井が、そんな貴美子の裸の尻を穴があくほど凝視している。口のまわりは自分の唾液と貴美子の悦びの果汁でベトベトだ。

その物欲しげな顔に気づいた銀次がニヤリとし、

「おっさん、いいぜ、あの娘を犯っちまいな」

そう許可を出した。

「そんなっ……」

銀次の腕の中で貴美子が絶句したのを尻目に、跳び上がらんばかりに狂喜した桜井は、少し離れたところに身を縮めている弥生のもとに這い進むと、先ほどと同様にのしかかって、その瑞々しい裸身を押さえつけた。

「いやああっ」と泣き叫んで、逃れようと悶える弥生。彼女を助けようと「駄目えええっ」と叫んで身をよじりたてる貴美子を抱きすくめたまま、銀次が耳元で告げた。

「騒ぐんじゃねえよ。犯すだけだ。約束どおり、あの娘に『中出し』はさせねえ。あんたが『奴隷の誓い』を守っているかぎりはな」

そう告げると、押さえつけた弥生のバストに無我夢中で左右交互にむしゃぶりついている桜井に向かって、

「聞こえたな？　中出しはご法度だ。だがもしシスターが俺の命令をきかなかったような時は、たっぷり中に出してやってかまわねえぜ」

と釘を刺した。

桜井は女子大生の張りのある乳房にしゃぶりつきながら、返事もせずただただ

ウンウンとうなずいている。今度こそ銀次の気が変わらぬうちにと気が焦るのか、消耗しきって次第に抵抗の弱まってきた弥生をうつ伏せに転がすと、無理やりにヒップをせり上げさせ、バックでズブリと貫いた。

「いやっ、いやああっ」

「弥生さん、あァ、弥生さん」

うわごとのように言いながら、桜井は夢中で腰を揺すりたてる。

「いいよっ、いいよっ、ああっ、弥生さん、君は最高だっ」

すでに処女を奪われ、無垢な花芯ではなくなっていても、弥生の女膣の温かさ瑞々しさは桜井を有頂天にさせた。狭い膣道の収縮はまさに処女のものと言っていい。夢中になるあまり、女子大生の清純な肉体を大人のテクニックで開発してやろうなどというゆとりは無かった。最初から全力ピストン、フルスロットルで猛然と腰を振る。花芯の奥までコネまわしにかかる情け容赦のない突き上げに、ひいひい喉を絞って泣く弥生の気持ちなどお構いなし。若くて繊細な秘肉が擦り切れてしまうのではないかと思うほどに、荒々しく抜き差しした。

3

その様子をニタニタしながら銀次はしばらく眺めていたが、

「じゃあ俺たちは他所へ行くか」

そう言って貴美子の手を引いたのは、皆のいる前で彼女に生き恥を晒させるのも興奮するが、他人の目がないところで、覚えたての肉の快楽に溺れる修道女がどんなあさましい振舞いを見せてくれるのか、そちらにも興味が湧いたからである。

だが女子大生たちの監視をどうするか。桜井に任せておく手もあるが、どうもこのおっさんはトロくて頼りない。

思案していたところに、いい塩梅に相方の健造が戻ってきた。素っ裸のフリチンで、全裸の女の手を引いている。虚脱したようにフラフラと裸足の歩を進める女は、熟れきった豊満な裸身が汗にヌメ光り、ゾッとするほど色っぽい。よほど激しく凌辱されたのか、髪が乱れて顔の半分を隠してしまっているが、なかなかの美人のようだ。

「健、誰だい、そりゃあ?」

銀次が眉根を寄せて訊くと、

「兄貴のほうこそ、そっちの若い娘は誰なんです？」

健造は銀次の脇に立つ全裸の貴美子の肢体と、桜井にバックで犯されて悶えている美しい女子大生の弥生とを交互に見ながら言った。

「あれか？　あの娘はサンタさ。サンタクロースの着ぐるみを着てやがった」

「こっちは人妻でさあ。上玉でしょ？　こんな美人がいるなんて、気づきもしませんでしたぜ。そのおっさんの奥方ですよ」

その言葉に、夢中になって腰を使っている桜井が振り向いた。由布子のほうもハッとしてそちらを見た。

（あ、あなたっ！）

（由布子っ⁉）

夫婦の視線がぶつかった。だが、ああ何という最悪のタイミングであろう。素っ裸に剝かれている妻は十数人の父親らに順番にアナルを犯されたばかり。夫のほうは脱獄囚らの手先となって、ドス黒い欲情のおもむくままに、知り合いでもある二十歳のボランティア女子大生をバックから夢中で犯している最中である。

特に由布子が受けたショックは大きかった。

（どうして……あ、あァ……）

クラクラと眩暈がし、気を失いかけてヨロめいたのを、健造の逞しい腕に抱き止められた。もう心身共に疲労の限界に達していたところに、夫の恐ろしい不貞行為を目にしてしまったのだから無理もない。

「へへへ、これはとんでもないところに来ちまったかな。けど、あんたの旦那も相当なワルだねェ」

皮肉を言った健造は、美しい妻を寝取ってやったことを桜井に知らしめようと、意識を朦朧とさせている由布子の唇を吸い、見せつけるように片手で裸の双臀をいやらしく撫でまわした。

だが驚いたことに、桜井はもうこちらを見ていなかった。異常な体験の連続に正常な感覚を麻痺させてしまったのか、驚いたのは最初の一瞬だけ。弄ばれる妻にはもはや関心を示さず、もとのとおり弥生の若い肉体を夢中になってバックで突きあげつづける。

唇を離すと、健造は、

「こいつぁ驚いたね。あんたの旦那、あの若い娘っ子にえらくご執心らしい」

そう言ってハハハハハと高笑いした。

ナースステーションに残してきた他の父親母親たちのことなら大丈夫だ。一人でも部屋から出るようなことがあれば、全体責任で子供は皆殺しにする。そう脅しつけてあるから、誰も逃げ出すまい。七人いる看護師らも同様だ。子供に害が及ぶことを怖れる両親らが、彼女たちが部屋を出ることを許すはずはない。

江戸時代の五人組制度に見られる相互監視のやり方を、健造はやはり兄貴分の銀次から学んだのだった。

そこへ今度は重松がやってきた。彼だけがきちんとスーツを身につけている。ロビーに入ってくるなり、銀次と健造に向かって深々とお辞儀をしたものだから、そうか、どうやら心ゆくまで復讐を成し遂げることができたようだな、と銀次には分かった。

「どうした？　女医さんはバラしたのかい？」

銀次が問うと、

「いいえ、殺さずにおくことにしました。生かしておいて、私の子を産ませるんです」

そう答えた重松の顔は、刑務所内では一度も見せたことがない晴れやかな表情だ。言葉遣いも、女医の慶子に対するものとはまるで違っている。

「裸で手術台に縛りつけてます。私の精子をたっぷり注ぎ込んでやったマ×コでもう他の男とセックスができないように、アソコの割れ目をきっちり縫い合わせてやりましたよ」

その言葉に、銀次と健造は顔を見合わせた。

銀次が先にプッと吹き出し、二人で腹を抱えて笑った後で言った。

「重松さん、それじゃあ肝心の赤ん坊が産めねえじゃねえか」

重松はニッコリした。

「どっちでもかまいやしません。スマホで撮って、『聖グノーシス医科大学病院の美人女医、北村慶子先生の縫い合わされたマ×コ』ってタイトルで、ネットに流してやりましたからね。もうあの女はおしまいですよ。あ、これ、ありがとうございました」

丁寧に礼を言って、重松は借りていたスマートフォンを健造に渡した。

「それと——」

重松は窓を指して言った。

「外を警察に囲まれてます」

「へえ、そうかい」

銀次は少しもあわてない。貴美子の手を引きながら窓際へ行くと、カーテンを少し開けて外を見た。

　夜明け前で東の空が白みかけた冷たい大気の中に、十数台の警察車両、そして報道関係らしい車の灯りが見える。ポリカーボネートの防護盾を持った機動隊員らが相当数いる。

　ここへ入ってくる時、玄関口の守衛を銃で脅して縛り上げておいたのを、誰かが朝早く来て見つけたのであろう。このタイミングなので当然、脱獄囚らの仕業ではないかと推測され、狙撃手を含むテロ対策班も送りこまれてきているはずだ。

「連中への対応は、手筈どおり私にまかせて、お二人は好きなだけお楽しみになってください」

　重松の言葉に銀次が無言でうなずいた。侵入・占拠から逃走の手筈に至るまで万事この病院のことを知り尽くしている重松の計画に従っている。一流大を出ているだけあって、なかなかの切れ者なのだ。

「兄貴、この人妻のマ×コ、兄貴のために手つかずのままにしときましたぜ。俺はアナルのほうだけ先に頂戴しました」

　愛想笑いを浮かべた健造が手揉みしながら言うと、銀次が、

「俺に気を使うこたあねえよ、健。この際だから亭主の前でマ×コも犯っちまい

な。俺はこの美人の尼さんと、この後二人きりでしっぽりと愛し合うんだからよ。な、そうだよな貴美子」

柄にもなく、「愛し合う」などという言葉を使い、呼び捨てにした修道女の頬に唇を押しつける兄貴分を見て、

「マジですかい？　へへへへ、そいつはありがてえ」

健造は満面の笑顔になった。

もうこの由布子という人妻の肉体にぞっこんなのだ。アナルヴァージンを奪ってやったうえに銀次より先にハメることもできると知り、勃ったままの股間の肉棒をさらにグンと反りかえらせると、

「そういうことだぜ奥さん。さあ、こっちへ来な」

と、人妻の手を引いて進んだのは、伏し拝む姿勢の女子大生を桜井が夢中になってバックで突きあげつづけている、その真ん前である。

「この娘とおんなじポーズをとるんだ」

と由布子に命じ、彼女に女子大生の弥生と互いの顔を突き合わせるようにして伏し拝むポーズをとらせた。

（あああっ……）

絶望した由布子は、言われるがままに裸の双臀を高くもたげながら、もう夫の顔を見ようとはしない。代わりに、目の前の女子大生――いつもボランティア活動で息子の貴裕によくしてくれている竹田弥生の、苦痛にまみれ涙に濡れた顔を至近距離から見た。

(あァ、弥生さん……なんて酷い……どうしてこんなことに)

夫が息を荒げて腰を使っている。この娘の若い肉体に夢中なのだ。そういえばこれまでにも病院内で(おやっ?)と思う瞬間は何度かあった。だが夫を信頼している由布子は、いつもそれを自分の思い過ごしだと打ち消してきたのだった。

不思議と弥生への嫉妬や憎しみは感じない。ただただ絶望だけがあった。その深い絶望の中、ピターンと臀丘をぶたれ、

「ヒイイイッ」

由布子は悲鳴をあげ、もたげた尻をうねり舞わせた。

「もっとケツを高く上げな。人妻が女子大生ごときに負けてどうする? そんなこったから夫を寝取られるんだぜ」

「あっ、あああっ」

由布子は泣きながら裸の尻をさらに高くもたげた。みじめさにブルブルと腰を

わななかせる。ナースステーションでは大勢の男たち、それも顔見知りの父親らに肛門を犯され、幾度も幾度も腸腔内に熱い精を浴びせられた。犯罪者の愛撫で異常なまでに感じやすくなってしまった由布子は、父親らの硬い肉棒でアナルを突きえぐられながら、あろうことか何度も絶頂に達したのだ。そして今は、彼女を裏切った夫の前で花芯を犯されようとしている。

後ろからヒップを鷲づかみにされた。双丘の谷間をなぞりたててくる男の矛先は、散々に突きえぐられて腫れぼったくなり、ポッカリと穴があいている肛門ではなく、恥丘のふくらみへあてがわれた。

（アアアアーッ！）

戦慄が由布子の全身を貫いた。

熱く溶けただれた花芯の深いところまで、肉の剛直がズブズブと沈んでくる。だがアナルと違って行き止まりがある。深くメリ込んで子宮口をグウーッと押し上げたところで剛直は止まった。

ヒイイーッと叫んでのけぞった由布子の脳内で火花が散った。

（ああっ、あなたっ！　あなたあっ！）

いざとなるとやはり夫の名を胸の内で叫んでしまった。

だがその夫は、由布子の叫びが耳に入らなかったのか、ひたすらに無我夢中で意中の女子大生の肉体をむさぼっている。由布子の視界に映ったその顔つきは「猿」だ。人間ではなく、発情したオス猿の醜い顔にほかならなかった。

（あああっ）

最後にすがりつこうとしたものすら失ってしまった由布子の花芯の深い部分を、逞しい男の剛直が力強いピストンでコネまわす。大勢の男たちに代わるがわるにアナルを犯されてしまった由布子の女体は、もうドロドロに官能を溶けただれさせてしまっていて、とてもこの荒々しい抽送に耐えぬくことはできそうにない。抜き差しされる肉杭をキリキリと締めつけながら、

「ううむっ、ううむっ」

由布子は歯を食いしばって呻いた。

アナルヴァージンだった彼女に気をやらせた力強い肉ピストンである。それを花芯の深いところに沈められて抜き差しされると、たまらない快感に脳が痺れた。たちまち官能の芯に火がついて、その火が全身に燃えひろがっていく。

（あああっ、ひいいっ）

突きえぐられるたびに快感で頭がうつろになった。止められると、もどかしさ

で気が狂いそうになる。由布子の呼吸が荒くなる。嫌でも腰がくねりだす。もう誰が見ても嫌悪の悶えではない。

(駄目っ、駄目よっ、あううっ、あううっ)

懸命にこらえようとしても無駄だった。淫らな昂りをどうすることもできない。あさましい声をこぼさずにいるのが精一杯だ。だがその我慢も健造が本気モードに入るまでだった。

「へへへ、この期に及んで我慢することたあねえよ、奥さん」

汗にヌメる臀丘をパンパンと平手で叩き、腰振りを速めながら健造が言った。

「イキてえんだろ？　遠慮すんな。旦那の前でド派手にイッてみせな」

人妻は亭主の前でイカせるにかぎる。平凡な家庭の幸せをグチャグチャに踏みにじってやることが、社会からのハミだし者であるこの健造という男にとってのこよなき喜びなのだ。

「そらっ、イケッ、さっきみてえにひいひい啼いてイッてみせろ。あんたがイクのに合わせて、ザーメンを子宮にブッかけてやるからよォ」

中出しを予告し、腰ピストンのギアをさらに上げると、その激しさに、乳首を尖らせた由布子の乳房が大きく揺れた。

猛烈なピストンで嵐のように揺すり立てられ、

（ああっ、感じるっ、感じるううっ）

由布子の我慢はついに突き崩された。

「た、たまんないっ、由布子、も、もうっ……ああっ、もうっ」

一度声を放つと、もう溢れ出る悦びを抑えることはできなかった。

「ああうっ、あううっ、い、いいっ、いいわっ」

まるで目の前の夫に聞かせようとするかのように啼き声を放ち、せがむように腰をくねらせた。ただれた肉襞を別の生き物のごとくにざわめかせ、女膣全体を幾度も収縮させる。消耗しきっていたはずの身体の一体どこにこんな力が残っていたのか、肘を立てて四つん這いの姿勢になった由布子の女体は、汗ばんだ背中を波のようにくねらせながら一気に悦びの頂点へと昇りつめていく。

その身悶えのあまりの激しさに、由布子と顔を突き合わせて桜井に揺すられている弥生が泣き出した。

「由布子さん、ううっ、由布子さん」

由布子と同様、四つん這いにされてのバック姦。弥生にとって、桜井由布子は修道女の貴美子とは違う意味での理想像だった。難病の子を持つという不幸にもへこたれることなく、仲睦まじい夫と協力しながら献身的に看病にいそしむ毎日。愚痴ひとつこぼすことなく日々を前向きに過ごしている美しい主婦の姿は、信仰生活とは別の、もう一つのあるべき生き方を彼女に指し示してくれるものであった。

そんな由布子が、野卑な犯罪者に辱しめられて泣きヨガっている。貴美子さんばかりか、由布子さんまでも……。

自分が理想としていた年上の女性が二人とも犯罪者の男に屈し、女のもろさを露呈してしまったことが、まだ二十歳の弥生にはこの上なく悲しかった。

「いやああっ」

ショートカットの髪を乱して泣きじゃくるそんな弥生の顔の前で、健造の渾身のピストンに突きあげられる由布子の感じようはすさまじい。

「あおおっ、あおおおっ」

獣じみた喘ぎに、もう言葉は混じらない。抽送に合わせた大胆な腰のくねりは慎みを忘れて肉の快感をむさぼっている。その狂態の渦に巻き込まれていくかのごとくに、

「くうっ、くううっ、あっ、ああああっ」

弥生の泣き声にも甘いものが混じりはじめた。

その甘い泣き声と、羞じらいを含んだ初々しい尻の悶えぶりがたまらず、

「ウオオオーッ」

桜井が背を反らして吠えたので、

「中に出すんじゃねえっ！」

貴美子を抱き寄せて窓際に立つ銀次が怒鳴りつけると、

「ああっ、くそっ！」

無念の声を発して間一髪、自失寸前で女子大生の尻から腰を引き剝がした桜井の、ビーンと上向きに跳ね上がった肉棒の先から、ブシュウウウーッと水鉄砲のごとくに噴き出した熱い体液は、放物線を描いて弥生の背中を飛び越え、まさに健造が噴出させたザーメンをしたたかに子宮に浴びながら絶頂に昇りつめた妻、由布子の顔面に浴びせられた。

（アアアアーッ！）

子宮には犯罪者の煮えたぎるスペルマを、恍惚となった美しい顔面には彼女を裏切った夫の熱い体液を、バシャッ、バシャッと同時に浴びせられながら、由布子は四つん這いの肢体をキリキリとアクメの収縮にゆだねている。

その様子をワナワナと震えつつ見守る美しい修道女の裸身から、得も言われぬ色香が匂い立つのを感じとった銀次は、

「どうした、貴美子?」

馴れ馴れしく呼び捨てにして訊きながら、そのくびれた細腰に手を回した。しなやかに熟れたヌードは、柔肌がまだ熱く火照っている。両手でVゾーンを押さえて隠しつつ、くびれた腰をせつなげにもじつかせるのは、眼前に展開する壮絶なダブルレイプの光景に性感を刺激されてしまったものらしい。

そんな貴美子のしなやかな片手をとり、

「お前も早くこれを入れてほしくなったのか?」

銀次は耳元に囁きかけながら、その手を自分の毛むくじゃらの股間へ導いた。

「い、いやっ……」

硬い肉の屹立に触れさせられた貴美子は、小さく声をあげ、火になった美貌をサッと横にそむけたが、もう強く抗うことはしない。両膝を内側へ寄せて羞じらう仕草にVゾーンの盛り上がりがひときわ際立ち、官能の熱い悦びを教えられてしまった女の妖艶さを匂わせた。

そんな貴美子の手を引いてロビーから出ていく銀次に、

「じゃあ私は二階に戻ります。センター長室で警察と交渉しますんで」

重松は声をかけ、エレベーターに乗った。

人質、とりわけ難病の子供らがいるので、警察も電気を止めるなどの強硬手段に出ることはすまい、と見込んでいる。途中、照明の消えた暗いオペ室をそっと覗くと、手術台の上に全裸で拘束された女医の慶子が悲しげにすすり泣いていた。

(エリート女医め、思い知ったか)

ほくそ笑んだ重松は、センター長室に戻ると、慶子がいつも座っている本革の大きな椅子に満ち足りた気分でゆったりと尻を沈め、固定電話の受話器をとってプッシュボタンを押した。

トゥルルルッ、トゥルルルッと待機音が数回鳴った後、

『〇〇警察署です。事件ですか事故ですか?』

女性の声で応答があった。

「事件ですよ。大事件です」

重松はこみあげる笑いをこらえながら言った。

「聖グノーシス医科大学病院の難病小児治療センターで、センター長の女医さんが脱獄囚にマ×コの割れ目を縫い合わされてしまったようです。私がその脱獄囚

なのですが、そちらの対策班の責任者の方とお話できますか？」

受話器の向こうで『あっ』と小さく叫ぶ声が聞こえ、しばらくして周囲がどよめく気配が感じられた。

4

銀次と重松がいなくなったロビーは健造の支配下にある。美しい人妻、由布子の中に熱い劣情汁を思う存分注ぎ入れた彼だが、煮えたぎる獣欲はその程度では収まらない。

目の前にぐったりとうつ伏せに倒れ伏した由布子の、むっちりとした双臀の尻割れから、いま彼が放ったばかりのザーメンがジクジクとにじみ出てくるさまを楽しげに眺めつつ、次はどうやってこの人妻の熟れた肉体を責めなぶってやろうかと考えていると、ふと銀次が残していったリュックが床に置いてあるのが目に止まった。

（よしよし、へへへ）

健造はニンマリとし、絶頂の余韻に小刻みな痙攣を続けている由布子の双臀をピターンと打擲した。

「いつまで寝てやがる。起きて、汚れたお股と顔を綺麗にしな」

近くのテーブルの上にあったティッシュ箱を手にすると、箱ごと由布子の前に放り投げて言った。

「お楽しみはこれからだぜェ」

由布子は疲労困憊の身体を起こさないわけにはいかない。大切な息子を人質にとられているのだ。リノリウムの床にどうにかペタンと尻をつけて座ると、

「うっ、うっ、ううう っ……」

すすり泣きつつ、犯罪者の中年男に中出しされてしまった秘部を、そして自分の夫が放った精液で濡れた顔を、ティッシュで丁寧に拭いはじめた。もう恥辱と絶望のどん底にいる人妻を支えているのは、一人息子を守らなければという母性愛しかない。

射精し終え、さすがに正気に返ったのか、気まずそうな桜井はそんな妻の姿を正視できずにいる。だが健造に、

「おっさん、その娘も座らせな」

と命じられると、床にうつ伏せになってハアハアと喘いでいる弥生の肩に手を

かけて無理やり引き起こした。もう夫婦の絆は引きちぎられてしまったと感じている。どうやったところで修復は望めないだろう。こうなったら欲望の赴くまま行きつくところまで行くしかない。そう思った。

「この娘とキスしな」

健造が由布子の耳に口を寄せて言った。

「あんたら、知り合いなんだろ？　あんたの亭主とやっちまったこの娘との間にしこりが残ったまんまじゃあ、俺も気がとがめて申し訳ねえ。だから仲直りしてもらいてえのさ、へへへへ」

いけしゃあしゃあと言っていやらしく笑い、

「さあ、正座して、二人抱き合って仲直りのキスをするんだ。どうせならひとつお熱いやつを頼むぜ」

と命じた。

（や、弥生さん……）

由布子は涙に濡れた目で弥生を見た。

これまで彼女の息子に、そして自分たち夫婦にもよくしてくれたボランティア女子大生の竹田弥生。彼女には何の罪も無い。そうと分かっていても、由布子は複雑な気持ちだ。なにせ目の前で、夢中になって弥生の尻に腰を打ちつける夫の姿を見せつけられてしまったのだから。

由布子は正座し、弥生のほうへ顔を寄せた。

「あっ」

弥生は驚き、反射的に顔を横にそむけた。

そのショートカットが愛らしい小さな頭を、後ろから桜井がつかんで動けないようにした。

(弥生さん……お願い)

由布子はすがるような目で弥生に訴えかけた。

その濡れ潤んだ瞳の中に、絶望の中でなおも息子を思う母親の必死さを弥生は読み取った。脱獄囚の機嫌を損ねたら、息子の命が危険にさらされる。

(由布子さん……)

桜井に頭をつかまれたまま、弥生は観念の目を閉じた。

人妻の紅唇と、女子大生のプルンとした柔らかい唇が触れ合った。

「まずは舌を出して舐め合え」

健造の命令で由布子が遠慮がちに舌を伸ばす。

弥生もおずおずとピンク色の舌をわずかばかり出した。

チロチロと互いの舌先を触れさせ合う人妻と女子大生。初めての百合の行為に二人とも目元を赤く染め、見ている側からすると、その羞じらいの風情がたまらなく色っぽい。

「もっとだ。もっと舌を絡ませろ。抱き合うんだ」

健造の命令に、正座した二人は色づいた裸身を抱きしめ合った。互いの背中と肩に手をまわし、舌と舌とをヌラヌラ濃厚に絡ませ合う。フンフンと荒くなっていく鼻息が互いの舌にかかって、嫌がうえにも気が昂ってしまう。そんな二人の異常な振舞いを、他の四人の女子大生は身体を寄せ合って、震えながら見つめているのだ。

「よし吸い合え」

健造が言った。

「ディープキスだぜ。中途半端に誤魔化したら許さねえ。分かってるよな奥さん。俺がいいと言うまで、ベロベロといやらしく舌を絡ませたり吸い合ったりするんだ。可愛い貴裕くんのためにもなァ」

パンパンと由布子の背中を叩いて促した健造は、卑劣なことに、先ほど訊いた由布子の子供の名前までちゃんと記憶している。頭はよくないが、悪知恵だけははたらく男なのだ。

由布子が唇を、弥生の唇に強く押しつけた。

弥生ももう拒まない。白い歯を開き、侵入してくる由布子の舌を受け入れた。真剣さを健造にアピールしなくてはならない由布子が夢中で舌を絡めてくる。弥生も応えて積極的に振舞った。子供の命がかかっている。だがそれだけではない。初めて体験する女同士のキス、人前で裸で抱き合う自分らの恥知らずな振舞いに二人とも異様な昂りを覚えていた。

女同士の濡れた舌がヌラヌラ、ネチョネチョと絡み合う。フンフンと熱い息を吹く鼻と鼻とが擦れ合って互いを愛撫した。抱き合う二人の細腕に力がこもる。汗ばんだ肌がゾクゾクと興奮に震え、肉の芯がカーッと熱くなった。交互に相手の舌を強く吸いながら、二人とも正座の腰をもどかしげによじりたてている。明らかに発情した女の仕草だ。

百合の行為のオープニングを存分に堪能した健造が、

「よしよし、そこまででいい」

これで準備オーケーだと中止を命じた。

ヌラーッと甘い唾液の糸を引いて唇を離し、羞ずかしさに互いの赤らんだ顔を見ることができずにいる二人に、

「向き合って、あお向けに寝な。脚を絡め合うんだ」

と健造は命じる。

美しい人妻と女子大生に彼がやらせようとしているのは「秘貝合わせ」。女同士で敏感な秘部を擦りつけ合い、腰を揺すって悶える演目は、彼が昔ストリップ小屋に雇われていた時分、客たちに大ウケした出し物だ。

今度は何をさせられるのかと、恐れおののきつつも由布子と弥生は命令に従わざるを得ない。裸の尻を床に据え、体育座りで向き合うと、両手を後ろへついてあお向けに身を倒しながら互いの脚を交差させる。

「もっと近づくんだ」

健造に言われて腰を前へずらした時に、弥生も由布子もようやく健造の意図に気づいた。

「そんなっ」

「いやああっ」

二人同時に髪を乱して首を横に振った。

女同士でヴィーナスの丘を擦りつけ合う。そんな恥ずかしい行為、できるわけがない。しかも人前で。

だが二人の美脚はすでに交差している。人妻らしく白い脂がむっちりと乗った由布子の太腿と、健康美みなぎる女子大生の弥生の清らかな太腿とが妖しく絡み合ったさまは、見る者の目には匂い立つ官能のハーモニーと思えるのだ。

血も凍る葛藤と逡巡のあげく、息子を守るためにと先に仕掛けたのは、やはり由布子のほうだ。漆黒の女の茂みをモワッと盛り上げたVゾーンを、楚々とした秘毛が夢のようにそよぐ弥生のそこへ密着させ、

「ああっ、ああっ」

羞じらいの声をあげながら腰をのたうたせはじめた。

「い、いやっ、由布子さんっ」

弥生がせつなげな声をあげて背を反らす。

だが逃げはしなかった。由布子の気持ちを思うと、どんなにつらく恥ずかしくとも拒むことはできない。それに清純な弥生の中にもすでに得体の知れぬ妖しい感覚が芽生えていて、それに突き動かされるかのように、

「いやっ、ああっ、いやっ、由布子さん、いやっ」

そう言いながら、自分でも腰をくねらせる。

「弥生さんっ、ああっ、弥生さんっ」

「由布子さん、ああん、由布子さん」

両手を後ろへついて身体を支えたままのあお向けで、二十歳の女子大生と三十二歳の人妻は互いの恥丘を擦り合わせた。夢中になって擦り合わせるうちに両者の女貝はパックリと開き、熱く濡れただれた貝肉がグチュグチュと汁音を立ててこすれ合う。それはたまらない快感だった。

「はおおっ、はおおっ」

「あああん、あああん」

熟れきった肉体を持つ由布子はむろんのこと、まだ青い果実と言うべき弥生のほうも、初めての百合のプレイで熱い性感の炎をメラメラと燃え上がらせた。密着した二つの美臀が床から浮き上がり、火に焙られるかのようにクネクネとうねりのたうつ。感極まったのか、腰をのたうたせながら由布子の女貝は、時折ピュッピュッと小さく潮を噴いた。その異常すぎる淫ら絵巻を、裸で傍にひざまずいている由布子の夫が瞬きするのも忘れ、興奮に胴震いしつつ凝視している。

「二人とも、だいぶ気分が出てきたようだな」

はしたなさすぎる行為に没入する人妻と女子大生の痴態を見ながら、健造が次の指示を出した。

「今度は四つん這いだ。四つん這いになって尻を擦りつけ合え」

「アアアッ……」

「ハアアッ……」

喘ぎながら姿勢を変える由布子と弥生は、もう目もうつろだ。

四つん這いになった二人の双臀がピタリと密着した。どちらからともなく腰をうねらせ、互いの尻肉のカーブを擦りつけ合う。求められていることは分かっていた。命じられもしないのに恥丘を擦り合わせようとした。

「あぁん、あぁん」

「くぅん、くぅん」

甘えた声を発しながら腰をくねらせる人妻と女子大生。だがさっきとは違って上手くいかない。とくに由布子の豊満な尻丘がさまたげになって、互いの恥丘を密着させることができないのだ。熱く濡れ開いた二つの女貝は、満たされなさにヒクリヒクリとせつなげな収縮とうごめきを見せ、トロトロと官能の蜜を内腿にこぼした。

「い、いやあぁァ」

「ねえっ、ねえっ」

クネクネと腰をよじりたて、無我夢中で尻丘を擦りつけ合いながら、由布子は泣き声を高ぶらせ、弥生はせがむように双臀をもたげる。そのもどかしげな乱れようは子供を守るためなのかどうか、傍目にも、そして彼女たち自身にも、もう分からなかった。

「へへへへ、お二人さんとも、ずいぶんつらそうだね」

してやったりとほくそ笑む健造が、床に置いてある銀次のリュックの中から取り出したのは、女を責めるために用意しておいたディルド、それもリモコン電動式の長大な双頭ディルドである。

「こいつを使うといい。仲良く尻をぶつけあって天国へ行けるぜ」

そう言って二人の横にしゃがみ、もどかしさにくねる双臀の間にシリコン製の双頭ディルドを差し入れた。長さ三十センチはあろうかという長大なそれの片端——男性器の大きな亀頭冠を模してある——を、まず由布子の濡れた膣口にそえ、もう片端を弥生の膣口にあてがった。

「さあ、ケツをピッタリくっつけな」

「ああああっ……」

「くううっ……」

カタカタと歯を噛み鳴らして呻きながら、四つん這いの由布子と弥生は互いの美尻を押しつけあった。

どちらの蜜壷もすっかりとろけきっている。長大な双頭ディルドは難なく奥へズブズブと沈んで、人妻と女子大生の魅惑のヒップは互いの汗ばんだ双丘同士をペタンと密着させた。

「ああうううーっ」

「ひいいいいいーっ」

だが「難なく」というのはあくまで「傍目」だ。大人のオモチャなど、むろん二人とも初体験。いくらとろけきっているとはいえ、デリケートな花芯を強引に押しひろげながら最奥へ沈んでくる長大なディルドの迫力に、四つん這いの背を弓なりに反らして白目を剝いた。とりわけ、つい先刻までヴァージンだった弥生にはつらすぎる仕打ちだ。「ううむ、ううむ」と重く呻き、悲痛にゆがんだ顔を振りたくる。長大なものを受け入れさせられた美尻が、汗の玉をすべらせながらブルブルと痙攣した。

そんな弥生のショートカットの髪を鷲づかみにして顔を上向かせると、健造はその愛らしい目鼻だちを好色そうに覗きこみ、

「つらいのは最初だけだぜェ、お嬢さん」

ニヤニヤしながら言いきかせた。

「すぐに気持ちよくなる。さあ、色っぽいケツを仲良く擦りつけ合いな」

「あっ、あああっ」

「くうううぅーっ」

秘部を押しひろげられている圧迫感に、息をするのがやっとという有様の二人だが、命令に従わないわけにはいかない。長大な双頭ディルドに貫かれた双臀を「あうっ、あううっ」と喘ぎつつ、せつなそうに旋回させて擦り合わせはじめた。

「あっ、あっ、由布子さんっ、あうっ、あううっ」

「弥生さんっ、ねえっ、弥生さんっ、はううっ、はうううっ」

「つらいのは最初だけだ」と告げた健造の言葉は嘘ではない。四つん這いでせりあげた互いの双臀をクネクネと擦りつけ合うと、深々と咥え込まされている双頭ディルドの亀頭部に最奥を容赦なくコネまわされ、得も言われぬ快感にたちまちジーンと脳が痺れた。

「いいっ、いいっ、ああっ、あああっ」

「あうっ、あううっ、いやっ、いやっ」

たちまち快美の渦に呑み込まれ、我れを忘れた昂りの中、今度は押しくら饅頭のように互いの臀丘をぶつけはじめた。

「あふうっ、あふうっ」

「うふぅん、うふぅん」

呼吸を合わせ、より深く貫かれようとしてペッタン、ペッタン、餅つきの音を立てて互いのヒップを夢中になってぶつけ合うさまは、肉の快美に完全屈服して理性を溶けただれさせているかのようだ。喜悦を噛みしめた美貌をのけぞらせ、無我夢中で腰を揺すりたてる姿は、まさに美しい二匹の牝だ。

「へへへへ」

健造が、手にしたリモコンのスイッチを入れた。

ブゥーンとディルドの振動が始まり、

「ヒイイイーッ！」

「アヒイイーッ！」

のけぞった由布子と弥生の目が衝撃にカッと見開かれた。

「いやっ、いやっ、止めてっ、あああっ」

「駄目っ、ああっ、駄目よっ、あああっ、おかしくなるううっ」

脳の芯までビリビリと響いてくるバイブレーションは、もはや快楽などという生やさしいものではない。身も心も振動に痺れきって、二人は気を失いかけた。

「いやっ、いやっ」と泣き叫ぶ声も、かすれた悲鳴にしかならず、ピンクの舌をのぞかせて唇をあえがせる表情は、目がイッてしまっている。

「尻振りを止めるな。続けろ。ガキがどうなってもいいのか？」

「あがががっ」

「うぐぐうっ」

まるで壊れた自動人形のように双臀と双臀とを激しくぶつけ合う。滝のように汗を流しながらの尻振りは、まるで肉弾戦の趣きだ。熟れきった大きなヒップと若さのはじけるヒップとが、汗を飛ばしてパチーン、パチーンとぶつかり合い、申し合わせたように同時にピタリと静止したかと思うと、

「アオオオーッ！」

「アヒイイーッ！」

恥を忘れた生々しい嬌声と共に、人妻と女子大生の秘肉はそれぞれ自分の中へ

押し入っているディルドの胴部を、食い千切らんばかりにキリキリと締めつけた。

　幾度も収縮を繰り返した二つの女体が、バッタリと床に倒れ伏す。スポーンと女子大生の秘壺から抜け落ちたディルドは、片側半分を人妻の女膣内で締めつけられながら、ブゥーン、ブブブブッと淫らに振動しつづけている。アクメの甘酸っぱい匂いがロビー中に漂う中、意識朦朧となって汗みどろの肢体を荒い呼吸に波打たせる人妻のヒップをいやらしく撫でさすりながら、

「おやおや、もしかしてこっちのお嬢さんまでイッちまったのかい？」

　弥生の下半身にも手を伸ばし、健造が可笑しそうにからかった。

「お嬢さん、あんたもしかして、イッたのは初めてか？　どうなんだ？」

　意地の悪い犯罪者の問いは、しかしもう弥生の耳には入っていない。初体験のアクメの衝撃に、視覚も聴覚も麻痺してしまっている。

「ハハハ、記念すべき初昇天が、ディルドでとはねえ、いやはや」

　弥生の丸い臀丘を撫でさすりながらからかいつづける健造は、正座した桜井が額にあぶら汗を流しながら股間を両手で押さえ、血走った目でこちらを凝視していることに気づいた。

「なんだ、おっさん。やっぱり中に出したいのか？」

そう訊かれても桜井は無言だ。だが、

「我慢できねえんだったら、自分の女房の穴を使ったらどうだ？　それなら銀次兄貴からも文句は出ねえと思うぜ。前の穴でも、後ろの穴でもな」

そう健造にそそのかされると、不意に、

「ウオオオーッ！」

獣の雄叫びをあげて立ち上がった。

畜生道に堕ちた桜井は、股間の肉棒をぶざまにそそり立てたまま、うつ伏せになっている妻の由布子の尻に猛然と襲いかかった。

第六章　肉交に啼き狂うシスター

1

奴隷になることを誓った全裸修道女、山本貴美子の手を引き、銀次は宿直室へやってきた。

四メートル四方の狭い部屋には、夜勤の看護師たちが交代で仮眠をとれるよう簡易ベッドが幾つか置いてある。

ベッドの横に立つと、

「さあ、向こうを向いて、尻をこっちへ突き出せ」

銀次は貴美子に命じた。

貴美子は言われたとおり、すこし前屈みになって銀次のほうへ豊満なヒップを

突き出すようにしたが、いきなり、
ピターン！

尻丘に痛烈な平手打ちを食らい、

「ヒイッ！」

双臀を手で押さえて身を反らした。

「ど、どうして……」

背を反らした姿勢のまま、首をねじって男の顔をキッと睨んだ。

「抱かれると言ってるのに……どうしてこんな仕打ちを？」

家畜のような扱いに、涙をこらえた切れ長の瞳に口惜しさをにじませた。

「どうしてかって？　俺はあんたを、修道女から一人の女に、そして一匹の牝に変えてやりたいのさ」

「め、牝……」

「そう、牝だ。牡の太いチ×ポでズッコンズッコン突いて欲しくて、あさましく尻を振りたくる淫らなメスだよ。さあ分かったら、ケツを突き出しな。牝らしくひっぱたいて調教してやる」

あれほど犯し抜いてやったのに、まだ気品を漂わせている。生まれながらの品の良さを感じさせる敬虔な修道女を力ずくで徹底調教し、羞恥と屈辱のどん底に叩き込んでやりたい。

匂い立つ美ヒップを突き出させると、銀次は右手を高く振り上げ、手のひらの跡が薄赤く残った臀丘めがけ、力いっぱい叩きつけた。

ピタァーン！

「クウウウーッ」

貴美子は悲鳴をあげまいと、ギリギリと歯を食いしばって耐えた。そう、彼女の中の気丈さはまだ完全には失われていない。（こんな……こんな男に……）と胸の中でも口惜しさに歯ぎしりした。

だがそれを喜ぶのが銀次という男だ。

「へへへへ」

さも嬉しそうに笑いながら、家畜扱いされる屈辱にブルブル震えている尻丘をじっくりと撫でさする。それからまた高く手を振り上げ、
ピタァーン！

「クウウウーッ！」

気丈な貴美子を呻き泣かせておいて、

「へへへへ」

いやらしく笑いながら、またじっくりと撫でさすった。

（いやっ、もう……もうぶたないでっ）

気丈でも貴美子は女だ。叫びたい気持ちをこらえ、尻丘のカーブを撫でさする卑猥な愛撫に耐えている。

ぶたれるのはもちろん嫌だ。

だが、それ以上に貴美子を怯えさせるのは——。

（熱い……ああっ、身体が熱いわっ）

汗ばむほどに柔肌が火照る。言語を絶する辱しめの連続に、次第次第に肉体が順応してきつつあった。とりわけ先ほどの顔面騎乗——桜井の顔に裸のヒップをせわしなく擦りつけながら、脱獄囚の長大な勃起を無我夢中で吸いつづけているあいだ、その極限の恥辱の中、貴美子は得も言われぬ不思議な恍惚境を彷徨っていた。

今また再び、あの妖しいエクスタシーの渦に呑まれようとしている。

パチーンと臀丘をぶたれるたびに、そして手のひらの跡が付いた尻丘のカーブをいやらしく撫でさすられるたびに、身の毛もよだつ戦慄と共に、この後どんな辱しめが待っているのだろうと、もどかしさに似た妖しい昂りに前屈みの裸身を悶えさせてしまう。

「分かってると思うが――」

尻丘を撫でる手を止めて銀次が告げた。

「あんたが『奴隷の誓い』を破れば、あの弥生って娘は中出しされることになる。しかも相手は一人じゃねえ。あの桜井のおっさん以外にも子供の父親は大勢いる。そいつらだって、可愛い女子大生とハメれるとなりゃあ――」

先ほどロビーでも言い聞かされた脅し文句に、

「そんな……そんなこと許しませんっ」

こみあげてくるエクスタシーの渦に呑まれまいとしつつ、貴美子は必死の声を高ぶらせた。

「許しませんだとォ？　まだ自分の立場が分かってねえようだな」

銀次はピターンと追加の一撃を見舞って貴美子の背を反らせると、その細肩をつかんで、こちらを向かせた。

「ひざまずけ。性奴隷の分際で、ご主人様であるこの武藤銀次に盾突いたことを心から詫びるんだ」

「ううっ」

全裸の貴美子は、剛直を反りかえらせて仁王立ちしている銀次の足元に奴隷のようにひざまずかされた。

「さあ言え。この俺を納得させる口上を述べることができなければ、そのツケは今度こそあの娘が払うことになる。ウブで純真そうな娘だ。大勢に輪姦されればきっと立ち直れないくらいボロボロになっちまうことだろうよ」

「あああっ」

貴美子はもう聞いていられないとばかりに首を横に振った。

そうだ。彼女を——弥生を守らなくてはならない。たとえこの身は地獄に堕ちようとも。そう決意したはずだった。口惜しさのあまりつい反射的に言い返してしまったが、この男に逆らってはならない。

「申し訳……ありませんでした」

正座した貴美子は、震える声で謝罪の言葉を口にしはじめる。

「奴隷の分際で……ご主人様に……武藤銀次さまに盾突いたこと……心より……心よりお詫び致します」

そしてまたあの「奴隷の誓い」を復唱させられた。一生涯この男、武藤銀次の性奴隷として身を捧げ、彼のあらゆる性的要求に従っていくと。

「神様の……神様の前でお誓い致します」

途切れ途切れに言葉を述べたてる修道女の頬に熱い大粒の涙がこぼれた。

「いいだろう。今度だけは許してやる」

銀次が尊大にうなずき、簡易ベッドに腰掛けると、

「舐めろ。綺麗にするんだ」

そう言って片足を貴美子の高い鼻梁に突きつけた。

貴美子は舌を出し、その臭い裸足の足を舐めなくてはならなかった。

言われるがままに、まずは踵から、そして汚れた土踏まずを何度も舌でなぞらされ、最後に足指をしゃぶらされた。親指から順番に口に含んでしゃぶりたて、小指まで行くと、今度は指の間の股を順に舐めていくよう命じられた。

「あ、あああっ」

こぼれそうになる嗚咽をこらえて、男の蒸れた指股に柔らかい舌を差し入れていく貴美子。

片足への奉仕が済むと、

「今度はこっちだ」

もう片方の足を突き出された。

奴隷の身に堕とされた貴美子は、成熟味の匂うオールヌードを正座させたまま、あたかも忠実な飼い犬のように銀次の臭い足を舐めつづけた。

たっぷり時間をかけて美人修道女の舌奉仕を楽しみ終えると、銀次はベッドに乗って胡坐をかいた。

自分の股間にそそり立つ肉棒を指し、

「ここにまたがってこい。こいつを自分でつかんで、マ×コにズッポリ咥え込むんだ」

床に正座したままの貴美子にそう命じた。

飼い犬同然の扱いを受ける貴美子は、恥ずべき奉仕を終えたばかりの口の周りを拭うことすら許されない。

命じられるがままベッドに上がると、

(ううう……)

胸の内で嗚咽をこぼしながら、胡坐をかいた銀次と向かい合う格好でその膝を跨ぎ、おずおずと腰を沈めていった。そのムチッと張った大きなヒップの狭間に男の逞しい剛直の矛先が触れる寸前、思いきって手を伸ばし、その極太棒の胴部をギュウッと握りしめた。

(ああっ、大きいっ……)

握りしめた瞬間、貴美子はカーッと全身を熱くした。

太い胴部に絡みつかせた手指がじんわりと汗ばむ。口に含まされた時にも同じ感覚を味わわされたが、拍動する男性器の長大さに、身体の奥から淫らな疼きがこみあげてくる。それが大きくふくれあがり、どうしようもないまでに女の性を狂わせることを、貴美子はイブの夜から今朝にかけて教えられてしまった。

目をつぶり、ゴクリと生唾を呑むと、極太の肉棒の先端をおのれの媚肉にあてがった。それだけでもう、

(あああああーっ)

貴美子は脳天まで戦慄に貫かれた気がした。

灼熱の矛先を触れさせたそこは、すでにトロトロに肉をとろけさせ、熱い汁をしたたらせている。まるで早く貫かれたいとばかり女の構造を開ききって、ヌラつく襞を淫らにうごめかせているのが自分でも感じられた。

(どうして……どうしてこんなに……)

虐げられれば虐げられるほどに官能の花を咲き誇らせてしまう。そんな自分の

身体の成り行きが信じられない。だがもう止めることはできなかった。あたかも自分の中にいるもう一人の自分――ふしだらな牝――に操られるかのように、

「くううう――っ」

歯を食いしばった貴美子は、熱く火照る双臀を沈めていく。

ズブズブーッと垂直上向きに押し入ってきた灼熱の肉杭に、

「あううう――っ」

早くも兆しきった顔をのけぞらせ、男の胡坐座りの膝の上にペタンとヒップを沈めきった修道女。そのくびれた腰を抱き支えてやると、銀次は舐めまわさんばかりの目をして、貴美子の悩ましい表情に顔を近づけた。

「ヘッヘッヘッ、嫌がってたわりにゃあ、根元までしっかりと咥え込んじまったじゃねえか」

「あっ、あっ、あああっ」

対面座位で味わわされる男の肉杭の逞しさに、気品ある頬を燃えるように上気させた貴美子は、もはや言葉も出せず、ただただ濡れた唇をゼイゼイと喘がせるばかり。押し入ってきた牡のパワーに圧倒されてしまった表情もさることながら、貫かれた肉の花芯が、まるで待ちかねていたかのように柔襞をざわめかせて銀次

の剛直を締めつける。

「どうした？　なんとか言ってみな。『神様ごめんなさい』とか何とか、そんな言葉はねえのかよ」

からかわれても反発することすらできずにいる貴美子の左右の乳房を、銀次は両手ですくい上げるように揉みしだく。重みのあるたわわな乳房は、食い込ませようとする彼の指を頼もしい弾力で弾きかえしてくる。感度も抜群によく、揉みたててやるたびに「あんっ、あんっ」と甘い声をあげて羞じらう修道女の汗ばんだ白い双乳の谷間に、首から下げた銀色のロザリオが光っていた。

十字架をかたどったそのロザリオを銀次が片手で弄びだすと、

「や、やめて……」

貴美子は悲しげな顔を横に振って拒んだ。

拒んではいけないことを忘れたわけではない。だが入信以来ずっと肌身につけているそれ——愛と信仰の象徴であるロザリオ——を悪人の手で弄ばれるのは、敬虔な信徒として耐えがたかった。

「へへへ、こんなガラクタのことなんざァ、すぐにどうでもよくなる。俺が忘れさせてやるのさ」

　自信たっぷりに言うと、銀次は激しい胸の鼓動が伝わってくる修道女の乳房をさらに激しく揉みしだきつつ、胡坐座りの腰をゆるやかに揺すりはじめた。

「い、いやっ、いやっ」

　たちまち貴美子の頬に赤みが増す。

「ああっ、ああっ……ああっ、ああっ」

　まるで恋人同士のような対面座位で揺すられて、貴美子は羞恥に赤らんだ顔を横にそむけた。なすすべもなくふくらんでくる妖しい疼き。嫌でも感じてしまう恥知らずな顔を、正面から見つめられているのが耐えがたい。

「顔をそむけるな。俺の目を見ろ」

　銀次が覗きこみながら命じた。

「あああっ」

「聞こえねえのか？　俺の目を見るんだ」

「うっ、うっ」

　貴美子は仕方なく顔を銀次のほうへ捻じ向けた。

（い、いやっ）

　息も絶えてしまいそうな羞恥を覚えるのは、鷹のように鋭い銀次の目が、

（感じてるんだろ？　あんたのことは、何もかもお見通しだぜ。何が神だ。何が信仰だ。このドスケベの淫乱女が）

そう語っているように思えるからだ。

命じられて彼と互いの目を見つめ合ったまま、たわわな乳房を揉みしだかれる貴美子の頬の赤みはさらに増した。羞じらいと口惜しさ、それに肉の昂りが入り混じり、もう林檎のように真っ赤だ。

じっくりと芯まで揉みしだいてやった乳房を、銀次は口に含んだ。頬張るようにして白いふくらみを吸いあげ、色の薄い先端の野イチゴの実を、舌先で巧みに弄んだ。

「う、うんっ、あっ、あっ、あっ、ああんっ」

食いしばった歯の間から貴美子は嫌でも声をこぼしてしまう。円筒形にツンと勃起した乳首の周りを、薄桃色の乳輪の縁にそってクルリクルリと円を描きつつ銀次のヌラつく舌先がなぞりたててくる。そんなソフトな愛撫なのに——いや、焦れったいほどにソフトな愛撫であればこそ——慎み深い貴美子の女の性も、知らず知らずのうちに押しとどめようがない高さまで官能の潮位を上げていく。

眉間に縦ジワを深く刻み、こらえようと懸命の修道女の美貌を上目使いで観察しながら、銀次はねちっこく舌を使いつづける。その間も対面座位のゆるやかな揺すり上げは止めない。花芯への淫らな刺激とバストへの焦らし愛撫。上下同時進行の責めで、貴美子の女体が狂いだすのを待っている。

「こんなんじゃ物足りないだろ？」

上目使いのまま銀次が問うた。

「もっと激しく突きえぐって欲しい。それに乳首もいじめてほしいんじゃないのか？　え？　どうなんだ？」

意地悪く訊きながら、相変わらずゆるやかに腰を揺らし、乳輪の縁を焦らすように舌でなぞりまわす。

「あ、あああっ」

首を横にふる貴美子の喘ぎ声が熱い。もどかしさに我れを忘れかけているのか、ときおり銀次の逞しい胴に手をふれ、すぐにハッと気づいて引っ込める。何度もそれを繰り返すのは、肉の欲情と慎みとの間で激しく葛藤しているのだ。

「『乳首をもっと吸って』って言えよ。肉奴隷らしく、ご主人様に甘える色っぽい声でな」

「ううう っ」

「ほら、どうした？　まさか『誓い』を忘れたんじゃあるまいな」

「ううっ……も、もっと……」

負けまいと嚙みしばった貴美子の唇が開いた。

「もっと……もっと貴美子の乳首を吸ってください」

2

甘い声にはほど遠い。だがこの期に及んでも最低限の慎みだけは保とうとする修道女の懸命さが声色に滲んでいて、たまらなく銀次を興奮させた。

「へへへ、そうかい。尼さんに『吸ってくれ』とせがまれたんじゃあ、サービスしてやらねえわけにもいかねえなあ」

ニンマリした銀次は対面座位の腰を揺すりつつ、性感を凝縮させて固く尖った薄桃色の乳首を口に含み、絶妙な力加減でチュウーッと吸ってやった。

「ハフッ、ハフフーッ」

たまらず目を見開いて声を発した貴美子の脳内に、極彩色の火花が散った。

銀次の舌がベロベロとせわしなく動き、勃起して感じやすくなっている乳首をコロコロと上下左右に転がす。意識が飛んでしまいそうな快感に、貴美子は男の膝を跨いだヒップをもじつかせずにはいられない。右の乳房の先端、左の乳房の先端と、交互に舐め転がされているうちに、羞じらいを麻痺させられてしまい、まるで「もっと、ねえもっと」とせがむかのようにバストをせりだしてしまう。

ガリッと乳首を甘嚙みし、「ヒーッ」と貴美子に嬌声をあげさせておいて、

「両手を上げな。腋の下を舐めてやる」

意地の悪い上目使いで銀次は命じた。

(あ、あァ……)

ジィーンと全身を官能に痺れさせてしまった貴美子は、催眠術にかかったかのように言いなりになる。

両手を頭の後ろで組み合わせ、汗に濡れた腋下の窪みを銀次の眼前に晒した。一瞬ハッと正気に返りはしたものの、抗うことは許されないし、抗うだけの気力も失せていた。知らず知らずのうちに奴隷の習性が身につきはじめている。恥ずかしさと口惜しさが、倒錯した屈従の悦びと入り混じり、被虐の甘い快感に変化していく。

晒しきった腋窩を銀次に舐めさせながら、

「ううっ、みじめだわっ……」

貴美子は弱々しく首を振ってすすり泣いた。

逞しい男性器を深々と花芯に咥え込んだまま、対面座位で焦らすように腰を揺すられ、腋窩を舌で舐められている。

巨大ナメクジのような男の舌は、おぞましいヌラつきの中にザラついた感じもあって、そのザラつきがゾロリ、ゾロリと貴美子の秘められた腋窩の性感を引きずりだしにかかると、

「ああっ、駄目っ、駄目よおっ」

甘い声をこぼして色っぽく腰をくねらせてしまうのを止められない。銀次のゆるやかな腰の動きがもどかしくて、貴美子は火照ったヒップを自分から押しつけるようにしてしまう。こんなふうにじわじわといたぶられるくらいなら、いっそ息つく暇もない激しいピストンで、一気に頂上まで追い上げて欲しいと願った。

「『駄目』とか言いながら、感じてやがんだろ？　マ×コが物欲しそうにヒクヒクしてやがるぜ」

腋窩を舐めあげる銀次が、横目で見ながら言う。

「嘘っ、そんなの嘘よっ」

貴美子は首を横に振って否定したが、恥知らずな肉の収縮がどんどん強まっていくのを自分でも感じていた。

揺すられるたびに、花芯の肉奥を矛先で突かれる。その快感が子宮に伝わり、溶けただれる子宮の収縮に合わせて女膣全体も強く収縮した。

収縮して締めつけるたびに、男の逞しさを味わわされてしまう。もっともっとと無我夢中、彼女自身も腰を揺すりたてた。

「はああっ、はああっ」

理性が鈍磨して、何も分からなくなった。この異常な快感と肉の昂りにケリをつけてもらう。そうしなければ気が変になってしまう。対面座位で夢中になって尻を揺すりたてる敬虔な修道女は、もうそれしか考えていなかった。

「『気持ちいい』って言え」

貴美子の腋窩をヌルヌルにコーティングし終えた銀次が、胡坐座りの腰をやや強めに揺すりながら耳元に囁いた。

「正直に言えば、もっと激しく突きあげてやる。そうして欲しいんだろ？」

それから貴美子の火照った美貌を両手で包み込むようにつかむと、

「ほら、言うんだ」

と促した。

「き、気持ちいいっ」

貴美子が夢遊病者のように答えると、その唇を銀次は正面から奪った。

先ほどと同様、舌と舌とを絡ませ合う熱烈なディープキス。入り混じって濃くなった互いの唾液を何度も呑み下し合いながら、胡坐座りの脱獄囚の膝を跨いだ貴美子はもう夢うつつ。目元を赤く染めて官能に酩酊してしまっている。

そこに誰もおらず、人目をはばかる必要がないことも大きかった。その気持ちを見透かしたかのごとくに、ネットリと唾液の糸を垂らして唇を離した銀次が、

「いいぜ、貴美子。今は俺たち二人きりだ。遠慮はいらねえ。なにもかも忘れて俺にしがみつきな。誰にも言ったりはしねえからよ」

額と額とを突き合わせ、まるで共犯者同士であるかのように言うと、

（アァ……ハアアッ……）

身も心もとろけるキスの甘美な陶酔から冷めぬまま、貴美子は男の日焼けした太い首に両腕をまわしてしがみついた。

そのしなやかな裸身を抱きかかえすと、銀次はいよいよ本格的に対面座位の腰を強く揺すりはじめた。

「ああっ、いっ、いっ、うぐぐっ、うぐぐぐっ」

弾力に満ちたバストが押しつぶされるほど身体を密着させ、銀次の首に夢中でしがみついた貴美子は、上下に激しく揺すられて重く呻く。

もう十分すぎるほどに愛撫を受け、揉みほぐされて開かされてしまった女体は、突きえぐられるたびに子宮が強烈に疼き、背筋を稲妻のように快感が走り抜けた。

「ああっ、ひいっ、ひいいいっ、あがががが っ、ひいいいーっ」

「感じるのはかまわねえが、あんまりふしだらな声をあげるな。へへへ、あんたのヨガリ声は、きっと神様がお聞きになってるぞォ」

遠慮は要らないなどと言ったくせに、いざ貴美子が我れを忘れそうになると、すかさず嘲笑の冷水を浴びせてくる意地の悪い銀次である。

「あ、あああっ」

快感の中でカーッと羞恥に灼かれ、貴美子はあわてて口をおさえた。だが溢れ出る悦びの声を押しとどめることができない。手に歯を食い込ませて噛んだまま、

「ンンーッ、ンンーッ、ンンンーッ」

と喜悦の声をくぐもらせた。

ひとしきり責めたてると、銀次は貴美子を腰に乗せたまま、ベッドにあお向け

に寝そべってしまった。

跨っている貴美子からすれば対面騎乗位だ。修道女にあるまじき女性上位は、はしたなさの極致と言えた。

「あぁっ」

と声を洩らし、羞恥に火照る美貌を両手で覆い隠した修道女に、

「腰をくねらせて尻を擦りつけな。さっきやったのと同じ要領だ」

銀次が下から見上げて教えたのは、さっきの顔面騎乗のことを言っているのだ。

銀次の剛直を口に含んで吸いながら、先ほど貴美子はあお向けに寝た桜井の顔に大きなヒップを夢中になって擦りつけたのだった。

教えられるとおり銀次の分厚い胸板に両手をつくと、貴美子は下から貫かれたままの尻を揺すりはじめた。

(ううっ、け、汚らわしい……汚らわしいわっ……あァ、神様、お許しをっ)

ふしだらな振舞いを神に詫びながら、腰をくねらせてヒップを前後にスライドさせる。初めは唇を噛んでおずおずと、だが次第に肌が火照りを増して、双臀の動きが速まってくる。

「ハアッ、ハアッ……ハアッ、ハアッ」

息使いが荒く、そして妖しくなってきた。感じはじめた顔を男に見られるのがつらさに、懸命に横にそむける頬が火になっていくさまを、意地の悪い目で下から見上げている銀次には、彼の剛直を包み込んだ貴美子の女壺のむさぼるようなうごめきがハッキリと感じとれた。無数の肉襞を熱くざわめかせ、別の生き物のようにネットリと絡みついてくる。自身で腰を使っているという罪の意識が女を興奮させることを、彼は経験から知っていた。信心深い修道女とて、性感法則の例外ではない。それが証拠に、もう貴美子のヒップスライドは止まらない。官能の渦に呑まれて顎を突き上げ、

「ああっ、ああんっ、ああっ、ああんっ」

甘い声を張りあげながら、無我夢中で双臀をスライドさせる。もうどっぷりと肉の快感に浸りきったかに見える美しい修道女の裸体は、にじみ出る汗に妖しくヌラつき、先端の乳首を勃起させたたわわな乳房が、下に垂れさがった十字架のロザリオと共にユラユラと前後に揺れた。それを下から見上げつつ、

「どうだいシスター。あんたが望んでた天国より、こっちの天国のほうがずっといいだろ?」

銀次が意地悪く問うと、

「そ、そんな……そんなことっ」

貴美子は息をはずませ、上気した顔につらそうな表情を見せた。

「意地を張ってねえで認めろよォ、へへへへ」

ニタニタと笑う銀次は腰を使っていない。あお向けに寝たままで、せわしなく前後にスライドする貴美子の双臀の、腰骨あたりに軽く手をそえているだけだ。

「あんたがどう言い訳しようと、あんたはもう俺の女だぜ。だってほら、あんたのこんな大胆な腰振りを見たのは、今までも、そしてこれからも、この俺ひとりなんだからな、そうだろ貴美子」

貴美子は「ううっ」と呻いたきり答えない。言い訳できないことは、自分でも分かっている。分かっていても腰振りは止まらない。止まらないどころか、胸に迫る罪の意識を掻き消そうとするかのようにヒートアップ。恥知らずな腰振りはますます大胆さを増していく。

「ああんっ、ああんっ……ああんっ、ああんっ」

はっきりヨガり泣きと分かる声をこぼしはじめた貴美子は、濡れた唇を淫らに開き、恍惚の表情をさらして双臀を揺すりつづけた。むさぼるようにせわしない前後方向のスライドに加え、くびれた腰を狂おしくのたうたせはじめる。慎みを忘れた騎乗位の奔放さが、首に下げた銀のロザリオをちぎれんばかりに跳ね上がらせた。

　敬虔な修道女の異常なまでの感じように、

「そうだ、その顔だ。模範的なクリスチャンでございますと取り澄ましたあんたの、そんな顔が見たかったんだよ」

　銀次が笑い、突き上げるように下から揺すりはじめた。

「あうう一っ」

　喜悦に背を反らした貴美子の反応は激しかった。

「い、いやっ、いやっ」

　ウェーブのかかった艶やかな髪を振り乱し、泣き声を凄絶に高ぶらせた。

「そんなに……そんなに突いちゃ駄目っ……駄目っ、駄目よっ、あああっ、駄目ええっ」

「ハハハハ、自分で腰を使っといて、『突いちゃ駄目』もねえもんだ」

「ひいいっ、イクううっ」

「まだだ。まだイクのは許さねえ」

　感極まった貴美子が昇りつめそうになると、銀次は揺すりあげてやるのを止め、

（ああっ、いやっ）と狼狽する貴美子に向きを変えるよう命じた。

「抜くんじゃねえぞ。つながったままだ」

「あっ、あうっ、あうっ」

貴美子は全身をわななかせつつ、熱くたぎる男女の肉の結合部を中心に、銀次の下腹の上で大きなヒップを捻じるように回していく。

深々と貫かれている女膣内で、逞しい剛直と溶けただれた柔肉が擦れる感覚がたまらなかった。その感覚に灼かれて、

「ひいいいーっ」

火柱になった修道女の女体は快美に痺れきった。百八十度向きを変えて銀次のほうへ背中を向けると、そうしろとも言われないのに自分から背面騎乗位の腰を使いはじめた。

「ハフッ、ハフッ……あぁあっ、あぁあっ」

息を弾ませての尻振りは、今度はスライドでなく上下のバウンドだ。あお向けの銀次のほうへ双臀を向け、ゴムまりのように大胆に跳ねさせる。ほくそ笑んでそれを眺める銀次の前で、ポン、ポンとリズミカルに跳ね上がるヒップの双丘はムチッと張った双丘が艶やかで、まるでむき玉子を並べたかのようだ。ムンムン

と妖しく匂いたつ臀裂の底の肉の割れ目に、彼の自慢の太い肉の凶器がヌプッ、ヌプッと力強く出入りを繰りかえし、めくれあがる薄桃色の粘膜をしとどの蜜に濡らしていた。

男に尻を見られながらの腰振りに、貴美子の情感は一気に燃え盛った。

「子宮にっ、子宮に当たるっ、ああっ、す、すごいっ、あああっ、すごいいいっ」

髪を振り乱して歓喜にヨガり泣くかと思えば、

「壊れるっ、壊れるっ、ああっ、銀次さん、駄目っ、私、壊れちゃうっ」

首を後ろへ捻じって涙ながらに訴えた。もう自分でも何が何だか分からない。官能の芯の一番深いところに長大な肉杭を打ち込まれるのは、熟れきった女体にとって天国と地獄を同時に味わわされるようなものだ。全身の血がグツグツ煮えたぎり、毛穴という毛穴からあぶら汗が噴き出した。

「へへへ、壊されたいんだろ？」

大きくバウンドする女尻に手をそえたまま、

「そうだ、それが牝の悦びだ。壊されたいのは、お前が牝になりかけてる証拠だ。そら、壊してやるから、もっとケツを振れ、もっとだっ、もっとだっ」

言葉でも煽りたて、再び下から突きあげはじめた。

「あああーっ！」

貴美子は惜しげもなく喜悦の声を放った。

「ああっ、銀次さん、いいっ、銀次さんっ、ああっ、もっと、もっと突いてっ」

ヒップバウンドがさらに振幅を増す。

「ああああっ、もっと掻きまわしてっ、もっとっ、もっとおっ、あああああっ」

「もう一度訊くぜ、貴美子。こっちの天国のほうが聖書の説く天国よりもずっといいだろ？　正直に答えりゃあ、とどめを刺してやる。そして俺の子種をお前の中にたっぷりと出してやる」

「は、はいっ」

こちらへ向けたヒップを狂ったようにバウンドさせながら、貴美子は喘ぎ喘ぎ答えた。もう快楽のことしか頭にない。羞恥心もろとも理性を麻痺させてしまい、ひたすら昇りつめたいだけだ。

「天国っ、こっちの天国のほうが……いいっ、いいいっ、ひいいいっ」

えぐられる秘肉がグッチョン、グッチョンと卑猥な音を立て、狂おしく双臀をはずませる貴美子の嬌声の伴奏をした。

「出してっ、中に出してくださいっ、ああっ、銀次さんっ」

とうとう自ら中出しをせがむまでに堕ちきった背徳の修道女を、

「まだだ。まだ牝になりきってない」

銀次はさらに煽りたてた。

「お前が完全に牝になりきったら出してやる。そら、もっと狂えっ、神の花嫁ではなく、悪魔の花嫁になったことを証明してみろ」

などと言い、汗に光る豊満なヒップを下から揺すりあげる。

「あがが、あがががっ、ひいいいっ」

貴美子は正気を失くしている。焦点の定まらない瞳。口元からヨダレを垂らしながら、銀次に命じられるまま、

「チ×ポっ、チ×ポ好きっ」

「太いチ×ポっ、太いチ×ポっ」

「オマ×コっ、オマ×コおおおっ」

などと、修道女にはあるまじき卑猥な言葉を何度も何度も叫ばされた。

もうバウンドさせるだけでは飽き足りず、ヒップを旋回させて自ら花芯の奥をコネまわす。突かれながら最奥をコネまわされると、気も遠くなる快感に脳髄が溶けただれた。

「オオオッ、オオオオッ」

獣じみた喘ぎと共に、背面騎乗の腰をくねらせる貴美子の双臀が小刻みに痙攣しはじめた。「出してっ、出してっ」と言いたいのか、濡れた紅唇をパクパクと喘がせる。銀次はタイミングを間違えない。のけぞった貴美子の肢体がキリキリと収縮するのに合わせて、

「ウオオオーッ！」

と吠えると、とどめの一突きを加えた。

「アヒイイイーッ！」

歓喜の絶叫を放って弓なりに反った修道女の裸身。罪深い快楽に溶けただれてしまったその子宮に、極悪非道の脱獄囚の熱い精液を情け容赦なく浴びせられる。何度も何度も浴びせられ、そのたびにのけぞる貴美子の身内を快美の戦慄が貫き走った。精力絶倫、武藤銀次の射精発作は十数回続いたが、ようやくそれが収まると、貴美子はもう骨の髄までアクメの快感に痺れきってしまい、そのまま前へつんのめるようにグニャリと上体を伏してしまった。

「ふーっ、よかったぜェ、貴美子」

思う存分に劣情を放ち終え、大きく息をついた銀次は、まだ彼の腰の上に乗っ

ている貴美子の双臀を、褒めたたえるようにパンパンと叩いた。

「さあ、『お掃除フェラ』だ。それが済んだら『立ちマン』で二回戦といこうか」

そんな銀次の言葉は、貴美子には聞こえていない。強烈すぎるエクスタシーに酔いしれ、瞳もうつろなまま、ブルルッ、ブルルッと全身をわななかせている。

第七章　全裸記者会見【媚臀品評会】

1

「報道関係者らが大勢、列をなして病院の建物の中へ入っていくところです」

「聖グノーシス医科大学病院」の別棟「難病小児治療センター」の広い敷地内に入る門の前で、「ジパングテレビ」の若い男性リポーターがマイクを手に実況をしている。

「いま、私たちジパングテレビ、『報道キャッチアップ』のキャスター鳥越誠一がエントランスに入りました。『列島テレビ』の女性アナウンサー、原淳子さんの姿も見えます」

脱獄、そして病院占拠という恐ろしい犯行の動機を、マスコミの報道関係者らを集めて発表したいという犯人側の要求に応じ、病院内ロビーで記者会見が開かれることになったのだ。危険なので、初め警察は渋ったが、拒否すれば人質らの安全は保証しないと通告され、渋々会見を許すことになった。

急遽集められた五十人の報道関係者はみな、重松秀明と名乗る犯人側の代表者が指名してきた。指名されたのが、テレビ等によく出演し、名前と顔を知られた人物ばかりなのは、マスコミ関係者を装って警察の人間がまぎれこんでくるのを警戒したのであろう。

「あ、あれは人気動画配信者のヒアルロンさんですね。この会見には数名の人気動画配信者も招待されています。撮影機材の持ち込み、動画配信ともにＯＫとのことで、視聴数でしのぎをけずる彼らにとっては、フォロワー数を増やす絶好のチャンスですよね」

男性リポーターは病院の玄関口とテレビカメラを交互に見ながら続けた。まだ入社して間もないらしく、かなり緊張して時々言葉に詰まりつつも、新人らしい意気込みが感じられる。

「犯人側は、会見を開くにあたり、ドレスコードを通告してきています。男女共フォーマルなスーツ姿で会見に臨むこと、とのことです。なにか意図があるのでしょうか？　あ、そろそろ参加予定者の半数ほどが館内に入った模様です」

犯人側が警察に通告してきた内容によると、何のトラブルもなく会見が始まれば、その時点で、入院している子供たちを解放するとのことである。難病の子供たちを含む大勢の人質がいるため、交渉は圧倒的に犯人側に有利だった。

そのことと並んで警察を悩ませたのは、犯人らの人数がつかめないことだった。脱獄囚の犯行だということは分かっている。しかし脱獄したのは二名のはずなのに、エントランスで縛られていた守衛の話だと、犯人グループはなぜか三人だった。しかも拳銃で脅されて縛りあげられた彼の前で、犯人らは「後から大勢仲間が加わる」といった内容のことを話していた（これは実は、警察を攪乱するために重松が立てておいた作戦だったのだが）。

報道関係者を中へ入れて会見が開かれれば、そのあたりの情報をつかむことができる。警察が最終的に会見を認めたのには、そういう事情もあった。

クリスマス休暇の時期でもあり、全国民が固唾を呑んでテレビの前に座って、会見の中継が始まるのを今か今かと待ちかねていた。

報道関係者らが全員病院内に入ってから、しばらくは何事も起こらなかった。

新人男性リポーターをはじめ、マイクを手にした各局のリポーターたちはやや手持ち無沙汰気味で、その間テレビ番組のほうはスタジオ内の識者やコメンテーターらがあれやこれやの話で間を持たせていたのだが……。

「あっ、いま出てきました！」

振り向いた男性リポーターが声を高ぶらせた。

「子供たちです！　看護師さんらが押すベッドに乗って、子供たちが無事にエントランスから出てきています。手を振っているお子さんもいます。無事です！　よかった！　子供たちは無事なようです！」

白衣を着た看護師七名が数往復し、二十人いる子供の入院患者らを全員屋外へ出し終えた。テレビに見入っていた視聴者らは皆ホッと安堵に胸を撫でおろしたが、その女性看護師らが全員レイプされてしまっていることは、まだ外部の人間は誰も知らない。それと、今まさにその瞬間、記者会見場となった病院ロビーでとんでもない事態が起こっていたことも……。

2

入館する報道関係者らを、エントランスの内側で重松は一人一人チェックした。

あらかじめネットで調べてプリントアウトしておいた本人の顔写真と見比べると、

「よし、次っ」

拳銃を構えたまま、外に並んでいる列の先頭の男に声をかけた。

数人が中へ入った段階で、やはり拳銃を構えた健造が彼らをロビーへと導いていく。

そうやって五十人ほどの会見参加者らを全員、通路に面したドアをなぜか全部開け放ったロビーに収容し終えると、イブの出し物として子供たちに劇を演じてみせるために臨時に拵えられた正面の横長のステージに、頬に大きな傷跡のある目つきの鋭い男が現れた。

背広姿のその男——武藤銀次の醸し出す凶悪な雰囲気に圧されて、参加者らはみなジリジリと後ずさった。

緊張でシンと静まりかえった中、ジロリとロビー全体を見渡した男が低い声で語りはじめた。

「尊敬するマスコミ関係者、ならびに人気動画配信者の皆さま。本日は、我々の記者会見にご参加くださり、感謝の念に堪えません。あいにくパイプ椅子の数が足りておりませんので、まことに申し訳ありませんが、床に正座という形でお願いできますでしょうか」

言葉遣いだけはやけに丁寧な指示に、全員が従った。

「ありがとうございます。ではまず、我々が今回の行動に及んだ、その動機からお話しさせていただきます。その動機とは、ひと言で申し上げるならば、『医療業界にはびこる不正を誅したい』ということであります——というのは真っ赤な嘘でして」

正座した参加者らを睥睨した男がニヤリと笑って言ったので、皆、

（えっ？）

と、戸惑いの表情を見せた。

「『お祭り』ですよ」

不敵な笑みを浮かべたまま男は続けた。

「お祭り騒ぎをやりたいだけです。でもご参加いただいたことを後悔させたりはしません。とくに男性の参加者にはね」

男が合図の指をパチンと鳴らすと、近くのドアから、人質と思われる男性たちが列をなしてロビー内に入ってきた。入院している子供たちの父親たちである。

そこまでは普通だったが、その後が異常すぎた。臨時にしつらえられたステージに十数人の父親たちが横一列に並ぶと、それに続いてドアから入ってきたのは、一糸まとわぬ全裸の女性たちだった。みな羞恥に頬を赤く染め、ある者は両手で顔を覆い、ある者は前屈みになって胸と下腹を懸命に隠そうとしている。

「おおーっ」

とロビー内がざわめいたのは言うまでもない。一斉にカメラのフラッシュが焚かれ、何人かいる動画配信者らの撮影カメラのレンズが、全裸女性たちの柔肌を舐めた。

入ってきたのは人妻――つまり桜井由布子ら、入院している子供たちの母親、それから竹田弥生のようなボランティアの女子大生、最後に修道女の山本貴美子、そして女医の北村慶子である。

あらかじめ命じられたとおり、由布子、弥生、貴美子、慶子の四人は、父親らの前に横数列に並ばされた女たちの最前列に立たなくてはならなかった。とくに真ん中に立たされた女医の慶子は、恥ずかしい女の割れ目を見られまいと両手で懸命に前を押さえている。重松に縫い合わされたそこが、まだジクジクと疼くように痛むのだ。手首と足首には縄の跡も残っている。

その慶子が声を震わせながら言った。

「み、皆さま……わたくしは、本センターの責任者、センター長の……北村……北村慶子でございます」

言い含められているとおりの口上である。指示どおりにしないと、入院している子供たちを全員殺害すると脅されていた。ほかの女性たちも同様である。子供たちの命、そして自身の身の安全のために、これからテレビカメラの前で、死にもまさる生き恥を晒さなくてはならない。

「これから……私たち全員で……ご参加いただいたマスコミの皆様に……楽しんでいただくべく……は、裸踊りを……つたない裸踊りを披露させていただきますので……どうかご堪能ください」

そんな異常な口上を述べ終えると、慶子は向きを変え、両手を色っぽく左右の腰骨あたりに添えて報道関係者らのほうへ裸のヒップを晒した。人妻の由布子、女子大生の弥生、修道女の貴美子がそれに倣うと、他の女性たちも——着衣の父親たちまでもが——全員向きを変えて同じポーズをとった。

バシャ、バシャ、バシャ、バシャ、バシャ——。

カメラフラッシュの嵐が女たちの剥き出しのヒップを襲った。

「皆さん、手拍子をお願いします」

司会役をする銀次が笑みを浮かべて言い、

「It's Show Time! Here We Go!」

そう叫んで手拍子を始めた。

それに合わせて手拍子をしたのは、ステージの反対側にいる弟分の健造だけで、大勢がぎっしりと詰めて正座しているロビー内は、相変わらず異様なまでにシンと静まりかえっている。

だが銀次が拍手の手を止め、

「我々に協力的でない方には、この会見の場から去っていただきます。冷たい骸となってね」

そう脅して、一番近い所に正座している某テレビ局のアナウンサーへ銃口を向けると、主婦層に一番人気とされるその男性アナウンサーは、あわてて手拍子を始めた。

銀次が銃口の先を移動させるたびに、手拍子の輪がひろがっていく。ついにはロビーに正座させられた全員が手拍子を始めた。取材に来たはずが、いまや彼らも人質同然の身。男性だけでなく女性アナウンサーたちまで、不承不承手拍子に加わった。

　パンパンパンパン、パンパンパンパンパン――。

　リズミカルに鳴り響く手拍子の中、裸の尻を彼らのほうへ向けたステージ上の人質たちは、手を色っぽく腰骨のあたりに添えたポーズで手拍子に合わせて腰を左右に振った。恥ずかしくとも、みじめでも、そうしないわけにはいかなかった。一人でも従わない者がいれば子供たち全員の命がないものと思え。そして尻振りに色気が不足している者は、全員の前で犯す。あらかじめそう脅され、言い含められている。

　床に正座して手拍子をする大勢の報道関係者。その前で裸の双臀を振りたてる人妻や女子大生、そして女医と修道女。

　熱気がムンムンと漂うロビー内は、異様としか言いようのない光景である。

「動画配信者の方は、手拍子は結構」

　全員を見回しながら銀次が言った。

「撮影と配信をお続けください」

　数名いる動画配信者らはうなずき、いそいそとカメラを構えた。外のリポーターが言っていたとおり、彼らにとってはフォロワー数倍増と視聴数獲得のまたとない好機なのである。

「あんたもだ。それとあんたも」

中継用のＴＶカメラを横に置いて手拍子を打つ報道関係者ら数人にも、銀次は撮影を許した。

やがて日本全国のお茶の間に、病院の熱気あふれるロビーで展開するこの異様な光景が届けられた。スタジオの映像から突然に切り替わった中継画像に、二十数人いる女性たちの全裸姿が――並んで振りたくられる尻、尻、尻……汗ばんだムチムチのヒップの映像が――もろに映し出されてしまったのだ。

日本中の視聴者をアッと驚かせた後、放送倫理規定にふれるとのテレビ局側の判断で即座に中継は打ち切られたが、病院内で何が行われているのかは一目瞭然。全国民に知れわたってしまった。そしてその後も動画サイトには卑猥な中継映像が流れつづけ、「ネット民」らにまさしく大興奮の「祭り」を提供した。それら動画サイトのコメント欄には、

「前列右から二番目のケツやべえ」

「左端のが一番好みかなあ」

「女医さんのは、やや小ぶりだよなー。でも好き（笑）」

「どれもムチムチのプリプリだわさ～美味しそう♪」

「やべ、出そうだ」

などと、ふざけた投稿が氾濫した。

最前列の四人——貴美子、由布子、弥生、慶子の四人のヒップに人々の注目が集まったのも当然である。もともと美しい身体をしているうえ、犯人らによって徹底的に犯され、身体を開かされているためだ。

ヒートアップしていく尻振りダンスは、プルンプルンとひたすらに裸のヒップを左右に振りたてるだけなのだが、見飽きることはない。ひといきれでサウナのように蒸れてしまったロビー内で裸の女性たちが必死に振りたくる双臀は、熱く火照って尻丘に玉の汗をすべらせている。それがなんとも妖しかった。さらにしばらく時間が経過すると、皆と共に手拍子をしている銀次がニタリと笑い、何の合図なのか、

「開けええええ、ゴマっ！」

と叫んだ。

すると、それもあらかじめ決められていたらしく、尻を振る裸の女たち（彼女らの後方では父親たちも同じ動作をしているのだが、着衣の彼らに目をやる者は

誰もいない）が、左右の腰骨に添えていた手を双臀にまわし、汗の光る尻たぶの肉をいっせいにパックリと割りひろげるではないか。

　見ている全員が息を呑んだ。なんということか、裸の尻を振らされている人質の女たちは、そこにいる報道関係者ら全員の前に、そして動画撮影者らが構えたカメラの前に、汗に蒸れて匂い立つ双臀の谷間の底を――秘めやかなアヌスのたたずまいを――惜しげもなく晒しきったのだ。

　ネット民らが狂騒におちいったのは言うまでもない。タイプの違う美女たちのアヌスに目を奪われた彼らは、排泄の穴を晒して双臀を振りつづけなくてはならない人質女性らの悲痛な胸の内を思いやることもせず、

『黄門様キタあああああああっ』

　などとネット上の乱痴気騒ぎ。まさに世も末と言うべきである。

　そうやって狂気の宴――人質らの「尻振り祭り」――が半時間以上続いたろうか、突然に銀次が、

「君たちのお楽しみタイムはここまで。今度は俺が楽しむ番だ」

　今までとガラリと口調を変えて告げた。

「実は俺は狩猟が趣味なんだが、あいにくとまだ人間を狩ったことはない。ちょ

うどいい機会だから、これからあんたらマスコミ人を一人一人射殺していく」

突然の、そして意味不明な殺害予告は、床に正座している全員の血を凍りつかせた。

「逃げてもかまわねえぞ。早く逃げた奴は撃たない。狩りは、逃げ遅れた獲物を撃ち殺すのが楽しいんだ」

そう言って拳銃を天井に向け、
ガァーン！

いきなり発砲したものだから、一同は腰を抜かした。

「ヒイッ」

「ヒイイッ」

「ヒャアアアッ」

小便をちびらんばかり、我先に立ち上がり、悲鳴をあげながら、開け放たれているドアに向かって全員が殺到した。

「お前らもだ。とっとと失せろ。愚図愚図してやがると全員撃ち殺すぞっ」

ステージ上の人質たちに向かっても怒鳴った銀次が、
ガァーン！　ガァーン！

立て続けに二発発砲したものだから、父親たち、全裸の母親たち、女子大生らもパニック状態。「キャアーッ！」と叫びながらドアへ向かって裸足で走った。

その後に続き、銀次と健造も駆けた。エントランスへ向かう通路を駆け抜けざま、銀次は重松が階段の脇に立っているのを見た。走りながら銀次がうなずき、重松がうなずき返した。万事計画どおりなのだ。

3

警察にとってはまさかの出来事だった。

病院内で起こっている異常事態の報が届き、どうすべきか現場責任者が頭を抱え込んでいた時、銃声が数発とどろき、配置された警察官らに緊張が走ったのだが、その後に起こったことは彼らの予想を超えていた。

「キャアアアーッ」

甲高い悲鳴をあげながら、一時間ほど前に病院内へ入っていったばかりのマスコミ関係者らがエントランスから走り出てきた。彼らに交じって、一糸まとわぬ素っ裸の女性たちが裸足で駆けだしてくる。人質になっていたと思われる父親らしい男性らは服を身につけているが、やはり「うわーっ」と声をあげながら転がるようにエントランスから走り出てきた。その数、総勢九十人あまり。誰が誰やら分からず、とても対処しきれない。走り出てくる側も、それを迎える側も完全にパニック状態だ。

その大混乱の様子を、重松は病院の屋上から静かに眺めていた。

俯瞰する彼の目にも、銀次と健造がどこにいるのか分からない。我ながら上手い逃走方法を思いついたものだ。

一服しようとライターで煙草に火をつけ、深々と煙を吸い、ゆっくりと吐いた。

復讐を成し遂げ、手伝ってくれた二人を無事に逃がし、満ち足りた気分だった。もう思い残すことはない。

拳銃を手にし、銃口をこめかみに当てた。

いつのまにか、陽が高く昇っている。最後にお日様の光を浴びることができてラッキーだな、と思った。はるか下のほうで起こっている大騒ぎも、彼の静かな覚悟の妨げにはならなかった。

(好美、悟……今そっちへ行くから)

胸の内でそう呟き、強く引き金を引いた。

カチャッ――。

乾いた小さな音がしただけだ。

重松は眉間にシワを刻み、もう一度引き金を引いた。

カチャッ――。

結果は同じだ。

怪訝な表情をし、今度は空に向けて立て続けに数回、引き金を引いてみたのだが、
カチャッ……カチャッ……カチャッ。

ああ、何ということだ。弾が入っていない。

重松は呆然とした。

が、不意に笑いがこみあげてきて、

「ハハハ、ハハハハハ」

と声に出して朗らかに笑った。

(ハハハ、そうか……そうだったのか)

銃弾の入っていない拳銃を銀次から渡されたのは、初めから仲間扱いされていなかったのか……それとも……。

今となっては真相を知る由もないが、重松には、後者であるような気がした。

それは「蠍の銀次」と呼ばれる凶悪犯からの、彼へのメッセージではなかったのかと。

だとすれば、そのメッセージはたしかに伝わった。復讐を成し遂げて静まりかえっている彼の胸の奥に、生きる意欲のようなものが湧きあがってきている。

重松は二本目の煙草を咥え、火をつけた。ゆっくりと煙を吐きながら考えた。

一回脱獄できたんだ。あの武藤銀次のように二度目のチャンスだって無いともかぎるまい。

下を見ると、彼一人を除いてすでにもぬけの殻である建物内に、警察隊が勢いよくなだれ込んでくるのが見えた。

重松は短くなった煙草を捨て、革靴で火を踏み消すと、投降すべく、外付けの非常階段をたしかな足取りで降りはじめた。

（了）

媚瞖病棟【女医と看護師と人妻】

著　者　妻木優雨（さいき・ゆう）

発行所　株式会社フランス書院

東京都千代田区飯田橋３－３－１　〒102-0072

電話　03-5226-5744（営業）

　　　03-5226-5741（編集）

URL　https://www.france.jp

印刷　誠宏印刷

製本　ナショナル製本

ISBN978-4-8296-4738-7 C0193